KLAUS RUCH

# VOM VERSUCH EINE BREZEL GERADE ZU BIEGEN

KLAUS RUCH

# VOM VERSUCH EINE BREZEL GERADE ZU BIEGEN

## Eine Kindheit und Jugend im Schwarzwald

GMEINER studio

Personen und Handlung sind frei erfunden. Ähnlichkeiten mit lebenden oder toten Personen sind rein zufällig und nicht beabsichtigt.

Bei Fragen zur Produktsicherheit gemäß der Verordnung über die allgemeine Produktsicherheit (GPSR) wenden Sie sich bitte an den Verlag.



MIX
Papier | Fördert gute Waldnutzung
FSC® C014496

Besuchen Sie uns im Internet:
www.gmeiner-verlag.de


in der GMEINER-Verlag GmbH
Im Ehnried 5, 88605 Meßkirch
Telefon 07575/2095-0
info@gmeiner-verlag.de

1. Auflage 2025

Lektorat: Isabell Micheberger
Satz: Julia Franze
Umschlaggestaltung: Veronika Buck
unter Verwendung eines Fotos von: Klaus Ruch
Druck: GGP Media GmbH, Pößneck
Printed in Germany
ISBN 978-3-7801-2514-9

Für Luzi, Günter, Monika, Stefan, Nele,
Niko, Ilario und Diana.

# 1. BESUCH BEI EINER ALTEN DAME

Meine Mutter empfing mich mit überschäumender Herzlichkeit, ein Ventilator versprühte leichten Wassernebel, es war angenehm kühl an einem heißen Sommertag. Wir waren zum Schachspielen verabredet. Für mich war bereits ein Stuhl am Tisch gerichtet, darauf ein Schachbrett, die Figuren schliefen noch im Beutel. Das Zimmer in einem Heim für betreutes Wohnen hatte sie freundlich gestaltet mit ihren aus dem verkauften Haus geretteten Möbeln, ein paar Zimmerpflanzen – der unverzichtbare Bruchteil der vertrauten Umgebung, die sie aufgegeben hatte. An den Wänden hingen Bilder, Aquarelle zumeist, die ihre Enkel, aber auch ihre eigenen Kinder in Jugendtagen angefertigt hatten. Einige der Aquarelle mit blühenden Sommerwiesen, die sie selbst gemalt hatte, als ihr Augenlicht noch besser war, hingen ebenfalls dort.

Wir tauschten rasch ein paar Neuigkeiten, denn es drängte sie ans Schachbrett. Als sie in dieses Heim eingezogen war, hatte sie das Spiel wiederentdeckt. Mir war schon klar, dass sie zumindest ihren Verstand in Bewegung halten wollte, wo sie schon durch mehrere Stürze, zwei künstliche Hüftgelenke und andere Gebrechen motorisch eingeschränkt war. Mit der Zeit hatte sich jedoch die Prophylaxe gegen die Vergreisung zu einer veritablen Leidenschaft entwickelt. Wir losten, sie zog die weißen Steine und begann mit der italienischen Eröffnung.

Während wir die ersten Züge der oftmals erprobten Eröffnung abspulten, schweifte mein Blick hoch zu den Fotos an der Wand und auf der Kommode. Sie zeigten Menschen, die einen festen Platz in ihrem Herzen bewohnten. Auch in mir lösten sie immer wieder eine leichte Wehmut aus. So war es mal, sagten sie zu mir, und so wird es nie wieder sein. Wir, ihre vier Kinder, lachten in kindlichem Alter von der Wand herunter, die zwei Enkel, Kinder meiner Geschwister, in verschiedenen Phasen ihres jungen Lebens. Dann die Toten: mein Vater mit schmuckem altersgrauem Bart. Er war im Jahr 2000 an Lungenkrebs gestorben. Meine Oma Anna, ein schönes würdiges Bauerngesicht, wie man es nur noch selten sieht, ein Fotodokument aus einer untergegangenen Zeit, Gertrud, die Schwester meiner Mutter und meine Patentante, ihr Bruder Otto. Dann natürlich das Porträt meines Bruders Günter, das er kurz vor seinem Krebstod 2005 für uns anfertigen ließ. Sein Tod hat in uns allen, vor allem aber in ihr, tiefe, kaum vernarbte Wunden hinterlassen. Ein Friedhof, könnte man meinen, aber für meine Mutter waren diese Menschen lebendig, sie kommunizierte mit ihnen, denn mit ihnen war sie im Reinen. Ein Bildnis ihres Vaters fehlte. Ich kannte meinen Opa von einem Foto, das sehr gut in diese Ahnengalerie gepasst hätte. Warum fehlte es? War die Kommunikation mit ihm abgerissen?

Sie hat inzwischen rochiert, aber ihren schwarzen Läufer noch nicht entwickelt. Ich habe bisher die Rochade hinausgeschoben und dafür die Initiative im Zentrum gewonnen. Während sie konzentriert über ihren Figuren saß, betrachtete ich sie. Sie hatte sich eine hübsche Bluse angezogen, trug eine bunte Holzperlenkette um den Hals, die Haare sind hochgesteckt, kein einziges graues darunter. Sie war 91 Jahre alt. Ihrer Haut sah man das an, aber gleichzeitig wirkte sie ungemein jugendlich auf mich. Schon als sie mir die Eingangstür geöffnet hatte, überraschte mich ihr geradezu mädchenhafter Übermut. Die Partie entwickelte sich nicht gut für sie, ihr Kampfeswille hatte sie zu einem übereilten Zug veranlasst und nun drohte ihr ein Angriff auf den schwachen Bauern g2.

»Gibt es irgendwas Neues«, fragte ich detektivisch. »Ich habe gehört, du hast einen neuen Schachpartner.«

»Ja, ein Heimbewohner. Er hat mich spielen gesehen und dann herausgefordert.«

»Und wer ist der Herr?«

»Der Schachspieler? Ein Herr halt, ganz nett.«

»Und?«, fragte ich.

»Nichts und.«

In ihrem Gesicht stand wie ein Dementi ein schelmisches Lächeln.

Von wem ich das gehört hatte, musste sie nicht fragen. Sie hatte sich davor mit meiner Frau getroffen und ihr anvertraut, dass sie sich noch nie so frei gefühlt habe wie jetzt im Alter: »Wie ein Vogel, als wären mir Flügel gewachsen.« Auf Nachfragen hatte sie ergänzt: »Endlich kann ich denken, leben, tun, ohne Rücksicht auf irgendjemanden oder irgendwas. Ohne Moral, ohne Pflichten, ohne Gott, ohne Mann, ohne Kinder. Es gibt nur mich allein. Du weißt ja, wie beschwerlich ich mich fortbewege, an meinem Rollator klebe, aber mein Geist macht Höhenflüge.« Meine Frau musste kein Schweigegelübde brechen, als sie mir das mitteilte. Nun kam ich doch ins Grübeln.

Gab es zwischen diesen Höhenflügen und dem neuen Schachpartner einen Zusammenhang? Flog meine gefiederte Mutter etwa im siebten Himmel der Verliebten herum? So herausgeputzt, so verjüngt, diese mädchenhafte Ausstrahlung, dieses befreite Lachen, und alles nur, weil die Pflichten entfallen sind?

Meine Bewunderung hatte sich meine Mutter seit meiner Pubertät damit erobert, dass sie mir alle Freiheiten ließ. Nie drängte sie sich mit moralischen Einwänden in meinen nicht gerade frommen Lebenswandel, im Gegenteil, ich glaube, im Stillen beneidete sie mich darum. Jetzt, im Alter, ist das Generationengefälle nahezu eingeebnet, an die Stelle der Kindesliebe ist eher Achtung getreten. Mich hat immer beeindruckt, wie sie ihr Leben und nun ihr Alter meisterte. Ihr würde nicht einfallen, von ihren Kindern Dankbarkeit einzufordern. Wir sind Freunde geworden.

Die Partie hat sich mittlerweile so schlecht für sie entwickelt, dass ich dachte, einen leichten Sieg einfahren zu können. Ich unterschätzte ihre Widerstandsfähigkeit. Mit einer Springergabel nahm sie mir den Turm und zerschlug meine Mattkombination. Ihre Augen blitzten vor Freude, ihr Strahlen gewann deutlich an Leuchtkraft. Vor mir saß ein Mädchen in ihrer ersten Blüte, voller Lust auf das Abenteuer Leben. Ich jedenfalls sah das Mädchen, das ich immer vor Augen hatte, wenn sie mir aus ihrem Leben vor meiner Geburt erzählte.

Meine Mutter, eine große Erzählerin, hatte mich und alle, die es hören wollten, immer wieder mit Geschichten aus ihrer Kindheit und Jugend in der Schwarzwälder Kleinstadt Hausach versorgt. Sie überraschte mich jedes Mal aufs Neue mit der Tiefe und Genauigkeit, mit der sie sich an mehr als 80 Jahre zurückliegende Ereignisse erinnerte. Es waren Erinnerungen an eine unbeschwerte Kindheit in einer schweren Zeit. Als Gedanken und Gefühlserlebnisse eines Kindes wurden sie in ihrem Gedächtnis gespeichert. Doch im Zuge der Erinnerungsarbeit verwandelten sie sich zu Reflexionen eines alten Menschen, der sie nun mit reifer Urteilskraft bearbeitete. Sie hatte keine Angst davor, festgeronnene, verkalkte Anschauungen in der Säure der Kritik aufzulösen.

Es entstand deshalb die Idee, diese Erinnerungen vor dem Vergessen zu bewahren. Sie kaufte eine Videokamera und bat einen Freund, ihre Erzählungen aufzuzeichnen. Viele Stunden Material sind dabei entstanden. Sie sind die Basis der folgenden Geschichten. Meine Mutter hatte sich mit Eifer in diese Arbeit gestürzt. Am Ende war sie selbst erstaunt, verändert daraus hervorgegangen zu sein.

»Ja, auch bei dieser Aufzeichnung mit der Kamera habe ich dazugelernt. Das war nicht immer einfach, unterm Strich war es sogar harte Arbeit, ein bisschen wie meine eigene Psychotherapie. Ich wusste davor gar nicht, wie schwierig Denken sein kann, wie Denken einen erschöpfen kann. Aber ich habe immer wieder versucht, mich hineinzudenken, und war erstaunt, was alles drin ist und was alles herauskommt. Manchmal war ich selbst verblüfft, welche Reime sich auf Ereignisse ergaben, die ich als reine Selbstverständlichkeit erlebt habe und die doch mehr waren als das. Auch das gehört zu meiner Freiheit im Alter, dass auch die Teile meiner Vergangenheit, die schmerzhaft waren, ganz mir gehören. Ich habe mich ausgesöhnt mit meiner Vergangenheit, auch wenn ich meinem alten Herrn gern noch ein paar kritische Worte ins Ohr flüstern würde.«

Die Partie konnte ich schließlich unrühmlich dadurch entscheiden, dass ich einen Bauern zur Grundlinie durchbrachte. »Herrgottsakrament«, fluchte sie, beide Hände zu Fäusten geballt und mit einem verschmitzten Lachen in meine Richtung drohend. »Ich will Revanche, Kerle, so leicht kommst du mir nicht davon.« Ja, ein 91-jähriges Mädchen, mit einer unbändigen Lust auf das Leben.

## 2. EIN FOTO

Ein Foto aus dem Jahr 1951. Drei Menschen schauen lächelnd in die Kamera. Vorn ein älterer würdiger Herr mit auffallendem Schnauzbart, neben ihm eine junge Frau im hellen Sommerkleid, hinter beiden, Sichtbarkeit suchend den Kopf zwischen die beiden platziert, ein junger Mann mit Brille. Die Kleidung verrät, es ist Sommer. Das Kleid der jungen Frau hat kurze Ärmel, der junge Mann trägt nur ein Hemd, der ältere Herr hat noch eine Weste über seinem Hemd. Die erhöhte Sitzbank, auf dem der ältere Herr und die junge Frau Platz genommen haben, ist aus rohem Birkenholz, die Bauweise der im Hintergrund sichtbaren Häuser weisen auf eine ländliche Umgebung hin. Die beiden Männer tragen Krawatte, wahrscheinlich haben sie sich auf diese Aufnahme vorbereitet.

Der ältere Herr hat ein verschmitztes Lächeln im Gesicht. Verstärkt wird dieser Eindruck noch durch die zusammengekniffenen Augen, wahrscheinlich blendet ihn, wie auch die anderen, die Sonne. Er hält die Arme verschränkt vor der Brust, ein in sich ruhender, selbstbewusster, mit der Welt zufriedener Mensch; ein Schalk nährt sich an seiner Rechtschaffenheit, fett daran wird er nicht. Er ist der Vater der jungen Frau neben ihm, ein von allen geachteter Bürger einer Kleinstadt im Schwarzwald, seines Zeichens Bäcker und Konditor.

Die junge Frau lacht ein offenes gelöstes Lachen. Einen Finger, nur einen Finger, hat sie auf den Arm ihres Vaters gelegt. Eine Geste der Zugehörigkeit, weit entfernt von Beschlag- oder Inbesitznahme, eher wie ein elektrischer Kontakt, der die Verbindung hält, (noch?) nicht abgerissen ist. Dieser Finger auf dem Arm des Vaters ist auch auf anderen Fotos zu sehen. Später wird er auf meinem Arm liegen, denn das ist Liselotte, meine Mutter.

Hinter ihnen steht der junge Mann. Er muss den Kopf leicht vorbeugen, die Lücke suchen, um auch aufs Bild zu passen. Die Szene ist nicht direkt für ihn arrangiert, er steht nicht im Zentrum, aber er ist dabei. In welcher Rolle? Vielleicht ist alles noch unausgesprochen, undeutlich. Auch er lächelt, etwas verhaltener. Das ist Karlheinz, mein Vater.

Offenbar wurde er der Familie seiner vielleicht zukünftigen Frau vorgestellt. Und offenbar hat die Vorstellung gefallen, er wurde günstig aufgenommen, die Stimmung ist entspannt. Aber wo war eigentlich die Frau des Bäckers, meine Großmutter? War die Vorstellung des möglichen künftigen Schwiegersohns nicht wichtig genug, dass die Mutter sich nicht für die Dauer eines Fotos von ihrer Arbeit in Landwirtschaft und Backstube frei nehmen konnte?

Lange Jahre war ich der Überzeugung, auch ich sei auf dem Bild anwesend, als Embryo im Leib meiner Mutter. Und vielleicht, so dachte ich, sei dem älteren Herrn gerade mitgeteilt worden, dass er Großvater würde. Daher sein zufriedener Ausdruck. Dem war aber nicht so, wie ich sehr viel später erfahren sollte. Während wir uns den Erzählungen aus einer untergegangen Welt widmeten, korrigierte Liselotte meine Lesart des Fotos in zwei Punkten. Erstens, auch die Mutter war auf dem Originalfoto drauf. Was ich zu Gesicht bekam, war lediglich ein Ausschnitt. Zweitens, ich war noch nicht gezeugt, das Foto war bereits 1950 aufgenommen worden. Liselotte hatte ihrer Familie auch keineswegs ihren zukünftigen Ehemann und Vater eines Kindes vorgestellt, sondern einen Freund, nichts weiter als einen Freund, mit dem sie gelegentlich wanderte. Die gelöste Stimmung auf den Gesichtern ihrer Eltern verdankte sich der Harmlosigkeit dieser Freundschaftsbeziehung.

Wer das Originalfoto beschnitten hat und warum, ist und bleibt mir ein Rätsel. Links von der Gruppe der drei, ebenfalls stehend wie mein Vater, steht meine Großmutter Anna. Tatsächlich wirkt sie wie abgerückt von den anderen, die mit ihren Köpfen ein Dreieck bilden, während sie danebensteht wie ein schmunzelndes Ausrufezeichen. Ihre Hände ruhen wie zu einer kurzen Arbeitspause auf der Rückenlehne der Sitzbank. Sie hat sichtlich Gefallen an der Szene. Von den vier Abgebildeten ist sie am wenigsten in einer Pose festgehalten, das verleiht ihr eine gewisse distanzierte Aura. Und sie kneift den Mund zusammen, als wolle sie verhindern, laut zu lachen. Ich habe später meine Oma als lebenskluge Frau kennengelernt, die sich nicht so leicht von irgendwem oder irgendwas blenden ließ. Ich wüsste gern, was ihr damals durch den Kopf gegangen ist.

Gezeugt wurde ich ein Jahr später, wahrscheinlich nicht in einem Bett. Das meiner Mutter, der frisch diplomierten Krankenschwester an der Neurologie in Freiburg, stand bei einer streng katholischen Zimmerwirtin. Niemals hätte sie einen Mann über die Schwelle ihres Hauses gelassen. Das meines Vaters stand in seinem Elternhaus, eifersüchtig überwacht von seiner Mutter, einer früh dick und bösartig gewordenen Matrone. Ich stelle mir vor, auf einer in voller Blüte stehenden Wiese im August ist es dann geschehen, vermutlich im vollen Bewusstsein der Folgen. »Ihr seid alle Kinder der Liebe«, pflegte meine Mutter zu sagen. Damit war für Liselotte der Abschied aus der Jugend besiegelt. Liselotte und Karlheinz waren jedoch noch nicht verheiratet, ich war ein unehelich gezeugtes Kind. Ein zweiter, diesmal viel schwererer Gang an ihren Heimatort stand an. Mit allem, was man dort für sittlich zulässig, religiös geboten und sozial vertretbar hielt, war ein unehelich gezeugtes Kind nicht vereinbar. Eine so friedlich-heitere Szene wie auf dem Foto, so viel stand fest, würde sich nicht ergeben.

Liselotte und Karlheinz zu Besuch in Hausach bei Liselottes Eltern

# 3. TOD UND GEBURT

An einem sonnigen, schon leicht frühherbstlichen Freitagmorgen des Monats September besteigt Liselotte einen Bus, der sie über viele Stationen in ihren Heimatort Hausach im Schwarzwald bringen soll. Schon seit zwei Wochen kann sie ihre geliebten Pfannkuchen nicht mehr bei sich behalten und auch die Periode ist schon länger ausgeblieben. Bei der Schwester Oberin, die über ihre Ausbildung zur OP-Schwester wacht, gab sie »dringende familiäre Angelegenheiten« an, um einen Tag Urlaub zu erwirken. Dafür hat sie einen strengen Blick eingefangen. Sie ist 21 Jahre alt, hatte aber bisher kaum Gelegenheit, ihre Volljährigkeit auszuleben.

Die Fahrt führt über die Anhöhen des Schwarzwaldes, vorbei an erntereifen Feldern und satten Wiesen, hinein in die Täler mit ihren dunklen Wäldern, dem Insektengesumm, den Früchten, mit denen eine üppige Natur schwanger geht. Liselotte hat keinen Blick dafür. Die Angst vor dem, was ihr bevorsteht, schnürt ihr den Magen zusammen. Dazu kommt die leicht erregbare Reiseübelkeit, unter der sie ein Leben lang leiden wird.

In Waldkirch steigen, wohl weil dort eine Bürstenfabrik beheimatet ist, fliegende Händler mit ihren Bauchläden zu, die ihre Kurzwaren aller Art an die Bauern in den weit abliegenden Schwarzwaldtälern verkaufen wollen. Die Reise im Bus nutzen sie für ein erstes oder auch zweites Vesper. Der Speck, den sie sich mit ihren Taschenmessern aufschneiden, wird mit viel frischem Knoblauch und Zwiebeln auf einen Kanten Brot verteilt und schmatzend verzehrt. Liselotte muss sich das erste Mal übergeben. Sie hat Tüten mitgebracht, sie kennt ihre Schwächen.

In Hausach angekommen begibt sie sich zuerst zu ihrem Onkel Gust. Der Bruder ihrer Mutter musste in jungen Jahren lernen, sich aus schwierigen Situationen herauszuhelfen, er war zum Spezialisten für schwierige Situationen geworden und hatte auch ihr schon aus mancher Patsche herausgeholfen. Sie findet ihn bei seinen Kaninchen, die ihm zusammen mit den selbst gelesenen Äpfeln für den täglichen Liter Most und dem Gartengemüse ein bescheidenes proletarisches Leben ermöglichen.

Am Küchentisch fließen dann die lange zurückgehaltenen Tränen. »Onkel Gust, es isch halt passiert und der Karlheinz hat doch so lang drauf warten müssen: Vier Jahre treffen wir uns nun schon. Ich bin doch au nit aus Holz. Wie sag ich's nur dem Vadder?«

»Maidli«, sagt da der Onkel Gust, »jetzt her uff zu plärre, ich geh mit der heim, des wird scho.«

Und seine Frau Anna setzt hinzu: »Mienie Schwester isch Hebamme, was meinsch, wie viele ueheliche Kinder die schon entbunden het, und am End isch immer alles gut gange. Des wird au dir nicht de Kopf koschte. Und wenn de z'Frieburg kei Hebamm findsch, dann kummsch her und no mache mer's do.«

Und zur Bekräftigung knallt der Onkel Gust seine dicken Pranken auf den Küchentisch und sagt: »Gem'mer!«

Im Gemischtwarenladen, der der Backstube vorgelagert ist, empfängt sie die Mutter, die Hände nach ihrer Art in die Hüften gestemmt. »Pass uff«, kommt der Onkel Gust jedem falschen Wort zuvor, »des Maidli ist ä bissle schwanger und du haltsch dei Mul.« Die Mutter hält sich streng an das Gebot, kein Laut kommt über ihre Lippen. Auch an ihrem Gesichtsausdruck ist nicht zu erkennen, wie sie die Nachricht aufnimmt. Klar ist nur, sie ist nicht neu, die Nachricht. Liselotte hatte tags zuvor telefonisch ihre Ankunft angekündigt und bei dieser Gelegenheit ihrer älteren Schwester ihre Schwangerschaft gestanden. Der war es nicht gelungen, das Maul zu halten, der Tratsch war wahrscheinlich schon über die Grenzen der Bäckerei hinaus geschwappt.

»Wo isch der Vadder?«, fragt Liselotte bang. Die Mutter: »Wo soll er si, wo er immer isch, im Bett und schloft.« Der Bäcker hat die Angewohnheit, nach seiner Frühschicht, die vier Uhr morgens beginnt, bis in den Nachmittag hinein den verpassten Schlaf nachzuholen, um dann sein Tagwerk fortzusetzen.

»Aber er weiß doch, dass ich komm. Kann ich nit hoch und ihn wecke?«.

»Nein«, sagt die Mutter resolut. »Er schloft und will nit g'weckt werre. Nix zu mache!«

Der Beck lässt sich auch die wenigen Stunden, die Liselotte noch verbleiben, nicht blicken. Die Geächtete bekommt eine Nudelsuppe, die sie zusammen mit ihrer Mutter und ihrer Schwester Gertrud auslöffelt. Geredet wird kaum etwas. Ihre Schwester bringt sie zum Bus. Auf der endlosen Heimfahrt schießen ihr wieder die Tränen in die Augen. Doch manchmal spürt sie noch den warmen Händedruck von Augusts Pranken in ihrem Nacken, dann kann sie sie hinunterschlucken. Die Schwester hat ihr ins Ohr gezischt, was der Verweigerungsschlaf des Vaters sagen wollte. »Siesch, was de a'gricht hesch. Du bisch kei Jungfrau meh, ä Sünderin bisch, ä unanständige. Und der Vadder het für die bürgt, dass de aus'em anständige Hus kommsch. Wie steh mer jetzt au da, wie so ä Lumpepack, nur weil du die nicht beherrsche kasch.«

Wie sie sich diese Sätze wieder und wieder hersagt, spürt sie, wie sich ihre Brust zusammenschnürt und ihr die Luft zum Atmen nimmt. Was das Leben so im Keim erstickt, kann nicht richtig sein. Solche Sätze dürfen keine Macht über sie gewinnen, denkt sie. Sie sollen keine Macht über sie haben. Auf dem Dorf, ja, da ziehen diese Sätze ihren Saft aus dem Humus der dörflichen Bigotterie, aber sie lebt nun in der Stadt, auf einem anderen kulturellen Humus. Ohne diesen Saft, denkt sie, werden sie altern und schließlich verwelken. Wie spröder Lack werden sie abplatzen und das gesunde, tragfähige Holz darunter freigeben. Sie denkt an das Kind, das sie in ihrem Leib trägt. Zu diesem Holz soll das Kind heranwachsen. Sie würde ihm eine Zukunft geben, die frei war vom Gift der Bigotterie. Das muss sie dem Vater sagen. Dass es in Liebe gezeugt wurde. Dass das keine Sünde sein könne.

Am 24. Oktober ruft die Schwester Oberin die OP-Praktikantin Liselotte zu sich. Sie müsse sofort nach Hause fahren, der Vater sei gestorben. Wie üblich, so wird sie später erfahren, sei der Vater nach seiner Morgenschicht ins Bett gegangen. Seine Frau Anna habe ihm zur Mittagszeit eine Mahlzeit nach oben gebracht, Leberspätzle, da habe er noch geschlafen. Als Liselottes Mutter ein zweites Mal hinauf in die Schlafkammer gegangen sei, um nach dem Kassenschlüssel zu fragen, sei sie gerade dazu gestoßen, wie er seinen letzten Schnaufer gemacht habe. Der Teller mit den Leberspätzle sei leer gewesen.

Bäcker leben nicht ungefährlich. Otto war zwischen Backofen und Gewerbekanal ständigen, im Winter auch großen Temperaturschwankungen ausgesetzt und hatte im Laufe seines Bäckerlebens drei Lungenentzündungen. Dazu kommt der Mehlstaub, der sich auf die Atemwege legt. Darunter leiden Lunge und Herz so heftig, dass vielen kein langes Leben beschieden ist. Liselottes Vater wurde 66 Jahre alt.

Die Fahrt im Bus ist erneut quälend lang und unruhig, zur Reiseübelkeit gesellen sich schwärzeste Gedanken. Sie wollte dem Vater doch sagen, dass das Kind, das sie erwartet, zwar unehelich gezeugt ist, aber nicht unehelich auf die Welt kommen wird. Die Heirat mit Karlheinz ist arrangiert, er würde sich seiner Tochter nicht schämen müssen. Er würde ihr bestimmt verzeihen, wenn sie doch nur Gelegenheit hätte, mit ihm zu reden, da ist sie sich sicher; mehr noch, auch er würde sich freuen über das Kind, wenn er es erstmal auf dem Arm halten würde. Er würde es stolz in der Gemeinde herumzeigen mit den Worten, schaut her, der junge Beck.

Sie fühlt sich wie vor den Kopf gestoßen, betrogen um die so wichtige Aussprache. Warum musste er sich so früh aus der Welt und seiner Verantwortung davonschleichen? Sie fühlt das Unrecht dieser Frage und kann sie doch kaum in den schwarzen Schlund zurückstoßen, aus dem sie hervordrängt.

Im Elternhaus laufen die Vorbereitungen des Leichenbegängnisses auf vollen Touren. Für sechs Uhr abends ist ein Rosenkranz angesetzt. Liselotte wird bedeutet, dass sie nicht in die Kirche mitkommen könne. Man wolle sich bei einem so traurigen Anlass nicht der allgemeinen Schande aussetzen. Außerdem, so deutet ihre Schwester an, habe sie dem Vater mit ihrem Verhalten das Herz gebrochen, sei also eigentlich mitschuldig an seinem Tod. Aber sie könne sich zu Hause nützlich machen und der Totenfrau, der Frau Motzel, bei der Herrichtung der Leiche helfen. Der Tote müsse nämlich noch aus der Kammer in die Stube getragen werden, wo der Sarg aufgebahrt sei. »Bringsch die Blume nach obe, die wo die Nachbarn gebracht henn!«, gibt ihr die Mutter Anweisung. Strauß um Strauß trägt Liselotte die Blumen vor die gute Stube, in der Frau Motzel mit dem Herrichten der Leiche beschäftigt ist. Sie reicht sie ihr durch den kleinen Spalt, um den die Tür geöffnet ist. Den toten Vater anzuschauen, traut sie sich nicht. Unheilvolle Gedanken bedrängen sie. Kurz nachdem sie ihre Schwangerschaft bemerkt hatte, träumte ihr, der Vater sei gestorben und läge aufgebahrt zwischen den zwei großen Kerzenständern, die zum Fundus der Familie gehören und die wie so viele andere Dingen eigentlich nie gebraucht wurden. Um den Toten herum ein Blumenmeer. Nun trägt sie tatsächlich Strauß um Strauß hinauf. Frau Motzel ruft sie herein. Für einen Augenblick setzt ihr Herzschlag aus. Neben dem offenen Sarg stehen zwei Kerzenständer. Davor Blumen über Blumen, Chrysanthemen und Astern, das Blumenmeer, das sie im Traum gesehen hatte. Ihr ist, als müsse sie darin ertrinken. Frau Motzel hat so viel Verstand und Herz, dass sie die Schwangere davon befreit, den toten Vater in den Sarg zu heben. »Ich bitt den Bestatter drum, dass er mir hilft«, sagt sie und schickt Liselotte hinaus.

Immerhin darf sie bei der Totenwache dabei sein. Die ganze Nacht dauert die Klage der Dörfler, der Verwandten sowie der Kunden und Gemeindemitglieder. Der alte Beck war ein beliebter und geachteter Mann. Für Liselotte ist damit ein erster Lebensabschnitt zu Ende. Aber in ihrem Fühlen und Denken erledigt ist er nicht.

Am 1. Mai 1952 kam ich zur Welt. Ich habe mir damit reichlich Zeit gelassen, die Wehen dauerten drei Tage. Zu meiner Entschuldigung darf ich sagen, dass damit ein beträchtlicher Teil des Ärgers, den ich meiner Mutter in meinem Leben bereitete, bereits abgegolten war. Drei Tage mit Wehen in der Wohnung der Schwiegereltern sind eine lange Zeit. In den Pausen zwischen den Wehen brachte mein Vater seiner Frau das Schachspielen bei. Viele Jahre später brachte meine Mutter mir das Schachspielen bei. Bei den drei anderen Kindern, die meine Mutter zur Welt brachte, ging es schneller, an Schachspiel war dabei nicht zu denken. Als die Geburt meines Bruders Günter näher rückte, vereinbarten sie mit dem benachbarten Krämer, dass er den Transport in die Klinik übernehmen sollte. Er besaß als Einziger im Stadtviertel, in dem die Familie wohnte, ein Auto. Da dieser aber vor Ladenschluss um 18:30 Uhr sein Geschäft nicht verlassen wollte, musste Liselotte trotz heftigster Wehen, die bereits nachmittags eingesetzt hatten, zuhause ausharren. Um keine Sturzgeburt in seinem neuen Auto zu riskieren, fuhr er wie die Feuerwehr zur Klinik. Die Ordensschwester, die meine Mutter in Empfang nahm, erkannte den Ernst der Lage sofort und schob sie in den Kreißsaal. »Aber ich habe doch noch den Unterrock an«, gab meine Mutter zu bedenken. »Das macht nichts«, antwortete die Schwester, »die Frau vor Ihnen hatte noch den Hut auf.« Dann wandte sie sich an meinen Vater und sagte: »Sie können nebenan warten.« Mein Vater, der die drei Tage meiner Geburt für die kanonische Wartezeit nahm, fragte glotzäugig: »Auf was?« Da verlor sogar die Ordensschwester die Contenance: »Ja auf was wohl, Sie Esel!

# 4. DAS HAUS 1

Liselotte wird 1930 als zweites von vier Kindern in ein großes Haus an der Hauptgasse Nr. 2, am Ortseingang der Kleinstadt Hausach im Kinzigtal, hinein geboren. Das Haus muss etwa um das Jahr 1770 gebaut worden sein, denn im Jahr 1830 ist die zweite Versicherungsrate an die Feuersozietät im Gemeindebuch urkundlich erwähnt. Solche Versicherungsraten wurden üblicherweise alle 40 bis 60 Jahre erhoben. Es war von Anfang an als Bäckerhaus geplant und gebaut, denn zentrales Bauelement ist der große Backofen, auf dem das zweite Stockwerk aufliegt. In einer Zeit, in der die meisten Menschen ihr Brot zu Hause backten und die Geldwirtschaft auf dem Land gering entwickelt war, stellte ein solches Projekt für den Bauherrn ein nicht ganz risikoloses Unternehmen dar. Vor Liselottes Zeit hatte das Haus bereits fünf Generationen von Bäckern als Wohn- und Arbeitsstätte gedient, wovon mindestens drei ihre direkten Vorfahren waren. Nun gehört es ihrem Vater, dem Bäcker- und Konditormeister Otto Kittler, allgemein »Kittlerbeck« gerufen oder auch nur »Beck«.

Das Haus ist mit seinen Bewohnern verwachsen, ist mit ihnen gealtert und zu einem Organismus geworden, den sein jahrhundertealter Dienst in die Knie gezwungen hat. Es ist krumm und bucklig geworden. Hier wurde gearbeitet und gelebt, geliebt und gehasst, hier wurden seine Bewohner geboren und hier starben sie. Das Haus atmet und stöhnt, es ächzt und knarrt, es hütet die Geheimnisse der Bewohner und manche gibt es jenen preis, die den Wänden und Balken zuhören. Mit den Jahren war nicht mehr unterscheidbar, ob es der Wirklichkeit entsprang, was die Mauern flüsterten, oder ob sie es selbst erfunden hatten.

Bewohner und Besucher betreten das Haus über zwei Stufen durch den Haupteingang und gelangen links in den Verkaufsraum der Backstube mit seinen zwei Verkaufstheken. Dies ist jedoch nicht nur der Ort der Zirkulation von Backwaren und Geld, sondern auch der Zirkulation der Geschichten und Nachrichten. Hinter einer Theke steht ein Sofa. Kirchgänger, die nicht das Geld haben, nach der Messe ins Gasthaus zum Frühschoppen zu gehen, kommen in den Bäckerladen, kaufen sich eine Brezel für 12 Pfennige und setzen sich für den Sonntagstratsch auf das Sofa. Manch einer, dem die Brezel zu trocken wird, sagt dann zur Hausherrin: »Du Becke, jetzt hol i mir noch en Kaffee«, und bedient sich selbst aus dem großen Kessel, den die Mutter mit Katreinerkaffee, einem Gebräu aus gerösteter Gerste und Zichorienwurzel, gefüllt hat und auf dem Herd warmhält. Gegenüber, auf der anderen Seite der Theke, steht ein Tisch und ein Stuhl. Nicht jeder der Kunden, die sonntags den Weg aus den umliegenden Tälern in die Kleinstadt finden, ist des Lesens und Schreibens kundig. Die Hilfsbereitschaft und Belesenheit des Becks ist bekannt, sodass es regelmäßig sonntags heißt: »Geh, Beck, kannsch mer nit schnell was schriebe«, was der Beck, vielleicht sogar ein bisschen geschmeichelt, dann auch umstandslos tut.

Rechts vom Eingangsflur geht es in den kleinen Gemüseladen. Verkauft werden hauptsächlich Grundnahrungsmittel wie Zucker, Öl und Salz aus dem Sack heraus. Die gewünschte Menge wird abgewogen und dem Kunden in seine mitgebrachten Behälter und Flaschen gefüllt. Kartoffeln und vor allem das Kraut, das als Vitaminquelle für den Winter zu Sauerkraut verarbeitet wird, kommt mit dem Güterzug. Kraut wird in solchen Mengen gegessen, dass ein Krautschneider seinen Lebensunterhalt damit verdient, dass er mit seinem Krauthobel von Haus zu Haus geht und die Köpfe in feine Streifen zerlegt. Die Äpfel liefern die umliegenden Bauernhöfe. Anna bewirtschaftet außerdem einige Felder, auf denen sie anbaut, was die Familie braucht. Wenn die Ernte deren Bedarf übersteigt, landet sie auf dem Ladentisch. Fast täglich sieht man sie ihren Leiterwagen über die mit Holzbohlen belegte Brücke über die Kinzig ziehen, die, sobald sie von einem der wenigen Autos überquert wird, ihren Ärger darüber mit einem weithin hörbaren Donnergrollen hinaus brüllt. Zusammen werfen Bäckerei und Laden soviel ab, dass die Familie gut über die Runden kommt. Für den privaten Konsum wird selten Geld ausgegeben.

Im Flur zwischen den beiden Verkaufsräumen führt eine Stiege hoch in die Schlafräume. Sie ist so steil und die Stufen sind so hoch, dass, wer sie zum ersten Mal besteigt, das Gefühl hat, rückwärts hinabzustürzen.

Vom Verkaufsraum für die Backwaren führen drei Stufen hinunter in die Großküche mit dem Backofen, dem Mittelpunkt des familiären Treibens. Dort steht ein großer Herd mit kupferbeschlagenen Umrandungen, an dem die Handtücher getrocknet werden und auf dem immer ein Kessel mit heißem Wasser steht, das Wasserschiff. Hier wird auch der Katreinerkaffee für die Sonntagskunden zubereitet. Auf dem großen Arbeitstisch werden die auf Blechen aus der Backstube angelieferten Backwaren fertiggestellt, bevor sie in die Regalablagen kommen, wo sie auf ihren Einschub in den Ofen warten. Gegen 11 Uhr morgens ist die Bäckerarbeit getan, der Beck geht schlafen und in der Küche wird nun das Mittagessen zubereitet und am großen Arbeitstisch auch eingenommen. Der Beck bekommt seinen Teller ins Schlafzimmer gebracht, wo er den der Nacht gestohlenen Schlaf nachholt. Gegen vier Uhr nachmittags beginnen die

Vorbereitungen für die Frühschicht, die gegen 3 Uhr morgens beginnt.

Bleche und Arbeitsgeräte werden in einem riesigen Spülstein gesäubert. In einem gemauerten und beheizbaren Kessel wird das Futter für die Schweine zubereitet. Wenn Rüben gekocht werden, wabert ein dicker kohliger Nebel durch die Küche. Mit den Jahren wird die Zahl der Schweine, die mit den Küchen- und Bäckereiabfällen gemästet und dann in der Backstube geschlachtet werden, kleiner und kleiner. Als nur noch ein Schwein im angrenzenden Stall sein lichtloses Jahresdasein fristet, wird der Kessel obsolet und die Mutter, der die Nachbarschaft zwischen der Verköstigung der Kinder und der Schweine schon lange ein Dorn im Auge ist, schlägt den Kessel mit einem Bickel zusammen.

Nur was sich selbst erwirtschaften lässt, kommt auf den Tisch. Das Schwein ist die hauseigene Fleischbank. Hühner, Kaninchen und gelegentlich auch Frösche, die zu fangen Lisélottes Bruder Otto eine erstaunliche Geschicklichkeit entwickelt, runden den Speisezettel ab. Schweinefleisch in der Form von Speck ist in den Tälern des Schwarzwaldes zudem die Naturalform des Geldes. Statt mit Geld wird gern mal mit einer Schwarte bezahlt. Immer wieder landen Hühner und Hasen nicht im Kochtopf des Besitzers, sondern eines ärmeren Nachbarn. Man kennt sich und drückt beide Augen zu. Die Schuld wird durch Hilfseinsätze bei der Ernte oder andere kleinere Gelegenheitsarbeiten abgegolten.

Von der Küche führen zwei Stufen ins sogenannte »Baumgärtele« hinunter, die Reste eines angrenzenden Gartens. Er ist durch den Bau des Nachbarhauses zum Innenraum geworden, in dessen platt getretener Erde aber immer noch ein Holunderbusch wurzelt. Für die Kinder ist dieser Busch wie ein fremder Besucher einer ferneren Welt, die eigentlich nicht hierher gehört und doch umso willkommener ist. Davor fließt der Gewerbekanal, aus dem der Bäcker oder der in der Nähe arbeitende Küfer und die anderen kleinen Handwerker ihr Wasser schöpfen. Nicht weit bachabwärts treibt das Wasser die Räder einer Lohmühle an.

Im Baumgärtele stehen alte Schränke, ein Eldorado für die Kinder, die dort in den Kleidern der verstorbenen Großeltern stöbern, die Nasen tief vergraben in die Geruchsspuren einer geheimnisvollen Vergangenheit. In den Wochen vor Weihnachten stopft man dort eine Gans, damit zum Festessen Gänseleberpastete serviert werden kann.

An der rechten Seite der Wirtschaftsküche führen sechs Stufen in einen Keller mit gestampftem Lehmboden und quer liegenden Balken, auf denen die Fässer für den Haustrunk liegen. Getrunken wird zu den Mahlzeiten Most, der aus den Äpfeln der eigenen Bäume gewonnen wird. Hier lagert die Wochenration, die in Eimern herübergetragen wird. Die Jahresvorräte liegen in einem Kellergewölbe gegenüber dem Bäckerhaus. Dort wird der Most angesetzt. Die kleine Liselotte darf den Vater begleiten und wundert sich über das seltsame Verhalten des Vaters, der sein Ohr an das Fass legt, als könne er im Inneren eine Musik hören.

»Was machsch du denn da, Vadder?«, will sie wissen.

»Ich horch, ob er noch mit mir schwätzt. Wenn er nimme schwätzt, dann kann'en hole.«

Dass der Vater Gespräche mit einer Flüssigkeit führt, ist einerseits sehr wunderlich, andererseits findet Liselotte den Most, der auch den Kindern angeboten wird, so widerlich, dass sie nicht weiter in die Geheimnisse der Fermentation eindringt.

Der Keller mit dem Haustrunk wird jeden Abend abgeschlossen. In einer lichtlosen Kammer neben der Backstube wohnt die jüngere Schwester des Bäckers, die von allen so genannte Tante Pauline. Sie wird von den Kindern und so auch von Liselotte gern und oft gehänselt, denn Tante Pauline ist geistig behindert. Sie ist ganz wild auf den Most und weiß auch jeden unbewachten Moment geschickt zu nutzen. Da sie nach wenigen Schlucken aber noch närrischer wird, muss der Mostkeller abends verschlossen werden. Pauline liegt auf der Lauer und wird auch einmal belohnt, der Keller offen und keiner da, der einschreiten könnte. Die Schelte, die sie bekommt, als sie in ihrem beschwipsten Zustand erwischt wird, hat ein böses Nachspiel. Bei der nächsten Gelegenheit, als der Keller unbewacht ist, schleicht sich Pauline hinein und öffnet den Spund vom Mostfass. Als es entdeckt wird, steht im Keller fingerhoch die gärige Flüssigkeit.

In der Wohnküche steht eine große Holzkiste. Diese Holzkiste ist fast täglich die Sitzbank einer Gruppe von Kindern. Sie nehmen dort immer Platz, wenn sie ihren Auftrag erledigt haben, das in Feld und Wald gesammelte Holz darin abzulegen. An der Wand gegenüber steht eine riesige Tonne mit Holzkohle, den Resten des Feuerholzes im Backofen. Die für damalige Verhältnisse ungewöhnliche Größe des Ofens ist dem Einfall des Erbauers geschuldet, das obere Stockwerk darauf aufzulegen. Das Schlafzimmer des Bäckers befindet sich direkt darüber und ist durch den architektonischen Kniff gut geheizt. Vor dem Backofen ist ein rundes, etwa 60 Zentimeter tiefes Loch in den Boden eingelassen. Gewöhnlich es mit einem Eisendeckel abgedeckt. Wenn der Bäcker am Ofen zu tun hat, nimmt er den Deckel ab und stellt sich ins Loch. So kann er, ohne sich zu bücken, in den Ofen hineinschauen und seine Backwaren im Auge behalten. Neben dem Backofen steht der Kamin. Wenn der Kaminfeger kommt, steht Liselotte mit offenem Mund dabei und sieht zu, wie er durch eine große Klappe im Kamin verschwindet und nach getaner Reinigung wieder herauskriecht.

Hinter dem Backofen und dem Kamin geht die Backstube ab, ein höhlenartiger Raum. An der Wand steht die Werkbank, daneben stapeln sich die Mehlsäcke und um die Ecke befindet sich der etwa 2,5 Meter lange Backtrog. Jeder Bäcker hat seine eigene Backmischung. Diese Mischung herzustellen, ist anstrengende Handarbeit. Bis zu den Ellenbogen verschwinden die Arme im Teig, wenn der Bäcker einen halben Zentner Mehl mit den anderen Zutaten mischt und durchwalkt.

Gegen elf Uhr morgens ist die erste Arbeit des Bäckers getan, das Brot, die Laugenbrezeln, die Milchweckle sowie die Schneckennudeln gebacken. Nun geht der Bäcker in die zweite Schlafschicht. Gegen Nachmittag beginnt der zweite Teil des Arbeitstages. Zu diesem gehört vor allen Dingen die Vorbereitung des Ofens. Er muss mit Holz so befüllt werden, dass morgens um 3 Uhr, wenn der Bäcker die Backwaren in den Ofen einschießt, das Feuer in der Brennkammer zu Kohle verglüht ist, im Backofen aber die richtige Temperatur herrscht. Die Kohle wird mit dem Kohlekratzer in eine große Tonne geschaufelt, sie ist ein begehrtes Gut bei den Nachbarn, von denen fast jeden Tag einer durch die Hintertür hereinschneit, einen Gruß entrichtet und mit den Worten »Du, Becke, ich hol mer mol ä bissel Holzkohle« wieder verschwindet. Dauerabnehmer ist der Metzger, denn die Holzkohle braucht er zum Räuchern. So koexistiert unterhalb der Marktwirtschaft eine gemeinwirtschaftliche Arbeitsteilung. Den Handwerkern wäre es unanständig vorgekommen, die Abfallprodukte ihres Gewerbes zu Geld zu machen. Auch die Zervelatwurst, die der Metzger gelegentlich auf dem Backtrog liegen lässt, ist kein wertgleicher Tauschgegenstand, eher eine Gabe zur Erhaltung der Freundschaft.

Die Aschereste im Ofen wischt der Bäcker mit dem »Huddel« zusammen, einem an einem langen Stab befestigten Sack, den er im Gewerbebach direkt vor seiner Backstube reinigt.

Messgeräte stehen dem Bäcker nicht zur Verfügung, er muss sich auf seine Erfahrung verlassen, um die Holzmenge zu bestimmen, die er einschießen muss, damit Stunden später die Temperatur weder zu heiß noch zu kalt ist und der Teig sich in knuspriges Brot verwandelt. Viele Variablen spielen in den Brennvorgang hinein: das Holz zum Anzünden, Art und Grad der Trockenheit des Holzes. Nicht jede Qualität liefert die gleiche Energie, die Klappen für die Luftzufuhr müssen eingestellt werden, es soll glühen, aber nicht oder nicht zu stark rauchen. Am Abend wird der Ofen angezündet. Der Beweis, dass der Bäcker sein Handwerk beherrscht, stellt sich erst Stunden später ein. Sein Ofen ist ein eigenwilliges Tier, das er füttern und dessen Tücken und Launen er kennen muss, damit es ihm gehorcht.

Das Holz liefert der Holzknecht aus dem Sägewerk. Was an einem Baumstamm oben und unten abgesägt wird und wegen seiner Rundung unbrauchbar für den Möbelbau ist, die sogenannten Schwarten, bekommen die Bäcker, um ihre Öfen zu befeuern. Der Holzknecht stapelt die Schwarten im Schopf neben dem Kuhstall. In der Wärme, die die Tiere ausdünsten, können sie trocknen. Der Schopf muss deshalb immer gut gefüllt sein, damit jederzeit trockenes Feuerholz zur Verfügung steht. Eine Unterbrechung in der Lieferung gefährdet den Betrieb der Bäckerei. Manches Mal werden die Kinder geschickt, die mit dem großen Heuwagen das fehlende Holz aus dem Sägewerk holen müssen.

Gebacken wird nicht jeden Tag. Feingebäck, Brezeln und Süßigkeiten werden nur am Wochenende gebacken, zu mehr fehlt die zahlungskräftige Kundschaft. Noch viele Bürger backen ihr Brot selbst, nur »Zugezogene« sind dauerhafte Kunden. Sichere Abnehmer sind die Gaststätten, das Krankenhaus und die Schulen. Die entsprechenden Lieferungen teilen sich die Bäcker des Städtchens untereinander auf.

Schullieferungen übernimmt die Mutter. Sie liebt es, die Brötchen in ihrem Brotkorb zur Schule zu tragen und an die Schüler zu verkaufen. Wenn sie den Rückweg antritt, ist ihr Korb immer leer und die Brust stolzgeschwellt. Ihre Arbeitsprodukte werden geschätzt und diese Wertschätzung überträgt sich auf sie, die Frau des Bäckers. Sie ist eine Respektsperson, der die Kinder mit Achtung begegnen. Doch sie ist auch beliebt bei den Schülern, denn für jeden hat sie ein freundliches Wort. Als sie einmal erleben muss, dass sich forsch eine Hand in ihren Brotkorb stiehlt und ein Brötchen entnimmt, ist sie aufgebracht.

»Heute habe ich mich furchtbar geschämt. Stell dir vor«, sagt sie zu ihrem Mann, »da langt mir so ein junges Ding einfach in den Korb und ich sag, he du, des derfsch aber nit. Und stell dir vor, des war ä Lehrerin. Die hab ich nit erkannt, so jung war die.«

Die Brote werden zuerst in den Ofen eingeschossen. Am Sonntag, wenn die Bauern und Bürger nach dem Kirchgang ein Zehnerle vor dem Klingelbeutel gerettet haben, werden Brezeln gebacken. Dazu müssen auch die Kinder ran, genauer, die Mädchen. Der Bub, der dritte in der Reihe der Kinder, wird geschont. Er soll, wenn er groß ist, den Betrieb übernehmen, so erlässt man dem zukünftigen Meister die niederen Arbeiten. Spätestens um 7 Uhr müssen sie antreten. Wer noch im Bett liegt, wird auch mal unsanft mit einem Glas Wasser ins Gesicht an seine Pflichten erinnert.

In der Zeit, in der die Brote im Ofen reifen, formt der Beck die Brezeln. Dann müssen die Mädchen die handgeformten Brezeln zu Laugenbrezeln veredeln und flink in Sechserreihen auf die hölzerne Schaufel legen. Dazu fahren sie mit einem Kochlöffel in eine Brezelrundung und tunken sie in die ätzende Flüssigkeit. Der Beck gibt sein Salz dazu und schießt sie in den Ofen. Hier ist ebenfalls Geschicklichkeit verlangt, damit die Brezeln im Ofen nebeneinander und nicht aufeinander zu liegen kommen. In der Zeit, in der die Brezeln im Ofen ihre goldbraune Farbe annehmen, wird gemeinsam Kaffee getrunken, was die Kinder als eine Art Belohnung empfinden. Die Arbeitszeiten des Bäckers und die der Kinder führt sie nicht so oft zusammen. Die Zeit jedoch, die es braucht, um sich als guter Hausvater zu zeigen, lässt sich der Beck nicht nehmen. Jeden Morgen hat er die Schuhe seiner Kinder geputzt. Wenn sie zum Abschiedsgruß vor ihn hintreten, zieht er jedem einen ordentlichen Scheitel und befestigt die Schulschürze mit einer Schleife im Rücken. Erst dann werden sie mit einem Klaps in ihren Schultag entlassen!

Die Restwärme des Ofens wird genutzt, um zuerst den handgeschlagenen Biskuitteig zu backen und dann die Meringen zu trocknen. Als letzte Handlung vor der Nachtruhe wird der Ofen entzündet.

Mit fünf ist Liselotte eine umtriebige Göre. Das strohblonde Haar hat die Mutter so mit der Schere gekürzt, dass sie unbehindert von jeglicher Strähne auf ihre Welt schauen kann. Diese Welt ist bevölkert von Buben. Mit ihnen als Indianer oder Räuber durch die Nachbarschaft zu toben, zieht sie dem Puppenspiel vor, das ihre um ein Jahr ältere Schwester ausdauernd betreibt. Die Kleider, die sie von ihrer Schwester erbt und aufträgt, schlackern ihr um den dünnen Leib, die Strümpfe finden keinen Halt an den dünnen Beinen und ringeln sich um die ausgetretenen Schuhe. Im Jargon der Familie ist sie wahlweise »die magere Geis« oder »spindeldürr«. Sie muss gewiss keinen Hunger leiden, doch alle Kalorien werden restlos für ihren unbändigen Bewegungsdrang verbraucht. Sie ist aufgeweckt genug, um beim Vater jederzeit die Bereitschaft zu wecken, seinen Schabernack mit ihr zu treiben. Wenn sie, wie zufällig, seine Backstube durchquert, bremst sie ihr Tempo, dass er sie schnappen und auf den Stapel aus Mehlsäcken setzen kann. Leicht könnte sie ihm entwischen, doch lässt sie es gern geschehen. Sie liebt es, hoch auf ihrem Thron aus Mehlsäcken sitzend, dem Vater bei der Arbeit zuzuschauen, zu beobachten, wie seine nackten Arme bis zum Ellenbogen weiß gepudert im Trog hantieren und der Mehlstaub im Sonnenlicht, das durch die Fenster fällt, feine Wolken bildet. Sie liebt den Hefegeruch der Brote, die auf den Backblechen aufgereiht auf ihren Einschuss in den Ofen warten. Der Vater steht im Unterhemd in der Backstube, den Teig zu kneten, ist eine körperliche Anstrengung. Dass mancher Schweißtropfen in die Backmasse fällt, gibt dem Brot die charakteristische Note. Den Teig knetend bewegt er sich entlang des 2,5 Meter langen Backtroges, seine Unterarme walken rotierend die träge Teigmasse durch. Zur Freude der kleinen Liselotte singt der Vater lustige Lieder. »Der Elefant von Sumatra poussiert mit seiner Großmamma, fidirallalla fidirallalla«. Im Takt der Musik arbeitet sich der Bäcker am Trog entlang, er treibt den Teig mit raschen Walkbewegungen vor sich her, bei fidirallalla tritt er den Rückweg an. »Der Kakadu, der Kakadu, der macht das Arschloch auf und zu, fidirallalla, fidirallalla«, die kleine Liselotte kreischt vor Vergnügen, was manchmal die Mutter auf den Plan ruft: »Mensch Otto, schämsch du dich nit, vor den Kindern.« Aber Otto schämt sich nicht. Dass er seiner Tochter diese Freude macht, ist ein sekundärer Gewinn seiner Sangeslust, die ihn auch im Kirchenchor zu einem begehrten Mitglied macht. Was Liselotte als pure Spielerei erscheint, als kindlich-freches Vergnügen und Ausdruck einer überschüssigen Vitalität, das wird sie später, in der Erinnerung, auf seinen harten Grund zurückführen können und als Taktung seiner Arbeitstätigkeit erkennen. Das Lied steuert den Rhythmus bei, es beugt der Ermüdung vor und nimmt der maschinellen Gleichförmigkeit der Arbeit die quälende Härte. Das Jauchzen seiner Tochter kommt dazu, versüßt ihm die Mühsal seiner Arbeit.

Doch Liselotte bekommt das Vergnügen nicht geschenkt. Sobald sie in die Schule geht, muss sie dem Vater die Gedichte vortragen, die sie in der Schule gelernt hat. Und wehe, sie gerät ins Straucheln, betont falsch oder vergisst eine Zeile. Dann muss sie das Gedicht so lange wiederholen, bis es sitzt. Noch heute, im Alter von mehr als 90 Jahren, kann sie Schillers »Glocke« auswendig. Auch der »Taucher« oder der »Erlkönig« gehen ihr fehlerfrei über die Lippen. Hier, in der Backstube neben dem arbeitsamen Vater, ist die Schule, an der ihr unerschöpfliches Gedächtnis, diese Schule der Intelligenz, trainiert wurde. Und noch ein zweiter Lernerfolg hat hier seinen Ursprung. Die aufmerksame Beschäftigung des Vaters mit seinen Kindern und vorzugsweise mit Liselotte hat ihr das Bewusstsein einer substanziellen Wertschätzung vermittelt. Was sie gelernt hat, bewahrt sie im Wissen, dass es Bestand und Wert hat, weil es von einer geliebten Autorität kommt. Denn Liselotte liebt und bewundert den Vater dafür, dass er seine Zeit, seinen Humor und sein Wissen mit ihr teilt.

Doch der Vater ist auch ein tief religiöser Mensch, er lebt seinen Glauben aktiv im Kirchenvorstand und im Chor, geht regelmäßig in die Messe und ist ein geachtetes Mitglied der Gemeinde. Auch sein unerschütterlicher Katholizismus gehört zu den Werten, die er Liselotte nahebringt. So wie einen gütigen Vater gibt es einen gütigen Gott, der seine Kreaturen liebt, sofern sie ihn pflichtgemäß verehren und einen christlichen Lebenswandel pflegen. Vom Bäcker mag Liselotte einen leichten Schluss ziehen auf die Güte des Herrn, des Bäckers im Himmel, der aus Teig seine Kinder formt und ihnen seinen Geist einhaucht. Erst im Alter wird Liselotte in Konflikt geraten mit beiden Bäckern und sich aus dieser Befangenheit befreien. Aber selbst dann – und die Kirche gibt sich alle Mühe, dieser Befreiung die Argumente zu liefern – ist es, als müsse sie etwas loswerden, mit dem sie verwachsen ist. Was an der väterlichen Liebe ist zu bewahren, was zu verwerfen, weil mit dem Gift einer knechtischen Moral getränkt?

Der Ablauf der Zeit ist durch das Kirchenjahr strukturiert. In der Abfolge der Stunden mit den Gebetspflichten, der Woche mit den Tagen des Herrn und der Heiligen, des Jahres mit den Prozessionen und Zeremonien liegt das feste Gerüst vor, an dem der Glaube Halt und Orientierung findet. Allein der Kalender macht die Menschen zu Katholiken. Ob Zeit der Buße und Einkehr oder Festtagsstimmung und Feierlichkeit: im Korsett der christlichen Erzählung ist die Grundlage vorgegeben, auf der die Menschen ihre eigenen Gefühle entwickeln. Die Bibel ist in vielen Haushalten noch immer das einzige Buch. Der ikonografische Bildbestand, den Liselotte zu Gesicht bekommt, geht über die Heiligenbildchen, die in der Schule und der Gemeinde im Umlauf sind, kaum hinaus. In einer Kammer hinter der Backstube sind die Standarten und Heiligenbilder für die Flurprozessionen aufbewahrt. Der Glaube und seine Requisiten sind so fest mit dem Alltagsleben verwoben, dass sie als frei gewählte Geisteshaltung gar nicht wahrgenommen werden. So wenig wie man die Luft riecht, so wenig riecht der Glaube nach etwas anderem als purer Selbstverständlichkeit.

Die Mutter agiert in Liselottes frühen Jahren im Hintergrund. Liselotte erfährt sie als eher harte Frau. Mit Sorgen wendet sich Liselotte an den Vater, die Mutter hat keine Zeit. Der Vater kann es sich erlauben, mit einem Nachbarn auch mal eine Stunde in der Backstube zu politisieren. Er ist ein geachteter Handwerksmeister, verdienter WK1 Soldat, geb. 1883, und doch auch ein Träumer. Aber auch der Patriarch, der seine Frau schaffen lässt wie eine Magd, als die er sie ja auch geheiratet hat.

Von der Backstube führt ein schmaler Gang, der »Trippel«, zum Gewerbebach, den eine ungesicherte Brücke zu überqueren erlaubt, und dann hinter dem großen Backofen herum. Dahinter türmt sich der Misthaufen, auf dem alle tierischen und menschlichen Abfälle landen. Der Abort befindet sich darüber im ersten Stock, ein Plumpsklo mit Eimer-Spülung. Dahinter liegen die Scheune mit dem Heu und dem Gras für die Tiere und gegenüber der Stall für zwei Kühe und die Schweine, zum Schluss der Schopf mit dem Holzlager. Über der gesamten Länge des Hauses im ersten Stock die Schlafzimmer. Ein Teil der Räume unterm Dach sind ungenutzte Kammern, eine ideale Spielwiese. Es ist ein verwunschenes Reich, das sich den Kindern schon an seinen Gerüchen und Düften zu erkennen gibt: jeder Raum imprägniert mit einem für ihn charakteristischen Geruch. Die schwere Luft im Dachboden mit Geruchsspuren nach modrigem Gebälk, nach Mäusedreck und dem strohigen Dämmstoff im Dach. Dagegen die olfaktorische Wunderkammer der Backstube mit der Vielzahl der Gewürze für die Lebkuchen, den zarten Düften von Zimt, Nelken und Vanille auf dem Grund von zuckersatter schwerer Atmosphäre. Und schließlich die Schränke im Baumgärtele, in denen seit Jahren die ungelüfteten und ungewaschenen Kleider der Großeltern hängen, schwere Wollmäntel und dreifache Unterröcke, die kragenlosen Baumwollhemden des Großvaters, Kittelschürzen aus Drillich, Gesticktes und Gehäkeltes der Großmutter, Umhänge aus schwarzer Wolle, der Sonntagsstaat für den Kirchgang, ein Sortiment Hosen, leichtere für den Sommer, dicke Wollhosen für den Winter. Dies dient als unerschöpflicher Kleiderfundus für Tante Pauline, die nie etwas anderes trägt als lange Röcke, die auch gern die dunklen Trachtengewänder der Bauersfrauen aufträgt und der man nie etwas Neues kauft. Der dort beheimatete, schwer definierbare, aus vielerlei Elementen, aus Mäusedreck, Urin, Angstschweiß und säuerlicher Frömmigkeit gemischte Geruch an der Grenze zum Gestank hat eine besondere Anziehungskraft auf Liselotte. Eine längst vergangene Zeit ist hier zu einer Geruchsspur des Gewesenen, der Verwesung destilliert. Hier die Nase hineinzustecken, den Kitzel des Ekels zuzulassen, hinter der ersten Welle des Gestankes weitere Nuancen verbrauchten Lebens zu erschnüffeln, Witterung aufzunehmen und zu entdecken, was die Toten aus ihrer Zeit als Lebende zurückgelassen haben, es aufzusaugen wie ein Zeichen aus dem Jenseits, das ist eine Versuchung, der Liselotte immer wieder erliegt. Die ganze Metaphysik des Katholizismus ist nichts im Vergleich zu dieser Wiederbelebung des Abgestorbenen, dieser Vergegenwärtigung des Jenseitigen. Für diesen Zauber ist der hineingemischte Ekel ein gern zu schluckender Wermutstropfen. Immer wieder kriecht sie in den Schränken herum, versteckt sich in den dicken Wollmänteln und knöchellangen Röcken der Großeltern, die sie nicht mehr gekannt hat. Im hohen Alter, sagt Liselotte, habe sie einen Traum gehabt. Sie habe einen Geruch wahrgenommen, den sie seit 80 Jahren nicht mehr gerochen und den sie sofort erkannt habe. Es war der Geruch aus den Schränken im Baumgärtele. Er muss tief in ihre Körperzellen eingedrungen sein und dort ein Leben lang überwintert haben, um schließlich durch diesen Traum zu neuem Leben erweckt zu werden.

In den Kriegsjahren, als neben allen anderen Knappheiten auch die Textilien vom Markt verschwinden, greift man auf diese alten Kleider der Großeltern zurück. Zweimal im Jahr, im Frühjahr und im Herbst, kommt eine Näherin ins Haus und fertigt nach einem Einheitsschnitt neue Kleider für Liselotte und ihre Geschwister, bei denen inzwischen auch die Eitelkeit erwacht ist. Liselotte holt mit dem Leiterwagen die Nähmaschine bei der Nachbarin, der Mutter Remmler, und aus den Tiefen der Schränke im Baumgärtele werden die Stoffe herausgefischt. Das Bedürfnis nach Eleganz ist so natürlich schwer zu befriedigen. Der Schnitt sieht für den Winter lange Ärmel vor und für den Sommer kurze mit einem etwas weiter gefassten Ausschnitt. Der Mantel, den sich Liselotte wünscht, wird aus dem Uniformmantel des Großvaters Guido gefertigt, der in dieser Kluft, nebenberuflich, eine Zeit lang auch den Dienst als Nachtwächter und Polizeidiener versehen hatte. Nun drückt eine bleischwerere, mit wattiertem Futter ausgeschlagene, bodenlange Kutte samt Pelerine auf Liselottes schmächtige Schultern und ihre Stimmung. Gratis zum Mantel gibt es den Gestank aus dem Jenseits, sodass Liselottes Kommen für andere schon bemerkbar wird, bevor sie sie zu sehen bekommen.

Pauline wohnt in einer Stube, wohl die ehemalige Schlafkammer der Bäckergesellen. Sie isst nie mit der Familie, gilt als schwierig. Anna bringt ihr das Essen in die Stube. Man darf sie nicht wecken, solange sie noch schläft. Vermutlich ist sie wach und unterwegs, wenn morgens um drei der Bruder seine Morgenschicht beginnt. Wenn die Mutter kommt, verschwindet sie. Nicht dass sie schlecht behandelt würde von der Mutter, aber sie spürt wohl, dass sie der mit Arbeit überladenen Frau eine zusätzliche Last ist. Da Liselotte als kleines Kind sehr still ist, äußert Anna mehr als einmal die Sorge, dass das Kind nicht ganz gesund sein könnte.

»Otto«, sagt sie, wenn das Kind, noch im Vorschulalter, wieder einmal stumm auf dem Sofa im Verkaufsraum der Bäckerei sitzt und mit großen Augen dem Kommen und Gehen der Kunden zusieht, »du wirsch sehe, die hat was von der Tante Pauline.« Und Otto daraufhin: »Ach was, die isch bloß no nit ganz gebacken, aber des kummt noch.« Und

Otto soll recht behalten, schon wenige Jahre später läuft nun auch das Mundwerk der Liselotte, die Beine sind schon vorausgelaufen, im altersgerechten Betrieb, sodass die Angst der Mutter, die selbst kaum mehr als das Notwendige spricht, verflogen ist. Die Reste von Scheu legt sie im Spiel mit »den Buben« ab, denn hier ist Durchsetzungsfähigkeit verlangt.

Das Bäckerhaus

# 5. EINE BAHNFAHRT

Liselottes Erinnerung setzt ein mit einer Angina Erkrankung. Sie ist so schwach, dass ihre dünnen Beinchen sie nicht mehr tragen. Der Vater hebt sie aus ihrem Kinderbettchen und trägt sie auf den Armen durch die Backstube hinaus ins Freie an den Gewerbekanal. Dort setzt er sie in einen Schaukelstuhl und füttert sie mit seinem Brot. Es ist frisch gebackenes Brot, eine Ausnahme. Die Familie isst nur das Brot, das nicht verkauft wurde. Um es weich zu machen, wird es in den Malzkaffee eingebrockt. Liselotte nimmt das Brot aus der Hand des Vaters wie eine Medizin. Der Vater ist der Arzt, der sie gesund macht. Der Vater kann so viele Dinge, darunter auch Wunder.

Liselotte ist ein Vaterkind. Sie liebt ihn für seine lustigen Sprüche, sie bewundert ihn für seine Fertigkeiten, sie erduldet seine Strenge, wenn er sie zum Rezitieren von Gedichten anhält, die Betonung korrigiert und sie Gedichte so lange wiederholen lässt, bis der Vortrag fehlerfrei gelingt. Alle seine Kinder genießen ein für ihre Zeit seltenes Privileg. Der Vater begleitet aufmerksam ihre Schulbildung. Es ist ein kurzer Weg in die Backstube, wo der Vater sich gern von seiner Arbeit ablenken lässt. Liselotte sucht oft und gern diesen Weg. Dieses innige Verhältnis zum Vater bekommt sie zurück gespiegelt, der Vater behandelt sie als prima inter pares. In ihrer Erinnerung wird sie es damit erklären, dass sie halt »pflegeleicht« gewesen sei. Ihr fließen nicht so schnell die Tränen wie ihrer älteren Schwester Gertrude, die sich deshalb lieber mit ihren Puppen beschäftigt, von denen ihr keine Gefahr droht.

Liselotte ist auch nachts unterwegs, dies jedoch eher unfreiwillig. Man hat schon mehrmals ihr Kopfkissen vor dem Plumpsklo und an anderen Stellen im zweiten Stock gefunden, während Liselotte morgens in ihrem Bettchen aufwachte und nicht sagen konnte, wie es dahin gekommen war. Liselotte gilt seither als »mondsüchtig« und man bringt ein Gatter vor der steilen Treppe zum Erdgeschoss an. Eines sehr frühen Morgens vergisst der Vater das Gatter zu schließen, denn er hat es vermutlich eilig, eine Sonderbestellung rechtzeitig in den Ofen zu bringen. Liselotte tastet sich schlafwandelnd an der schiefen Wand entlang und fällt alle zwölf Stufen der Treppe hinunter. Mit ihrem schmächtigen Körperchen schafft sie es, an drei Stufen die Kanten abzuspalten, was immerhin zwei Jahrhunderte lang gewichtigen Bewohnern treppauf treppab nicht gelungen ist, und sowohl den Vater in der Backstube als auch die schlafende Restfamilie in Alarm zu versetzen. Ein oder zwei Rippen sind wohl gebrochen, auch zahlreiche blaue Flecken verteilen sich auf ihrem Körper. Liselotte erträgt es tapfer. Vielleicht hilft auch die Backpfeife, die ihre Schwester Gertrude kassiert, mit der sie das Bett teilt und die, so lautet der Vorwurf, ihre Aufsichtspflicht vernachlässigt habe. Gegen den Schmerz in der Brust weiß der Vater Trost: Er schenkt ihr eines der köstlichen Täubchen aus Zuckerguss, auf die er viel Arbeit verwendet hat und die er deshalb ungern wegschenkt. Liselotte weiß um den hohen Wert des Geschenks, denn sie kennt die Prozedur ihrer Entstehung aus eigener Anschauung.

Wenn der Vater ruft, weil er ihre Hilfe braucht, sind die beiden älteren Mädchen zur Stelle. Er ist damit beschäftigt, für die Dekoration der Biskuittorten, für die er im ganzen Ort berühmt ist, die Veilchen und die Täubchen aus Zuckerguss zu schaffen. Vorsichtig taucht er die Veilchenblüten in die Zuckerlösung und legt die Blüten zum Trocknen auf Löschpapier. Mehrmals wiederholt er die Prozedur, bis die Veilchen eine gläserne Textur gewinnen. Aufgabe der Mädchen ist es, den Täubchen einen Schnabel anzufügen. Dafür hat der Vater bereits Rosendornen vorbereitet, die die Mädchen nun mit Lebensmittelfarbe rot einfärben, um sie danach den zerbrechlichen Artefakten vorsichtig am Köpfchen zu fixieren. Später bekommen sie noch Flügel. Für die Mädchen ist die Arbeit eine Initiation in die Bäckerkunst, vom Vater gebraucht und eingesetzt zu werden, hebt ihr Selbstwertgefühl ungemein, das übliche Gemurre, wenn sie zur Mitarbeit eingespannt werden, entfällt. Oft werden die Dekorationstäubchen für ein halbes Jahr und mehr im Voraus zubereitet. Liselotte weiß, wo der Vater sie aufbewahrt, und so manch eines wird sich nie auf einer Torte niederlassen.

Als der Beck beschließt und verkündet, er müsse nach Triberg fahren, den schwer kranken Onkel Karl, einen Bruder seines verstorbenen Vaters, besuchen, fragt er Liselotte, ob sie Lust habe mitzufahren. Und ob sie Lust hat, schon die Nacht davor kann sie kaum schlafen: Die erste Zugfahrt ihres Lebens. Am nächsten Morgen machen sie sich auf den Weg zum Bahnhof, vorbei an der Kirche in einen Teil der Stadt, den Liselotte kaum kennt und der ihr bereits wie die halbe Einlösung des Abenteuers vorkommt. Mit aufgerissenen neugierigen Augen läuft sie an der Hand des mächtigen Bäckers und Ehrenbürgers, vor dem sich die Leute, die ihnen begegnen, bis auf den Boden verbeugen. So jedenfalls will es Liselotte scheinen. »Grüß Gott, Beck, wohin des Wegs?«, will mancher wissen. Der Vater zieht hier den Hut, schickt dorthin einen Gruß, »z'Triberg gommer, ä Weltreis für euch, für uns ä Katzesprung«, gibt er launig zurück und glättet seinen Schnurrbart. Oder ein anderer: »Wa isch, Beck, bliebt de Ofe heut kalt?«, »Ganz recht, mir reicht's«, scherzt der Beck, »die Lislott und ich, mir wandre us nach Amerika, stimmt's Lislott?« Liselotte nickt mit dem Köpfchen ein schwaches Einverständnis. Amerika, das übersteigt ihre kühnsten Fantasien über die bevorstehenden Abenteuer der Bahnfahrt. »Vadder, woher kenne dich all diese Litt?«, will Liselotte wissen. Für jemanden, der fast sein ganzes Leben in der Backstube oder im Bett verbringt, ist der Vater erstaunlich bekannt. »Weisch, wer so scheen im Kirchechor singt wie ich, der isch gern g'litte, ich könnt im Theater auftrette. Aber jetzt gommer zu, sonscht verpasse mer noch de Zug.«

Freudig erregt erklimmt Liselotte die Stufen hoch in den Waggon, wo sie das halbe Abteil für sich haben. Der Vater macht es sich auf den Holzsitzen so bequem, wie es eben geht, den Hut legt er vorsichtig unter die hölzerne Sitzbank. Daneben, auf dem Fensterplatz, baumeln Liselottes Beine im Leeren. Da der Vater seine Schwächen kennt, bittet er den Schaffner, ihn in Triberg wieder zu wecken, es könnte nämlich sein, dass er einschläft. Und so kommt es auch. Der Zug ist noch nicht bis Sulzbach gekommen, da kippt der Bäckerkopf leicht nach hinten auf die hölzerne Bank, die Schnurrbarthaare zittern im Luftstrom seiner Schnarcher, die Lokomotive gibt stampfend den Takt, mit dem die Bahn das Gutachtal hochfährt. Noch scheint Liselotte alles vertraut aus ihrer Kenntnis der näheren Umgebung, das weite grüne Tal mit dem Vieh auf den Weiden, hier und da ein Pferdefuhrwerk, am Waldsaum die ersten bunten Farbtupfer des Herbstes. Nach Hornberg verengt sich das Gutachtal. Der Waldsaum rückt nun nah, bedrohlich nah, die Fahrt wird unruhiger. Liselotte muss sich festhalten, die Fliehkräfte, wenn sich der Zug in die Kurve legt, ziehen an ihrer schmächtigen Gestalt, auch der Blick hat keinen festen Halt mehr, zuweilen sind die Bäume so nah, dass ein zerhacktes Muster vor ihren Augen abgespult wird. Eine schwarze Schraffur flitzt vor Liselottes Augen vorbei, dass ihr ganz schwindelig wird. Ängstlich schielt sie zum Vater hinüber, doch das Schlingern und Rucken des Waggons scheint diesen nur tiefer in den Schlaf zu drücken. Wenn sich der Zug nach links in die Kurve legt, dringt schwarzer Qualm durch die Ritzen der schlecht schließenden Fenster. Liselottes kleine Finger verkrampfen sich um die Latten der Bank. Da ertönt plötzlich ein furchtbarer Pfiff, und gleich darauf nochmal dieser furchtbare Pfiff, so plötzlich, hinterhältig und unerklärlich, als käme er direkt aus der Hölle. Plötzlich wird es dunkel um Liselotte. Wo eben noch aus dem Schatten des Tales grüne Hecken und das quecksilberne Glitzern der Gutach winkten, ist nun nichts als bedrohliche Schwärze um sie herum. Eine gewaltige Angst ergreift Liselotte, setzt sich auf ihren Magen, wühlt in ihren Gedärmen. »Du Vadder«, stößt sie ihn an, »mir wird schlecht«. Doch der Vater schläft tief. »Du Vadder, wach auf, mir wird ganz arg schlecht«, drängt sie auf ihn ein, doch der Vater lässt sich auch durch kräftigere Stöße in die Rippen nicht aus dem Tiefschlaf holen. Lange lässt sich die aufsteigende Übelkeit nicht zähmen, doch wohin mit dem halbverdauten Brei, den ihr Magen nicht mehr halten kann? In ihrer Not greift sie zwischen die Beine des Vaters und zieht seinen Hut hervor. Mit beiden Händen an der Krempe erbricht sie ihre Angst und Übelkeit in die filzige Vertiefung in der Mitte. Im Abteil ist es wieder Tag geworden und auch die Teufel in ihrem Magen haben sich beruhigt. Da ertönt der nächste Pfiff und wieder taucht der Zug in die höllische Schwärze hinein. Und wieder schüttelt die Angst die kleine Liselotte so lange, bis sie die Reste ihres Frühstücks zur Kehle hinaus gewürgt hat. Der Hut des Bäckers ist nun gut gefüllt. Nicht lange danach erscheint der Schaffner und weckt wie verabredet seinen Fahrgast: »Wir erreichen jetzt Triberg, Sie sind angekommen.« Der Bäcker reckt die Glieder und will nach seinem Hut greifen. »Du Vadder«, kommt ihm Liselotte zuvor, »der

Hut, der Hut, also, der isch nimmer so, wie er war, als mer eing'stiege sin«. Der Vater schaut, sagt nichts, nimmt den Hut vorsichtig in beide Hände und steigt mit seiner Tochter aus. Auf dem Bahnhofvorplatz dreht er ihn herum, geht an den Brunnen, wäscht ihn unter dem Wasserstrahl aus, wischt mit seinem lakengroßen Sacktuch die Krempe trocken und setzt ihn sich auf den Kopf. Als wäre nichts geschehen, machen sie sich auf den Weg zum Onkel Karl.

Onkel Karl, einst stolzer Besitzer des Hotels Waldschlösschen, in dem betuchte Gäste aus den großen Städten abstiegen, um in der gesunden Schwarzwaldluft zu kuren, war in bittere Armut gefallen, nachdem ihm sein gesamter Besitz gepfändet worden war. Er hatte für einen Freund gebürgt, der mit geliehenem Geld sein Glück in Amerika machen wollte, es aber nicht fand oder auch nach Fälligkeit der Schulden noch auf der Suche danach war und seine Gläubiger weit weg wusste. Der Beck hatte anlässlich der Auslösung seines Besitzes einen Teil des Mobiliars gekauft.

Onkel Karls derzeitiges und letztes Domizil ist das Armenhaus. Bleich, abgehärmt, mit eingefallenen, unrasierten Wangen liegt ein alter Mann im Bett seiner schäbigen Kammer, als Vater und Tochter eintreten. »Sag dem Onkel Karl schön Guten Tag«, fordert der Vater Liselotte auf. Unter der dreckigen Bettdecke hängt schlaff eine fleckige, knochige Hand heraus. Liselotte möchte diese Hand nicht anfassen, zu deutlich hat sie das Gefühl, diese Hand würde die ihre umkrallen und nicht mehr loslassen, würde sie hineinziehen in das Lager, das dem Todkranken als Bettstatt dient. Ein Würgereiz wie der im Zug packt ihre Kehle. Mit äußerster Selbstüberwindung gibt sie dem Onkel kurz die Hand, zieht sie schnell zurück und wischt sie hinter ihrem Rücken am Kleidchen ab, als habe sie in ein schleimiges Gift gefasst. Auf eine gewisse Art hat sie wie im Zug das Gefühl, am Schlund zur Hölle zu stehen und vom Beelzebub hineingezogen zu werden, ihre Seele hergeben zu müssen oder zumindest ihren Mageninhalt. Wenige Wochen später wird Onkel Karl sterben.

Wie der Tag ihrer ersten Bahnreise zu Ende geht, ob der Hut auch auf der Rückreise zum Einsatz kommt, daran kann sich Liselotte nicht mehr erinnern. Die erste Bahnfahrt ihres Lebens ist eher eine Geisterbahnfahrt. Zur Freude über eine neue Erfahrung gesellt sich die Erleichterung, eine Gefahr überstanden zu haben. Die leicht erregbare Reiseübelkeit wird ihr bleiben, die Reiselust aber auch.

# 6. DAS HAUS 2

Über die steile Holztreppe zwischen den beiden Verkaufsräumen gelangt man in den ersten Stock. Die Zeit im Verein mit tellurischen Kräften hat dem Haus hier sichtbar zugesetzt. Die Flure präsentieren sich so altersgebeugt und schief, dass der ungeübte Besucher sofort sein Gleichgewicht in Gefahr sieht und mit ausgestreckten Armen an den Wänden Halt sucht.

Oben angekommen, geht rechts eine weitere Küche ab. Dahinter gibt es ein größeres und noch ein kleineres Zimmer. Sie werden von den sogenannten »Hausleuten« genutzt. In Liselottes früher Kindheit wohnte dort die »Zezzel« mit ihrem unehelichen Kind, der Paula. Zezzel hatte das Pech, in jungen Jahren an einen verheirateten Mann zu geraten, der sie, kaum wurde die Beziehung sichtbar, sitzen ließ. Zezzel war als »gefallenes Mädchen« der Missbilligung oder sogar der Verachtung der Gemeinde ausgesetzt. Der Vater war dem christlichen Gebot der Nächstenliebe jedoch so weit verpflichtet, dass er die alleinerziehende Mutter aufnahm. Nun macht sie sich aus Dank dafür als Kindermädchen nützlich, nimmt die Kleinen zu Wanderungen mit, spielt und bastelt mit ihnen. Im Haus ist sie eine gern gesehene Bewohnerin. Ihr stilles Wirken im Hintergrund macht sie zu einer Art von Hausgeist. Zezzel verdient sich ihren Lebensunterhalt in der Zigarrenfabrik. Dort gilt sie als eine der besten Zigarrendreherinnen. Der Chef weiß, was er an seiner Lohnarbeiterin hat, gute Kunden der Firma rauchen nur von Zezzel gedrehte Zigarren.

Gegenüber der Küche liegt das Wohnzimmer, der wohl einsamste Ort des gesamten Hauses. Die »Stubb« wird so gut wie nie benutzt. In den ersten Lebensjahren von Liselotte steht ein Bett in der Stube, in dem Liselotte zusammen mit ihrer um ein Jahr älteren Schwester die Nächte verbringt. Interessant an der Stube ist für die kleine Liselotte das Mobiliar, das ihr seltsam unpassend im Arrangement mit dem Rest des Hauses erscheint, ein biedermeierlicher Traum vom Schönen Wohnen, mit Intarsien versehenen Nussbaum-Tischchen, von denen nie gegessen wird, mit samtbezogenen gedrechselten Stühlen, auf denen nie jemand sitzt, mit Kristallgläsern, aus denen nie jemand trinkt. Vornehm und fremd stehen sie unter ihren proletarischen Artgenossen herum und strahlen eine museale Aura aus. An hohen Feiertagen vielleicht wird die Stube genutzt, dann, wenn das Alltagsgefühl einer erhabenen Feierlichkeit den Platz räumt und alle sich zu einer gewissen Steifheit ertüchtigen. Man ist froh, wenn man den Raum wieder verlassen kann, so wie einer erleichtert ist, wenn das Bankett vorbei ist und er endlich das steife Hemd und die Krawatte ablegen kann.

Die Dinge bleiben Angehörige einer anderen Welt, man bietet ihnen Asyl, aber mutet ihnen nicht zu, den Abstieg in eine niedere Klasse zu vollziehen. Die Familie ist an einfache Mahlzeiten gewöhnt, die unbeschwert, geradezu hemdsärmelig eingenommen werden. Aus edlem Porzellan zu essen, hätte das peinliche Gefühl geweckt, nicht über die dazu notwendigen guten Manieren zu verfügen.

Mit etwa sieben Jahren macht Liselotte in der Stube eine Entdeckung: ein dickes Buch mit Abbildungen aus dem Inneren des Menschen. Dass die Darstellungen auch die Geschlechtsorgane umfassen, erhöht den Reiz der Lektüre, gebietet aber auch allergrößte Heimlichkeit. Vor allem der älteren Schwester ist nicht zu trauen; zu groß die Gefahr, dass sie es dem Vater petzt. So sitzt sie manche Stunde, solange sie die zappeligen Beine ruhig zu halten vermag, und blättert sich durch die Querschnitte von Männlein und Weiblein, durch Illustrationen von Herz und Lunge, von Nieren, Leber und Blase, durch das Geflecht der Adern und Nerven, durch das Skelett, Schicht um Schicht in immer tiefere Tiefen, ohne dass je eine Seele sichtbar würde. Dafür war alles in abstoßend kräftigen Farben gegeneinander abgehoben, die man bei Betrachtung der Außenhaut nicht vermuten würde, bis hinunter zur grotesk vergrößerten Darstellung der Geschlechtsorgane, an denen sie jedoch nichts mehr und nichts weniger anstößig findet als an all den anderen Organen. Immer wieder jagt ihr ein Knarren im Treppenhaus oder im Gebälk einen kleinen Schrecken durch die Glieder, doch die Ursache ist meist harmlos, denn in der Regel findet selten jemand am Tag den Weg ins obere Geschoss. Immerhin kann sie sicher sein, dass niemand sie an anderer Stelle vermissen würde, denn dass sie sich stundenlang auch abseits des Elternhauses, in der nahen oder fernen Nachbarschaft, herumtreibt, ist nicht ungewöhnlich. In diesem Buch findet Liselotte Erklärungen für Dinge, die in der Familie, aber auch in der Schule und Öffentlichkeit unter ein verschämtes Schweigegebot fallen. Ihre Neugier ist groß. Aber auch ihr unwilliges Erstaunen darüber, dass sie in ihrem Körper ebenfalls so unappetitlich gestaltete Organe besitzen soll. Nein, sagt sie sich, so schrecklich sehe ich in mir drin nicht aus. Aus so vielen Teilen kann ein Mensch nicht bestehen, wo er doch von außen betrachtet wie aus einem ganzen Stück gemacht erscheint. Viel mehr als Blut, das durch die unvermeidlich anfallenden Wunden, ob aus dem aufgeschlagenen Knie beim Sturz oder den verkratzten Oberarmen beim Versteckspielen im Unterholz, aus ihrem Leib heraustropft, und das Herz, das ihr beim Rennen an den Brustkorb hämmert, kann ihr Inneres nicht enthalten. Sicher, wenn es im Bauch oder Kopf weh tut, dann muss ein Einzelteil betroffen sein, dies aber kann unmöglich so kraus, so wulstig und widerlich beschaffen sein wie auf den Abbildungen. Kaum macht sie eine erste Bekanntschaft mit der Buchweisheit, kommen ihr erste Zweifel an der Wahrhaftigkeit dessen, was da gedruckt und behauptet wird.

An die Stube schließt sich das Schlafzimmer der Eltern an. Der drittgeborene Sohn Otto nächtigt die ersten Jahre ebenfalls in diesem Raum in einem Kinderbettchen. Als Otto mit vier Jahren der zuletzt geborenen Brunhilde das Feld räumen und in die Stube ziehen muss, werden die beiden älteren Mädchen in eine Kammer hinter der Küche im Erdgeschoss verlegt, nun mit einem eigenen Bett für jede. Liselotte genießt die neue Selbstständigkeit, die erzwungene Bettpartnerschaft mit ihrer älteren Schwester war ihr schon lang ein Graus. Gelegentlich jedoch muss Liselotte ihr Bett mit ihrer Cousine Emilie teilen. Emilie und ihre Mutter bekommen immer wieder einmal die unkontrollierte Wut des Ehemanns beziehungsweise Vaters zu spüren, der mit seinen Schlägen die im Ersten Weltkrieg erlittenen Traumata wegzuprügeln versucht. Er war bei einem Gasangriff verschüttet worden und erst nach einer gefühlten Ewigkeit unter den Toten wieder hervorgekrochen. Nun hat er in regelmäßigen Abständen Wahnanfälle. Dann schließt er sich in sein Zimmer ein und beschwört ein Schlangenbild. Dabei zerkratzt er sich und schlägt auf sich ein, danach auf die Ehefrau.

Wenn die Prügel zu heftig werden, retten sie sich ins Haus des Bruders. Dann also nimmt ihre ältere Cousine einen großen Teil des nicht allzu großen Bettes ein. Was ihr einen besonderen Abscheu verursacht, sind die Beine des bereits pubertierenden Mädchens. Schwarze dicke Haare kräuseln sich bis hinunter zu den Knöcheln. Was da stachelig aus dem Nachthemdchen herausschaut, könnten, wenn sie es nicht besser wüsste, auch zwei Männerwaden sein. Auf keinen Fall möchte Liselotte mit ihnen in Berührung kommen. Deshalb drückt sie sich ganz an die Wand am Rand des Bettes, am liebsten wäre sie in die Wand hineingekrochen. Diese haarinduzierte Abneigung gegen ihre Cousine sollte Liselotte ein Leben lang begleiten.

Im Schlafzimmer der Eltern hängt ein von der Großmutter gesticktes Bild mit einem Spruch in Sütterlinschrift, Groß- und Kleinbuchstaben in unterschiedlicher Größe und Farbe. Als Liselotte mit sechs in die Schule kommt und nach und nach das Alphabet beherrscht, schleicht sie sich, vornehmlich in den Abendstunden, wenn der Vater seinen Tagesschlaf beendet hat und wieder in der Backstube werkelt, hinein, um ihre neu erworbenen Kenntnisse zu erproben. Den Nachweis ihrer Lernfortschritte im Schlafzimmer der Eltern zu erbringen, erhöht den Stolz auf das in der Schule Gelernte. Mit jedem neu gelernten Buchstaben also schleicht sie ins Schlafzimmer, um sich die elterliche Lebensweisheit zu einer Ganzheit zu erschließen. Es dauert lange, bis sie die Großbuchstaben lesen kann. Deshalb ergänzt sie die Zeilen durch ihre kindlichen Konjekturen. Aus dem Ergebnis wird sie gleichwohl nicht schlau.

Wenn du im Herzen Fr ede hast
Wird dir die Hütte zum (B)alast

Was eine Hütte ist, weiß sie natürlich, aber nicht, was eine Ede und was ein Palast ist. So hat sie fast ein ganzes Schuljahr lang mit dem Stoffbild der Oma einen Ansporn, ihre Kenntnisse zu verbessern, um das Rätsel der Deutung zu lösen. Im Schlafzimmer eines ihrer eigenen Kinder wird sie später den Spruch lesen: Friede den Hütten, Krieg den

Palästen. Auch ihm wird sie eine gewisse Wahrheit nicht absprechen.

Am Ende des Flurs liegt der Speicher, der die Hälfte des Hauses zur Bachseite hin einnimmt. Hier wird alles gesammelt, was nicht mehr gebraucht wird und nun im Ruhestand auf die endgültige Entsorgung wartet: alte Kartons, Papier, ausrangierte Möbel, kaputte Arbeitsgeräte usw. An Regentagen ist der Speicher voll mit einer Schar von Kindern, die wahlweise die Prärien Amerikas oder die Meere der Piraten hierher verlegen, aus den Kartons Ritterburgen bauen oder verzweigte Kaninchenbauten, in denen man sich verstecken kann. Wie in allen Nachbarhäusern stehen auch im Bäckerhaus die Kinder nicht vor verschlossenen Türen oder misstrauischen Erwachsenen, die wissen wollen, was sie hier verloren haben. Kinder werden sich selbst überlassen, so hat man sie nicht »zwische de Füß«. Die Freiheit dauert bis zur hl. Kommunion. Ab der Vereinigung mit dem Leib Christi beginnen die Pflichten. Bis dahin aber tollen die Kinder in heidnischer Wildheit in allen ungenutzten Räumen herum.

Links vom Speicher sind zwei Türen. Eine führt über eine Treppe nach oben zum Heustock, in dem das Heu für das Vieh gelagert wird. Die andere führt ins Magazin, eine übervolle Rumpelkammer.

Zu den Aufgaben der Bäcker sowie der anderen Handwerker gehört seit alters her die Pflicht, die Prozessionswege zu schmücken. Die dazu notwendigen Utensilien lagern im Magazin: Kerzenleuchter aus Messing, Banner, Wimpel, Fahnen und Fahnenstangen, Vorhänge mit Abbildungen des Kreuzes oder des Lamm Gottes, die den Prozessionsweg entlang der Häuser schmücken, Weihgeschirr und Rauchbehälter, Weihwassergefäße und Wedel, mit denen während der Flurprozessionen ganze Felder mit dem Segen Gottes benetzt und zu Fruchtbarkeit angeregt werden, stapelweise Gebetbücher, riesige Schwarten mit Heiligengeschichten, für jeden Tag des Jahres eine andere, Schauergeschichten zur Stärkung des Glaubens aus dem Geist des Grusels, der einen packt bei dem Gedanken, was ohne den täglich herbeigeflehten Schutz Gottes passieren könnte. Auch über 50 größere und kleinere Heiligenbilder mit hölzernen oder vergoldeten Rahmen sind hier für ihren Einsatz bei Prozessionen gelagert. Szenen aus dem Evangelisierungsschatz der Kirche, Schutzengel mit ausgebreiteten Schwingen, die Kinder über gefräßige Wildbäche führen, Märtyrer, die für den Glauben den größten Qualen trotzen, von Himmelstrahlen Erleuchtete in ekstatischer Verzückung, Schutzpatrone für alle Notlagen. Für alle Gefahren und Drangsale des Lebens ist etwas dabei. Gerade die mit der Angst spielenden Bilder üben eine seltsame Faszination auf Liselotte aus. Wenn sie sich durch diese Bilderwelt hindurchgearbeitet hat, immer wieder auf bisher ungesehene Szenen stoßend, und sich bis an die Angstschwelle mit den Fährnissen eines Christenlebens vertraut gemacht hat, geht sie mit zittrigen Gliedern ins Bett, wacht in der Nacht an bösen Träumen auf und kann es trotzdem nicht lassen, sich erneut ins Magazin zu schleichen, um in das christliche Pandämonium abzutauchen, bis ihr die Luft ausgeht, eine Luft, die ohnehin kaum zu atmen ist. Diese Rumpelkammer Gottes wurde seit Generationen nicht mehr gelüftet. Hätte es jemand versucht, er hätte Wochen gebraucht, diese frömmigkeitssatte, unbewegliche, dicke Luftsäule gegen frischen Sauerstoff zu tauschen.

Zu kirchlichen Feiertagen kommen die Prozessionsutensilien immer wieder zum Einsatz, bis das NS-Regime 1940 dann beschließt, dass die Sorgen der Landeskinder exklusiv dem Führer und Vaterland im Krieg zu gelten hätten und auch diesem Brauch ein Ende bereiten. Etwas größere Toleranz genießen noch eine Zeit lang die Flurprozessionen, wohl weil es bei der Beschwörung der Fruchtbarkeit der Erde eine gewisse Schnittmenge mit der Blut- und Bodenideologie der Nazis gibt.

Die Treppe zur Bühne, auf der das Heu gelagert wird, ist so alt wie das Haus selbst, Generationen von Bewohner haben ihre Spuren hinterlassen. Die Stufen der Treppe haben keine Rückwand, Liselotte kann ihren kleinen Kopf zwischen zwei Stufenbretter hindurch stecken und kann dann bis hinunter in den Stall sehen. Eines Nachts wacht sie an aufgeregten Männerstimmen auf, die Quelle der Aufregung lokalisiert sie im Stall. Neugierig legt sie sich an der Treppe auf die Lauer und sieht, wie im Stall eine Gruppe Personen um eine Kuh herumstehen. Dass eine Kuh bald kalben würde, hatte sie gehört, hatte aber keine rechte Vorstellung, was das ist und wie das geht. Nun ist sie mächtig stolz auf ihren Einfall, von oben eine Sache in Augenschein zu nehmen, zu der kleine Kinder wie sie nicht zugelassen sind. Plötzlich packt sie eine grobe Männerhand von hinten am Genick: »Wenn du scho gucksch, na kannsch au helfe«, sagt ihr Onkel Gust, trägt sie unterm Arm in den Stall, stellt sie in ihren Hausschuhen in die Kuhscheiße, von wo sie, eingemauert wie in Zement, zusehen muss, wie die Männer die Komplikationen der Geburt meistern. Breitbeinig steht die Kuh im Stall, doch das Kalb will nicht hinaus. Ein Bein des Kalbes hat sich unter seinem Bauch eingeklemmt, das Tier passt so nicht durch den Geburtskanal. Man hat bereits den alten Limburger geholt, der sich als Kuh-Hebamme einen Namen gemacht hat. Nun führt er einen Kälberstrick mit einer Schlinge in die Vagina der Kuh, legt die Schlinge um das abgeklemmte Bein des Kalbes und zieht es sanft unter seinem Bauch hervor in die Waagrechte, bis es parallel zum anderen Bein liegt. Jetzt kann das Kalb am Strick herausgezogen werden. Auch Liselotte bekommt das Ende des Stricks in die Hand gedrückt und darf ziehen. Erschrocken wird sie Zeugin, wie die Kuh in konvulsivischen Wehen und unter Hilfe der Männer die Fruchtblase herausdrückt, wie in diesem opaken Ball die Beine des Kalbes erkennbar werden, dann der Rumpf, wie die restliche Fruchtblase platzt und schließlich das ganze Kalb herausflutscht. Als schließlich die Nabelschnur reißt und die Kuh ihr Neugeborenes ableckt, ist sie mit den Nerven am Ende. Ihre Neugier an allem, was im Stall passiert, erleidet auf Dauer einen schweren Dämpfer.

Durch ein großes Loch im Dachboden wird das Heu hinuntergeworfen. Über dem Loch hängt am Firstbalken das Rad für den Seilzug, mit dem das Heu nach oben gezogen wird. Wenn frisches Heu auf dem Dachboden angelandet wird, kommen die Kinder zum Einsatz. Eine ganze Schar wird zusammengetrommelt zum »Heuhupfe«. Unter lautem Gejohle wird auf dem Heu herum getrampelt, die Mutigeren springen aus größerer Höhe von der Leiter, flitzen wie muntere Äffchen die Sprossen hoch und stürzen sich Füße voraus ins gelbe Meer; alles ist erlaubt, was das Heu verdichtet und Platz schafft für die nächste Ladung. Der Spaß hat seinen Preis. Nach kurzer Zeit steht ein dicke Heustaubwolke in der Luft und macht das Atmen schwer. Heuhalme dringen durch Hosen und Hemden und die allergenen Blüten tun ein Übriges. Das Juckpulver des Heustaubes dringt durch alle Klamotten. Nach getaner Arbeit juckt es die Heuhupfer dermaßen, dass alle das Ende der Tollerei herbeisehnen. Gemeinsam springen die Kinder in den Gewerbebach hinter der Backstube, der auch an heißen Sommertagen so viel Wasser führt, dass man darin schwimmen kann, und waschen sich die Strohhalme aus Pelz und Haaren.

Der Heustock ist auch der Schauplatz eines anderen Abenteuers. Unter ihren Verwandten ist Liselotte besonders ihrem

Onkel Franz zugetan. Er ist der Sohn einer weiteren Schwester des Vaters, also eigentlich ein Cousin. Der Altersunterschied jedoch adelt ihn zum Onkel. Franz ist Berufssoldat. Wenn er auf Heimaturlaub die Bäckerei betritt, um mit dem WK1-erfahrenen Beck über Militaria zu fachsimpeln, baumelt seitlich an seiner schmucken Uniform ein Säbel. Franz ist, hinter seiner zackigen Erscheinung, ein umgänglicher, fröhlicher Mensch, der für jeden ein freundliches Wort hat, so auch zur kleinen Liselotte. Bei einem dieser Besuche erfährt sie von seiner Absicht, den Nachmittag dieses sommerlich heißen Tages im Schwimmbad zu verbringen. »Bitte, Onkel Franz, nimm mich mit ins Schwimmbad, da war ich noch nie und ich möchte so gern einmal ins Wasser springen, und allein lässt mich die Mutter nicht«, bettelt die siebenjährige Liselotte. »So«, sagt Onkel Franz, »dann kummsch halt mit.«

»Aber ich kann nicht schwimmen«, sorgt sich Liselotte.

»Des macht nix,« beruhigt sie Franz, »ich lern dir's«.

Und so gehen sie Hand in Hand ins jenseits der Kinzig liegende Naturschwimmbad, ein ausgebaggerter Tümpel, an dessen Rand aber herausfordernd ein Sprungbrett aufragt. Als Liselotte in ihrem roten Badeanzug, dessen Träger im Rücken über Kreuz zusammenlaufen, am Wasserrand steht, schon vorsichtig mit einer Zehe im kalten Nass rührend, packt Onkel Franz sie an diesen Trägern, trägt sie aufs Sprungbrett, hebt sie in die Höhe und lässt sie in die Tiefe fallen. Wasser spuckend und mit den Pfoten platschend wie ein Hund rettet Liselotte sich ans Ufer. Sie kocht vor Wut, das war nicht der Schwimmunterricht, den sie sich erwartet hatte. Wieder zu Hause angelangt bietet sich eine Gelegenheit zur Revanche. Onkel Franz, nun wieder ganz zivil gestimmt, legt, als die Familie gemütlich in der Küche zusammensitzt, sein Koppel mit dem Säbel ab. Die Situation verlangt nach Aktion, und die Aktion verlangt nach einem Helfer. Liselotte pfeift ihren Kumpel Philipp heran. Gemeinsam entwenden sie den Säbel und verstecken ihn im Heustock, wie einen großen Bruder der sprichwörtlichen Nadel im Heuhaufen. Besser, man lässt sich die nächsten Stunden nicht blicken. So muss der nette Onkel Franz den ganzen Heustock auf den Kopf stellen, bis er seinen Säbel wieder hat. Als Ehrenmann, der er ist, trägt er den Spaß seiner kleinen Verwandten nicht nach. 1939 wird ihn Liselotte zum letzten Mal zu Gesicht bekommen. Er bringt aus dem Saarland eine Braut mit, eine bildschöne Dame, die mit ihrer schicken städtischen Kleidung und dem breitkrempigen Hut in Franzens katholisch-ländlicher Heimat Befremden auslöst. Lange jedoch kann er sein Liebesglück nicht genießen. Schon bald wird er in Frankreich für Hitlers tausendjähriges Reich erschossen.

Ein Bad hat das Haus nicht. Man wäscht sich am großen Spülstein in der Wirtschaftsküche. Im Sommer werden die Kinder mit einem Stück Seife an den Gewerbebach geschickt. Einmal in der Woche, am Samstag, geht man geschlossen ins Volksbad. Dort werden die Kinder von der Badefrau mit einer Bürste abgeschrubbt. Für kurze Zeit umgibt sie eine Wolke kernseifiger Sauberkeit. Als die Kinder größer sind, steht nach dem Volksbad die innere Reinigung im Beichtstuhl an, eine Qual für Liselotte, die nie weiß, welche ihrer Taten und Gedanken sündhaft sind und gebeichtet werden müssen. Schlimmer als das Geständnis einer Sünde ist die Not, Sünden erfinden zu müssen. Sie hat gelernt, der Mensch sei ein sündiges Wesen, bewiesen sei das bereits mit der Erbsünde, die allerdings zu beichten nicht erlaubt ist, die Notwendigkeit, Gott um Verzeihung zu bitten, bestehe immerzu. Dem Beichtvater, diesem verlängerten Arm Gottes, nichts anzubieten, kann nur bedeuten, ihm aus Verstocktheit oder Unredlichkeit die Wahrheit des eigenen sündhaften Lebenswandels vorzuenthalten. Liselotte fürchtet die Strafe dafür, dass sie nichts zu gestehen hat, mehr als das Geständnis begangener Sünden, zumal selten mehr als eine kleine Notlüge zu Buche steht, die mit zwei Vaterunser abgegolten ist. So erfindet sie welche, entlang der Richtlinien des Beichtspiegels. Sogar auf solch verquere Art kommt das schlechte Gewissen des Christenmenschen zustande, das ihn beständig zum Zweifel an sich und an seinem Seelenheil drängt. Du hast nichts zu beichten? Dann bist du ein verstockter, unehrlicher und hochmütiger Sünder, der die Gnade Gottes umso weniger verdient. Der Strafe dafür entgehst du nicht.

1950 wird Karlheinz, Liselottes zukünftiger Ehemann, das Haus kennenlernen. Er ist ein junger Bauingenieur, der hoffnungsvoll ins Berufsleben startet. Als er bei seinem ersten Besuch auf ein zweihundert Jahre altes Bauwerk trifft, das bis auf einige wenige Schönheitsreparaturen sich in allem original und voll funktionsfähig präsentiert, ist er begeistert. Unbekümmert um das Weltgeschehen steht das Haus da, ein Bollwerk der Beständigkeit. Die Dienste, die es seinen Bewohnern geleistet hat, haben zwar ihre Spuren hinterlassen, bei guter Pflege aber hätte es gut und gerne weitere hundert Jahre überdauern können. Es wurden jedoch nur zwanzig Jahre. Mit den Erfolgen des »Wirtschaftswunders« kann es nicht Schritt halten. Für das Wachstum, das die Marktwirtschaft auch auf dem Lande erzielt und mit jedem Fortschritt erneut entgrenzt, steht es schon zu lange im Weg herum, für eine denkmalpflegerische Konservierung jedoch nicht lange genug. 1972 wird das Haus abgerissen, die Hauptgasse soll zu einer Magistrale für den Autoverkehr verbreitert werden. Mit dem Haus verschwinden auch die Möbel, die Arbeitsgeräte, die Devotionalien, die Bilder, die angehäuften Erinnerungsstücke, die Heiligenbücher, alle Dinge, die dort scheinbar ein ewiges Asyl gefunden haben. Und mit diesen Dingen verschwinden die Erinnerungen, die an ihnen hängen. Nicht alle. In Liselottes Gedächtnis ist das Haus olfaktorisch eingebrannt. Der süße Duft der Backstube, der Geruch der Kleider im Baumgärtele oder der säuerlich-dumpfe Dunst, der ihr in der Kammer der Tante Pauline entgegenschlug, alle diese Gerüche haben sich in ihre Zellen eingelagert. Manchmal, wenn Liselotte träumt, schütten ihn diese Zellen wieder aus und Liselotte kann ihn sofort zuordnen. Dann erwacht ein Stück ihrer Kindheit zum Leben.

# 7. ANNA

Liselottes Mutter Anna wurde 1904 in Appenweier als erstes von drei Kindern geboren. Der Vater, ein Postbote und Nebenerwerbslandwirt, war in zweiter Ehe mit Annas Mutter verheiratet. Die Kinder aus der ersten Ehe waren bereits in Lehrberufen untergekommen und hatten das Haus verlassen. Annas Mutter kam aus bäuerlichen Verhältnissen. Als der Vater gleich 1914 in den Krieg eingezogen wurde, war sie mit einem vierten Kind schwanger. Die Mutter war mit den drei Kindern und der Hauswirtschaft bereits überfordert, ein viertes Kind wäre über ihre Kräfte gegangen.

Hilfe von irgendeiner Seite konnte sie nicht erwarten. Sie tat, was viele Frauen in ihrer Verzweiflung taten. Sie sprang von der Tenne. Die in den christlichen Traditionen ihres Standes aufgewachsene Frau muss unter fürchterlichen Gewissensqualen unter dieser Entscheidung gelitten haben.

Im Blutstrom ihrer verzweifelten Tat hatte sie wie gewollt ihre Leibesfrucht verloren. Doch die Blutung hörte nicht auf. Man legte die Kindsmörderin ins Bett und ließ Gottes Strafgericht wirken. Einen Arzt rief man nicht. Was sie zu leiden hatte, empfand man als gerechte Strafe für ihre sündige Tat. Vielleicht sah sie es genauso. Als ihre Kräfte erkennbar zur Neige gingen, brachte man sie mit einem Pferdefuhrwerk nach Straßburg ins Krankenhaus. Ihre Tochter Anna besuchte die Mutter dort. Da war sie bereits so schwach, dass sie das Kind kaum erkannte. »Anna«, sagte sie zu ihr, »ich weiß, dass ich sterben muss. Betet jeden Tag ein Vaterunser, dann bin ich bei euch Kindern.« Anna aber konnte nicht begreifen, warum ihre Mutter sie verlassen musste, warum der Zorn des himmlischen Vaters sie ihr wegnahm, warum sie und ihre Geschwister diesen himmlischen Vater durch Gebete beschwichtigen sollten. An eine Beerdigung erinnert sich Anna nicht, die Erinnerung ist wohl mit der Anästhesie des seelischen Schmerzes getilgt worden.

Der kriegsbeurlaubte Vater brauchte eine neue Frau für die Führung des Haushaltes und fand sie auch erstaunlich schnell. Die Stiefmutter war mit ihren 24 Jahren gerade mal 14 Jahre älter als die Tochter. Sie kam nicht allein, sondern brachte ihre Schwester mit, die sich ihr Geld als Bedienung in der Bahnhofwirtschaft in Offenburg verdiente. Sie sollte ihr im Haushalt zur Hand gehen. Annas zwei Jahre jüngerer Bruder August, nur Gust genannt, würde sie ein Leben lang nur die Bahnhofshure von Offenburg nennen. Den beiden neuen Herrinnen im Haus – der Vater war wieder eingerückt – waren die Kinder ein Dorn im Auge, Brut aus fremdem Bett, deren Versorgung nur eine Last darstellte. Man kam mit dem Vater überein, sie in ein Waisenhaus zu geben, »dorthin, wo viele Kinder sind, zumindest bis der Krieg vorbei ist«. Anna und Gust wurden ins katholische Waisenhaus Oberkirch gesteckt, den erst dreijährigen Franz behielten die beiden Frauen. Die Geschwister wurden getrennt. Die rudimentäre Schuldbildung, die sie dort erfuhren, bestand hauptsächlich im Auswendiglernen des Katechismus. Der älteren Schwester zerriss es jedes Mal das Herz, wenn sie auf den Bruder traf und der ihr sein Leid klagte, dass er wieder vom Pfarrer verprügelt worden sei, weil er den Katechismus nicht auswendig hersagen konnte. Sie fühlte ihre ganze Ohnmacht, den Jüngeren nicht beschützen zu können. Auch die anderen Waisen bildeten keine Solidargemeinschaft, sondern verspotteten den rothaarigen Buben als den »dummen August«. Die Geschwister litten Hunger. Was sie von zu Hause kannten, dass gegen den ärgsten Hunger immer ein Stück Brot zuhanden war, hier galt es nicht. Hier wurden sie in die christliche Tugend der Entbehrung und Versagung eingeführt. Nur die Küchenschwester zeigte Mitleid und versteckte ihnen ab und zu einen Kanten Brot.

Mit vierzehn Jahren wurde Anna als Magd zu einem Weinbauern bei Oberkirch gegeben. Ihre Schulzeit war damit zu Ende. Um diese Zeit muss es gewesen sein, dass sich zum ersten Mal ihre Unterhose blutig rot färbte. Niemand hatte sie darauf vorbereitet und niemanden gab es, dem sie sich anvertrauen konnte. Sie musste allein mit ihrem Schrecken fertigwerden. Ein Jahr später kam ihr kleiner Bruder Gust als Helfer für den Stallknecht an den gleichen Hof. Immerhin war damit die Trost- und Schutzgemeinschaft wiederhergestellt und sie konnten sich satt essen. Ansonsten waren beide voll in den Arbeitsalltag auf einem Bauernhof eingespannt. Der Tag, an dem der Bauer den Messwein auslieferte, war für alle ein Festtag. Pferde und Wagen wurden mit Blumen geschmückt und die Knechte und Mägde bekamen fünf Mark. Der größte Teil der Arbeit jedoch wurde in Naturalien abgegolten.

An eine Aufgabe erinnerte sich Anna besonders. Die Bäuerin war bettlägerig, seitdem ihr eine Kuh beim Melken mit einem Fußtritt das Schienbein zertrümmert hatte. Die Wunde hatte sich entzündet, Antibiotika gab es nicht und einen Arzt wollte man für einen so alltäglich scheinenden Unfall nicht bezahlen. Mit der Zeit litt sie an Knochenfraß und konnte nicht mehr gehen. Annas Aufgabe war es, jeden Abend der Bäuerin einen Krug Wein ans Bett zu bringen, den sie dann zusammen mit dem Bauern plaudernd in den Abendstunden leerte.

Anna blieb auf dem Hof, bis sie 18 Jahre alt war, eine erblühte Frau, mit allen Fährnissen des Bauernlebens vertraut, fleißig, bescheiden, ernüchtert im Dienst an fremdem Eigentum und doch fern aller Unterwürfigkeit, als der Jungbauer immer begehrlichere Blicke auf sie warf. »Der Jungbauer isch mer z'lieb g'loffe, er hätt's gern g'het, wenn i gebliebe wär, aber sei Mutter un sei Tante hen mi gar nicht schmecke könne«, kommentierte sie später. Auf eine Ehe und eine Promotion zur Bäuerin konnte sie also nicht hoffen. Man heiratete unter seinesgleichen, immer in der Absicht, dem Hof neues Land dazuzugewinnen, das Eigentum zu vergrößern. Dieses ursprünglich aus der Lebenssicherung entstandene Gesetz hatte sich zum Standesdünkel verfestigt, der in den alten Bauersleuten den heftigsten Widerstand gegen eine Ehe hervorgerufen hätte. Und die Alten hatten das letzte Wort, denn ihr Altenteil hing davon ab. Ihr drohte das Schicksal so vieler Mägde im Schwarzwald, eine ungewollte Schwangerschaft und die darauffolgende Verstoßung.

Beim sonntäglichen Kirchgang hatte sie deren Schicksal anschaulich vor Augen. An Sonntagnachmittagen, nachdem sie das Mittagessen für die Bauersleute zubereitet hatten, war es die Pflicht der Mägde, in die Kirche zur Christenlehre zu gehen. Den ledigen Schwangeren und Müttern war es verboten, bei den »ehrbaren« Frauen zu sitzen, so saßen sie isoliert auf einer Seite des Kirchenschiffs, damit die Gemeinde keinen Augenblick im Zweifel darüber war, wer zur Kategorie der gefallenen Mädchen gehörte. Noch aus den Herrschaftszeiten des Fürsten zu Fürstenberg stammte das Gebot, dass für den fürstlichen Segen zur Heirat ein Minimum an Geld aufgebracht werden musste, das die Mägde in der Regel nie zusammen brachten. Auch hatte der Dorfvogt oder der Gemeindevorsteher das Recht, die Knaben, wenn sie das sechste Lebensjahr erreicht hatten, als Hütejungen auf die Höfe zu schicken.

Dieses Schicksal, so viel war ihr, die mit den Härten ihres Standes vertraut war, klar, konnte sie nur vermeiden, wenn sie den Hof verließ. Das Angebot ihres Vaters, doch ins Elternhaus zurückzukehren, in der Tabakfabrik eine Arbeitsstelle anzutreten und mit einem Teil ihres Arbeitslohnes zur Hauswirtschaft beizutragen, schlug sie aus. Sie wählte dazu den Weg einer Postkarte, denn sie wusste ja von ihrem Vater, dem Postboten, wie viele Leser Postkarten finden: »Ihr hän mi nit wolle, wie i klein war, und jetzt, wo i groß bin, will i euch nit. Anna«. An Martini, wenn die Bauern ihre Schulden oder den Arbeitslohn bezahlten und die Knechte und Mägde einen anderen Dienstherrn suchen konnten, löste sie das Dienstverhältnis auf und verdingte sich, zusammen mit ihrem Bruder, als Magd in Einbach auf dem Deckerhof.

Der Bauer war im Krieg gefallen, die Bäuerin hatte zum zweiten Mal geheiratet und war schwanger. Zu den zwei Kindern aus erster Ehe kam ein weiterer Sohn dazu. Der kleine Theodor hatte das Pech, Bettnässer zu sein. Wenn die Bauern am Sonntag mit ihrer Kutsche ins Tal zum Gottesdienst fuhren, stellten sie den Buben unters Wegkreuz, an dem auch die anderen Bauern vorbeifahren mussten. Um die Schultern hatten sie ihm das eingenässte Laken gehängt, wohl weil sie dem Spott, dem der Bub dadurch ausgesetzt war, heilsame Kräfte zuschrieben. Anna holte ihn, kaum waren die Eltern außer Sichtweite, herein, nahm ihn in den Arm und wusch das Leintuch.

Die Deckers waren Holzbauern, die vom zyklischen Einschlag und Verkauf ihrer Bäume lebten. Das Holz holten sich nun aber die Siegermächte gratis, die Inflation machte die Ersparnisse zunichte – Geld also war knapp auf dem Hof. Es waren magere Jahre für alle. »Ame scheene Dag«, so erzählte es Anna, »isch d'Bieri kumme und het g'meint, 'de Kittlerbeck sucht ä Frau, was meinsch?« Der Handel kam zustande. Liebe war nicht im Spiel. Eine so lebensstrategische Entscheidung wie die Ehe von Gefühlen abhängig zu machen, wäre so schnell niemandem eingefallen. Sie war verkuppelt worden, das wurde ihr erst später so recht klar, als die Illusionen verflogen waren und der Ehering sich, in ihren Worten, als »Fangeisen« herausstellte. Immerhin, der Beck war durchaus eine beachtliche Partie. Doch Anna vergewisserte sich, dass ihr nicht einfach eine neue Magdstelle angedreht wurde. »Er isch ja nit uweg, ä rechte Maa und für d'Paulin sorgt er selber«. Im mündlich geschlossenen Ehevertrag hatte sie ausgeschlossen, neben allen anderen Pflichten auch noch für die pflegebedürftige Schwester ihres Gatten sorgen zu müssen. Von der Heirat mit dem Bäcker hatte sie sich eine Erleichterung versprochen. »Ich hab gmeint, wenn i mol heirat, will i nimmer so viel schaffen müsse wie als Magd auf'm Hof«, musste aber bald ihre Täuschung eingestehen. »Bei deinem Vater«, sagte sie im Alter zu Liselotte, »hab i mi schwer getäuscht, da hab i noch meh schaffe müsse.«

Das Brautpaar und die Hochzeitsgesellschaft (1928)

Sie heirateten 1928, Anna war 24 Jahre alt, ihr Ehemann 45. Gertrude kam 1929 zur Welt, Liselotte 1930. »Du bisch so schnell komme, ich hätt dich fast auf'm Acker verlore, aber i bin grad noch ins Bett komme«, kommentierte Anna später. 1933 folgten Otto und 1937 Brunhilde. Die Ehe hatte hauptsächlich in der Arbeitsteilung ihren unromantischen Stiftungsgrund und wurde doch auch eine erfüllte Ehe. An ihrem freien Wochentag nahmen sich Anna und Otto Zeit für sich. Dann wurden die Kinder verscheucht und die Zärtlichkeiten nachgeholt, die im Arbeitsalltag keinen Platz fanden.

Sie bekam im Laufe von sieben Jahren vier Kinder, hatte daneben zwei Kühe und zwei Schweine zu versorgen, verrichtete Landarbeit auf eigenen oder gepachteten Feldern, bewältigte den Haushalt, bekochte die Familie und half im Verkauf. In der Erntezeit stand sie morgens um vier Uhr auf und ging mit der Sense auf dem Rücken zum Kornmähen. Dass sie beim Mähen mit den Männern mithalten konnte, machte sie stolz. In der Arbeitspause molk sie die Kühe, holte das Vesper für die

Schnitter, dann ging sie nach Hause und kochte für ihre Familie. Alle vier Wochen war Waschtag. Gewaschen wurde von Hand im Waschhäusl der Gemeinde. Bis alle Kleidungsstücke und die Bettwäsche mit Kernseife abgeschrubbt waren, war der Tag vorbei. Die ältesten Mädchen brachten die Tücher zum Bleichen ans Ufer der Kinzig. Ohne sie hätte der Wirtschaftsbetrieb der Bäckerei nicht funktioniert. Wenn sie sah, dass die Kunden mit ihren Produkten zufrieden waren, so war auch sie zufrieden. Sie wusste um ihren Anteil daran. Ein Teil ihrer Tätigkeit ging sogar auf eigene Rechnung: das Milchgeld. In einer Zeit, in der Frauen kein eigenes Konto bei einer Bank eröffnen konnten, ein kleiner Emanzipationsschritt. Im Alter gestand sie ihrer Tochter Liselotte: »Wenn es zu meiner Zeit die Pille gäbe hätt, ich hätt se g'nomme.

Und dann wär ich in die Zigarrenfabrik gegangen und hätt was g'lernt und des Glas Wi am Abend, des hätt i von minem eigene Geld bezahlt.«

Ihr Leben bestand aus Arbeit, anders kannte sie es nicht. Dass sie mit ihrer Arbeit ihr Leben meisterte, erfüllte sie mit Stolz. Ihre Kittelschürze war Uniform und Ballkleid zugleich. Auf ihren zwei stämmigen Beinen stand sie tief in der Erde und blickte auf die Welt mit einem Lächeln, das man auch für freundlichen Spott halten konnte.

Bis ins hohe Alter hatte sie schöne glatte Haut. Jedes Mal beim Melken hatte sie sich das Gesicht mit Melkfett eingeschmiert. Ihre Zärtlichkeit verteilte sie mit schwieliger Hand und, wissend um das Raue darin, mit Zurückhaltung. Sie war eine einfache und doch lebenskluge Frau. Die Freiheit, die sie im Urteil gegenüber den ideologischen Selbstverständlichkeiten ihrer Welt übte, war in der harten Schule der Knechtschaft erworben. Engstirnigkeit, so hatte sie gelernt, gehörte zum Selbstbewusstsein der dörflichen Standesgesellschaft. Deren Opfer taten gut daran, am natur- und gottgewollten Sinn der Dienstbarkeit zu zweifeln.

Den Glaubenseifer ihres Mannes teilte sie nicht, enthielt sich aber auch der Provokationen, für die ihr Bruder Gust bekannt war. Seit den christlichen Prügeln im Waisenhaus war ihm der Glaube abhandengekommen. Geistliche waren ihm noch mehr verhasst als die Großbauern. Auf die Vorwürfe des Priesters, er würde sich nie in der Kirche zeigen, soll er geantwortet haben: »Ich würde ja gerne kommen, Hochwürden, aber ich vertrage den Weihrauch nicht.« Sie hat zwei Weltkriege erlebt, die Inflation hat zweimal ihr bescheidenes Vermögen vernichtet, sie hat die Herrschaft der Nazis erduldet und die Frömmelei der Gemeinde – und doch war sie nicht verbittert. Ihre gelassen-zurückhaltende Liebe hat sie allen Enkeln zuteilwerden lassen. Was die davon zurückgegeben haben, auch wenn es nur wenig war, nahm sie mit Genugtuung entgegen.

Sie war ein Leben lang nicht aus ihrer Dorfgemeinschaft hinausgekommen. Im Alter aber schickte sie ihren Geist auf Reisen, sie tauchte ein in die Welt der Literatur. Sie wohnte bei ihrem Sohn und dessen Familie, doch die Stille um sie herum nahm zu. Der Einsamkeit entkam sie stundenweise lesend. Als ihre Enkelin ermordet wurde, musste sie mitansehen, wie ihr Sohn Otto im Strudel aus Alkohol und Depression versank.

1987 starb ihr Bruder Gust. Liselotte saß neben ihrer Mutter und sah, wie sich Anna vollkommen versteifte. Sie zitterte innerlich am ganzen Körper und presste die Zähne aufeinander, dass man das Knirschen hörte. Der Schmerz über den Verlust ihres lebenslangen Kampfgefährten drohte sie zu überwältigen und doch sagte sie, es sei gut, dass er vor ihr gegangen sei, er war ja bereits blind und hatte im Leben schon genug gelitten.

Im August 1991 fiel sie in ihrem Haus die Kellertreppe hinunter. Das Brillenhämatom färbte ihren altersschönen Kopf purpurrot. Es bildete sich mit den Monaten zurück, doch traten damit die Schäden zutage und ihre Kräfte schwanden erkennbar dahin. Als in ihrem Haus durch einen Wasserschaden die Heizung ausfiel, waren für ihren Sohn Otto und seine Familie endgültig alle Gründe beisammen, sie nach Freiburg zu Liselotte abzuschieben. Liselotte holte sie ab. Anna erwartete sie auf der Treppe sitzend, neben sich eine kleine Handtasche. Liselotte erkannte, dass sie Wäsche nur noch für wenige Tage eingepackt hatte. Diese verbrachte sie in der Pflege und im Gespräch mit ihrer Tochter. Wenn sie das Telefon klingeln hörte, fragte sie Liselotte: »Hän'se ag'rufe?«, und Liselotte log, »ja, se hän ag'rufe«, wohl wissend, dass ihre Lüge durchschaut wurde.

Am 28. Dezember um 22 Uhr löschte Liselotte das Licht im Zimmer ihrer Mutter, um 6 Uhr schaute sie erneut hinein. Anna war wach: »Vergelt's Gott«, sagte sie, »und seid gut zueinander«. Dann drehte sie sich zur Wand. Ihre Züge entspannten sich. Liselotte war sich sicher, dass sie ganz nah an der Erfüllung einer lebenslangen Sehnsucht war, der Sehnsucht, bei ihrer Mutter zu sein. Um 9 Uhr morgens wurde ihr Wunsch erfüllt.

Liselotte und Anna

# 8. PAULINE

Auf diesen Moment hat Liselotte lange gewartet. Die Backstube ist verwaist, der Beck anderweitig beschäftigt, die Mutter im Gemüsegarten. Leise schleicht sie sich die drei Stufen hoch zur Kammer, in der ihre Tante Pauline lebt. Schon morgens hat sich angedeutet, dass ihre Tante Pauline wieder »mit dem Mond geht«. Die Tante gilt als »wisslos«, ohne Verstand.

Die Familienlegende kennt als Grund eine in der Kindheit erlittene unbehandelte Meningitis, die zum Schulabbruch geführt hat. Seither lebt Pauline am Rand der Familie. Ihr etwa zehn Jahre älterer Bruder hat auf dem Sterbebett der Mutter das Versprechen abgelegt, sich um die hilflose Schwester zu kümmern und sie nicht, wie allgemein üblich, in eine Irrenanstalt zu geben. Er geht diesem Versprechen mit christlichem Pflichtbewusstsein, aber wenig Einfühlungsvermögen in die gepeinigte Seele der Kranken nach. Die Mutter beteiligt sich an der Pflege kaum mehr als durch die Zubereitung der Mahlzeiten, die sie ihr in ihre neben der Backstube liegende Kammer bringt.

Nun steht Liselotte vor der Tür zur Kammer, aus der ein Strom unverständlichen Gebrabbels dringt. Durchs Schlüsselloch sieht sie Pauline auf einem Strohsack sitzen, in der Hand das Bildnis eines Heiligen vor sich haltend, auf den sie atemlos einredet. Liselotte hat schon morgens geahnt, was da kommen würde, als sie den Vater in die Rumpelkammer Gottes gehen und mit einem oder auch mehreren Heiligenbildnissen zurückkommen sah. Schon oft hat der Vater der Tante Pauline Bildnisse geopfert, meistens solche, die ihren

Nutzen für die Prozessionen verloren hatten und um die es nicht schade war, wenn sie ihren Einsatz bei der Tante Pauline nicht überleben würden.

Nun also redet sie auf das Bildnis ein. Wenn es ein Marienbildnis ist, beschwört sie die Heilige um Beistand, »...aria hilf«, »hilfme«, wimmert es atemlos und immer stärker anschwellend aus der Kammer. Bei männlichen Heiligen fährt sie ihren ganzen Wortschatz an Schimpfnamen auf. »Drecksau, elendige, Haderlump, geh weg, weg«. Nach und nach redet sie sich in Rage, Schaum tritt ihr vor den Mund, was sie aber nicht abhält, in ihrer Suada fortzufahren. Nass und wirr kleben ihr die Haare an Stirn und Wangen. Stunde um Stunde wird sie auf das Bildnis einsprechen, auf den Tag wird eine Nacht folgen, dann wieder ein Tag und wieder eine Nacht. Pauline wird dem Wechsel keine Beachtung schenken, ihre Welt ist geschrumpft auf die Heiligen und sie. Was sie ihnen mitteilen muss, verträgt keinen Aufschub, es drängt aus ihr heraus, sowohl das Flehen nach Hilfe als auch die Verdammung der Versuchung. Die Heiligen werden mit Worten gefüllt, besprochen, durchdrungen, sie nimmt sie in sich auf, vereinigt sich mit ihnen. Wenn der Zeitpunkt der Vereinigung erreicht ist, nimmt sie das Bildnis aus seinem Rahmen und zerreißt den Heiligen in schmale Streifen, zerkleinert ihn in handliche Stücke. Sie kann ihn nun portionsweise sich einverleiben. Mit ihrem Schaum bestreicht sie die Streifen und klebt sie sich auf die Stirn, nimmt einen neuen Streifen, klebt ihn darunter, darüber, ersetzt alte abgefallene durch neue. Wenn nun ihr Kopf ganz mit Bestandteilen des Heiligen ummantelt ist, zieht sie die Kapuze darüber, damit kein Teilchen der Vereinigung verloren geht. Gewöhnlich geschieht dies erst an Tag zwei des monatlichen Anfalls. Diese *unio mystica* ist ein langwieriger Prozess, Unterbrechungen durch die üblichen Alltagshandlungen kommen nicht vor. Die Vereinigung mit dem Heiligen verzehrt alle Reste eines gesitteten familientauglichen Lebens.

Fasziniert und angewidert zugleich ist Liselotte Zeugin des seltsamen Rituals.

»Du kleine Grott, was machsch denn du da am Schlüsselloch?«, überrascht sie der Vater. »Vadder, die Tante Pauline geht wieder mit'm Mond, gell?«»Pass nur uff, dass du später nit au mit'm Mond gosch.«»Nei, ich nit. Aber warum goht denn die Tante Pauline nach'm Mond?«»Die Tante Pauline isch krank, des weisch ja. Drum sollt ihr sie au nicht ständig ärgere, ich han'ders scho oft gsait.«»Aber Vadder, ich ärger se doch gar nit ständig. Wenn de Artur und de Philip sage, komm, hol mol die Tante Pauline, damit mer ihr en Streich spiele könne, dann sag ich ganz oft nai.«»Un was war des neulich scho wider für ä G'schrei?«»Do hot die Tante Pauline mit em Messer nach mer gworfe. Sie hat mi aber nit troffe, nur die Gertrud. Des G'schrei hot die Gertrud gmacht.«»Do siesch, was ruskummt, wenn ihr se verspottet. Bestimmt habt'ere wieder alle Schand gsagt. «Nai, Vadder, mir henn nur gsagt, dass sie in den Schornsteifeger verliebt isch, dass de Schornsteifeger aber nix von're wisse will.« »Sag ich's doch, dass'de e frechs Mul hosch. Schau, die Tante Pauline ka nit so leben wie andere Mensche. Aber des derf ma ihr nit vorwerfe, sonst wird'se fuchsteufelswild. Und du weisch jo, was se arichte ka, wenn se fuchsteufelswild wird. Also, jetzt weg mit dir do vom Schlüsselloch. Und du losch mer'se in Ruhe, hesch verstande?«»Ja, Vadder, aber des isch doch kei Sünd, oder?«»Hau ab jetzt.«

Diese monatlichen Zustände der Pauline dauern in der Regel drei Tage. Für diese Zeit zieht sie sich in ihre lichtarme Kammer neben der Backstube zurück. Nur der Bruder darf sie dort aufsuchen. In der Kammer stehen zwei

Betten, eines mit einer regulären Matratze und ein zweites, auf das der Bäcker einen Strohsack wirf, wenn sich ein Anfall anbahnt, was er inzwischen an kleinen wiederkehrenden Anzeichen erkennen kann. In diesen drei Tagen fantasiert sich Pauline unter ständigem Irrereden in einen wahnhaften Zustand hinein. Sie ist der Spielball höherer Mächte, die sie anruft, die sich in ihr austoben und die sie schäumend aus sich herauswirft. Sie nimmt in dieser Zeit keine Nahrung zu sich. Nur zu trinken stellt ihr der Bruder hin. Da sie ihren Strohsack nicht verlässt, auch nicht für einen Gang auf den Abort, verrichtet sie ihre Notdurft auf diesem Strohsack. Wenn der Anfall vorüber ist, zieht ihr der Bruder die verschmutzten Kleider aus und wirft sie in einen Zuber auf der Brücke über dem Gewerbebach. Mit dem Wasser aus dem Bach wird sie eingeweicht und später gewaschen. Das Stroh aus dem Sack kippt er in den Bach, der Sack kommt zur Wäsche. Der Bruder wäscht die entleerte, entkräftete Hülle seiner Schwester und stellt ihr einen Teller mit Essen hin, das sie mit Mühe aufisst. Dann fällt sie auf die Matratze ihres regulären Bettes und schläft bis zu 24 Stunden lang.

Erst viel später, mit dem Verstand einer Erwachsenen und der Erfahrung einer Krankenschwester in der Psychiatrie, wird Liselotte begreifen, dass diese Regel im Zusammenhang mit ihrer Menstruation stand, und sie wird sich dessen bewusst werden, was für ein gequältes, liebloses Dasein dieser armen Kreatur zugewiesen wurde.

Pauline führt ein Schattendasein im Kreis der Familie. Mit jedem Kind, das ihre Schwägerin gebiert, wird sie stärker an den Rand gedrängt. Schon auf die Geburt der ältesten Tochter Gertrud reagiert sie eifersüchtig. »Otto«, sagt sie wiederholt zu ihrem Bruder, »dass du dich nicht schämsch, mit der Anna in einem Bett zu liege«.

Als Gertrud sechs Monate alt ist, ruft der Bauer vom Deckerhof beim Bürgermeister an, dem einzigen Menschen im Ort mit einem Telefon. Er möge beim Beck vorbeischauen und ausrichten, die Pauline sei barfuß mit einem Wickelkind im Arm zum Deckerhof gelaufen, immerhin ein Fußmarsch von einer Dreiviertelstunde durch das bewaldete Tal auf die Höhe. Auf dem Deckerhof hatte Anna bis zu ihrer Heirat mit dem Beck als Magd gearbeitet. Nun trägt Pauline die Frucht dieser Heirat auf den Hof zurück, von dem sie weiß, dass ihre Schwägerin von dort kommt. Offensichtlich ist sie der Meinung, dass Mutter und Kind dorthin gehören. Die alarmierte Anna lässt alles stehen und liegen und macht sich auf den Weg. Als sie den Hof erreicht, stellt sie erleichtert fest, dass das Kind unversehrt ist. Sie nimmt es Pauline aus der Hand, die sich widerstandslos fügt. Viele Worte fallen nicht, auf eine Standpauke verzichtet Anna. Gemeinsam treten sie den Heimweg an, Pauline, immer noch barfuß, trottet in einigem Abstand hinterher. Es wird ihr einziger Versuch bleiben, die Beeinträchtigungen, die ihr vermeintlich durch den vom Bruder gezeugten Nachwuchs entstehen, zu korrigieren. Mit jedem Kind jedoch wird ihr Aktionsraum enger, die Einsamkeit größer, die Lieblosigkeit schmerzhafter spürbar.

Den Kindern und so auch Liselotte ist sie ein Gegenstand des Gespötts und ein hilfloses Opfer ihrer Streiche. Pauline verlegt ihr Leben deshalb mehr und mehr in die Nacht, wenn ihr Bruder die Brötchen und das Brot für die Bürger backt, und versteckt sich am Tag in ihrer Schlafkammer.

Ein geistig behindertes Familienmitglied im Haus zu haben, war ein verbreitetes Phänomen im Schwarzwald. Oft war Inzucht der Grund. Man schob sie in Irrenanstalten ab oder versteckte sie auf den weit abgelegenen Höfen. Sie waren ein lebendes Zeugnis der Schande. Auch Pauline war nahezu unsichtbar, sie hatte kein Leben außerhalb des Familienkreises. Dort wurde sie gefüttert, mit den abgelegten Kleidern der Eltern gekleidet, mit dem Lebensnotwendigen versorgt. Damit war dem Auftrag, den der Bäcker von seiner Mutter auf ihrem Totenbett bekommen hatte, und der Pflicht eines Christenmenschen Genüge getan. Aufmerksamkeiten, die darüber hinaus gegangen wären, oder Liebe bekam sie nicht. Sehr viel später wird Liselotte den erbarmungswürdigen Zustand ihrer Tante als Ergebnis der Verwahrlosung erkennen und dem Vater in ihrer stillen Zwiesprache mit ihm den Vorwurf machen, seine Schwester vernachlässigt zu haben.

# 9. AUF DER GASSE 1

Das Kriegsgeheul schwillt immer mehr an, in wilder Jagd springen die Krieger um sie herum, blutrünstige Schreie ausstoßend, die Zähne gefletscht, die Gesichter zu furchterregenden Fratzen verzerrt. Über ihren Köpfen kreisen hungrige Tomahawks. Mit einem Ritualtanz wird sich die Meute der Wilden nicht mehr lange zufriedengeben, die Erregung ist auf dem Höhepunkt, bald will sie Blut sehen, dafür hat sie ihr Schlachtopfer schließlich an den Marterpfahl gebunden. Schon lösen sich die ersten Hühnerfedern aus den Haarschöpfen und trudeln zu Boden, der Kreis wird enger, die Krieger nähern sich dem Opfer am Pfahl. Das Opfer ist die Squaw Liselotte. Deren Furcht hält sich jedoch in Grenzen, allzu schauerlich nehmen sich die Sioux in ihren kurzen Lederhosen, aus denen eher dünne Beinchen herausragen, nicht aus. Die Stricke, mit denen sie an einen Pfahl in der Tenne gebunden ist, sitzen auch nicht allzu straff. Im Grunde ist sie froh, dass die Gefangennahme und der Gerichtsprozess nach Indianerart endlich in die finale Marterungsphase eingetreten sind. Davor nämlich musste sie, bereits an den Tennenpfeiler fixiert, eine ziemlich lange Diskussion über die Frage miterleben, zu welchem Indianerstamm die fünf wilden Kerle eigentlich gehören. Philipp war dafür, dass sie alle Apachen seien und er ihr Häuptling Winnetou. Arthur war dagegen: »Des isch doch gar kein richtiger Indi. Der het doch gar nit wirklich g'lebt.« Philipp war nicht überzeugt: »Woher willsch denn du des wisse? Die Apache hets doch gebbe.«

»Ja, scho«, hält Arthur dagegen, »aber ich hann emol ä Bild g'sehe von einem Apache, der het ja nit emol Fedre uffm Kopf g'ha. Wirklich wilde Indianer sind nur die Sioux.«

»Von mir us«, lenkt Philipp ein, »dann bin i halt der Häuptling von de Sioux.«

Aber so ein fauler Kompromiss ist nicht nach Arthurs Geschmack. »Ha nei, du bisch de Winnetou, du kannsch nit der Häuptling von de Sioux sei. Weisch überhaupt, wie der heißt?« Philipp schweigt verlegen.

»Siesch«, gibt sich Arthur siegesgewiss, »du musch doch de Name wissen, ä Häuptling ohne Name, des isch doch nix.«

Philipp bleibt misstrauisch: »Weisch du's denn?«

Arthur siegesgewiss: »Ja klar weiß ich's, der het Shitting Bull g'heiße.«

Arthur nutzt das allgemeine Staunen für eine kleine Kunstpause. »Des bedeutet in de Sioux-Sproch ›Büffel, der wo au sitze ka‹.« Philipp ist geschlagen, der Häuptling Shitting Bull gibt das Startzeichen für den Kriegstanz. Die Squaw Liselotte nimmt dies mit Wohlgefallen zur Kenntnis, Arthur ist ihr Lieblingsspielkamerad.

Nun machen sich die Indianer an die Marter. Indianerehre verlangt, dass die zu Tomahawks veredelten Holzknüppel weggelegt werden und nur mit den Händen gearbeitet wird. Kopfnüsse kennt jeder von ihnen von zu Hause als schmerzhafte Züchtigung, sie werden jedoch, da pädagogisch, also unindianisch, nicht angewandt. Knuffen und Zwicken, zum Beispiel in die Waden, den Popo und den Bauch, gehört aber schon dazu. Liselottes Schmerzensschreie sind halb echt, halb ihrer Bereitschaft geschuldet, die Szenerie schauspielerisch abzurunden. Arthur hat einen liebevoll-diabolischen Vorschlag: »Ihr mien se kitzle, des quält sie am meischte.« Und tatsächlich, als jeder sich eine Stelle herausgesucht hat, an der er die Squaw kitzeln kann, windet sich Liselotte an ihrem

Pfahl wie unter Qualen und brüllt: »Uffhöre, Uffhöre!« Als ihr Wehklagen eine gewisse Intensität erreicht, lassen die Indianer ab. Liselotte hat die Probe bestanden. Sie weiß, solche Opferrollen gehören zum Preis, den sie entrichten muss, wenn sie bei den »Buben« mitrennen will. Und das will sie, mehr als alles andere. Für die Puppenspiele ihrer älteren Schwester Gertrud hat sie nur Verachtung übrig. Dagegen ist sie bereit, sich an die ehernen Regeln der Bubenbande zu halten, um die Duldung der Buben zu erwerben: 1. Man darf nicht weinen oder »plärre« im Jargon der Buben, wenn man sich wehgetan hat. Auch wenn das Knie nach einem Sturz mal blutet: Maul halten. 2. Man darf nicht ständig pinkeln, »kleini Brunskachle könne mer nit bruche«, heißt es dann. Das Sprachbild für die ausgeschlossenen Mädchen stammt von den hölzernen Suppenschüsseln der Knechte auf den Höfen, die durch langen Gebrauch einen Sprung bekommen haben, durch die die Suppe sickert.

Dafür gewährt die Bande Schutz vor Angriffen aus allen möglichen Hinterhalten und Ecken, jedenfalls so weit ihre Macht reicht. Gegen Strafen durch die Erwachsenen weiß natürlich auch sie keine Abhilfe. Aber immerhin, man sinnt auf Rache. Auch wenn es nicht zur Ausführung kommt, so befriedigt der fantasierte Plan zumindest das beleidigte Rechtsbewusstsein. Zur Not geht das Strafgericht in der Form eines Streiches auf einen anderen nieder. Dieses Gefühl, in der Gruppe der jungen Burschen anerkannt und aufgehoben zu sein und in ihrer Solidarität einen ständigen Rückhalt zu haben, begleitet Liselotte durch ihre gesamte Kindheit und Jugend hindurch. In der Gruppe können sich ihre Neugier und Abenteuerlust austoben und sich zu einem Wesenszug entwickeln. Sie lernt die Vorteile eines Lebens in Gemeinschaft kennen und bildet ihre sozialen Talente aus. Dort härtet sich auch ihr anfangs so schwächlicher Körper. Sie wird im Leben noch an manchem Marterpfahl landen und die feindlichen Indianer durch Menschlichkeit und Widerstandskraft besiegen.

Und schließlich bildet sich dort das Wissen um den hohen Wert der Freundschaft heraus, die sie mit vielen ihrer Spielkameraden dauerhaft pflegen wird. Arthur, der gleichaltrige Spielgenosse aus der Nachbarschaft, wird ein Freund und Ratgeber bleiben, bis er sich aus diesem Bund durch seinen allzu frühen Tod verabschiedet.

Mäuschenstill und unbeweglich liegt Liselotte im Dämmerlicht unter der Bettstatt der Mutter des Korbmachers Klausmann im Nachbarhaus. Es ist Nachmittag und Klausmann-Mutter, wie sie allgemein angeredet wird, werkelt um diese Uhrzeit in ihrer Küche, durch die sich Liselotte, an der Klausmann-Mutter vorbei, in die Schlafkammer geschlichen hat. Auf das gereimte Kommando »Eins, zwei, drei, vier, Eckelstein, alles muss versteckelt sein, hinter mir und vorder mir giltet nicht, eins, zwei, drei, ... ich komme« ist sie losgeflitzt und bei zwanzig durch die offene Hintertür ins Nachbarhaus der Klausmanns verschwunden, wo sie sich nun im ersten Stock unterm Bett der alten Klausmann versteckt. Dass sie ganz flach atmet, ja fast die Luft anhält, ist nicht wirklich der Absicht geschuldet, kein Geräusch, auch kein Atemgeräusch, von sich zu geben, das ihr Versteck verraten könnte. Denn ebenfalls unter der Bettstatt steht der Nachttopf der alten Klausmann, noch ungeleert. Ein penetranter Uringeruch füllt also den knappen Raum zwischen Boden und Rost. Liselotte findet weiter nichts dabei, eine Viertelstunde oder mehr neben dem »Bottschamper« zu liegen, der dialektalen Verballhornung des *pot au chambre*, bis der zum Suchen abgestellte Spielkamerad sie hier findet. Es ist eines von Liselottes Lieblingsverstecken und als solches den Buben, die sich zum Versteckspielen getroffen haben, bekannt. Vermutlich hat er sie zuvor im Ziegenstall des Elektrikers gesucht, ein weiteres Versteck, das Liselotte mit Vorliebe aufsucht. Strenge Gerüche ziehen sie offensichtlich an. Ein Lieblingsversteck ist für jemanden, der nicht gefunden werden will, ein Widersinn. Aber der Kitzel am Versteckspiel ist schließlich das Gefundenwerden.

Dass die Häuser, Werkstätten und Wohnungen der Nachbarn in die Spiele miteinbezogen werden, ist von diesen geduldet. Türen bilden kein Hindernis. Alle Hintertüren, die zu den Gassen oder zum Kanal hinausführen, sind tagsüber offen. Bei fast allen Häusern führt die Hintertür in die Küche, wo sich der Alltag abspielt, wo der zufällige Besucher auch mal einen Zichorienkaffee bekommt. Man schaut ohne Scheu auf ein Schwätzchen beim Nachbarn vorbei, leiht sich vielleicht eine fehlende Zutat, holt beim Beck Holzkohle oder beim Metzger Schlachtabfälle. Auch die Kinder nutzen das poröse Gewebe der Gemeinschaft für ihre Zwecke.

Einige der in der Nachbarschaft stattfindenden Gewerbetätigkeiten wecken das Interesse der Kinder. Auf der anderen Kanalseite wohnt der Korbmacher Klausmann. Sein Arbeitsmaterial sind dünne Weidenruten, die er gebündelt ins Wasser des Kanals hängt. Sooft das Wetter es erlaubt, und es muss schon unwirtlich werden, bevor der Korbmacher davon abweicht, sitzt er im Freien auf seinem Schlenzbock. Es handelt sich dabei um einen auf vier Füßen aufgebockten Balken mit einer Sitzfläche an einem Ende und einem V-förmig gespaltenen Eisen am anderen. Durch dieses Eisen zieht der Korbmacher seine im Wasser elastisch gewordenen Ruten, um sie von der Schale zu trennen. Die nackten Ruten verarbeitet er zu Körben jeder Größe, die zum Transport von Waren überall gebraucht werden und die billig zu erwerben sind. Plastikbehälter gibt es noch nicht. Die Kinder sind interessierte Beobachter. Das dem Meister Abgeschaute wird zu eigenen kleinen Flechtwerken verarbeitet. Größerer Einsatz ist verlangt, wenn der Beck wie jedes Jahr einen großen Auftrag für Berlin vorbereitet. Einen der Brüder seines Vaters hat es in die Reichshauptstadt verschlagen, wo er sein kulinarisches Heimweh mit Gebäck aus der Hand seines Bruders und den Äpfeln des Kinzigtales stillt. Die Lieferung wird in vielen großen Obstkörben verpackt, die der Beck, bevor sie mit den Delikatessen der Heimat gefüllt werden und auf die Reise gehen, liebevoll dekoriert. Dazu müssen die Kinder im Wald große Farnkrautwedel suchen, die im Kreis, wie ein aufgefächertes Kartenblatt, am Korbboden verteilt werden, sodass die Farnspitzen durch die Lücken der Weidenflechten gezogen werden können. Der Korbmacher kennt das Arrangement und lässt zwischen den Weiden einen Spalt. Liselotte ist entzückt. Ein kleines Löchlein nur, doch macht es ihr großen Eindruck. Denn dass der Korbmacher, vorausdenkend, dem Spleen ihres Vaters zuarbeitet, offenbart sich ihr als Wunder harmonischer Arbeitsteilung.

Sein bewundertes Talent schützt ihn jedoch nicht davor, zum Opfer von boshaften Streichen der Bande zu werden. Wenn sie im Sommer den Gewerbekanal hinunter und an den im Wasser liegenden Rutenbündeln vorbeischwimmen, lösen sie gern mal den Strick, mit dem sie am Ufer festgebunden sind. Das Tagewerk des armen Mannes, der weit an die schattigen Zuflüsse der Kinzig hinausgehen muss, um dort die Weidenruten zu schneiden, geht so den Bach runter.

Liselotte

## 10. SCHULE

Mit sechs Jahren wird Liselotte eingeschult. Sie freut sich auf die Schule und das damit verknüpfte Versprechen, dass man dort etwas lernt. Zum einen aus dem sicheren Gespür heraus, dass mit zunehmenden Kenntnissen und Fähigkeiten der Kreis der möglichen Erfahrungen zunimmt. Zum anderen aber auch, weil die Klassen gemischt sind und der Anschluss an die Gesellschaft der Buben sich verstetigt, sozusagen offiziell wird. Die Einschulung ist unspektakulär. Die Mutter bindet ihr das Schürzchen um, schnallt ihr den Schulranzen auf den Rücken und gibt die Order aus: »Du weisch wo d'Schul isch, sei anständig, gib'm Lehrer d'Hand und sag Guten Tag.« Im Schlepptau ihrer älteren Schwester Gertrud tritt sie leichtfüßig den Gang in den neuen Lebensabschnitt an.

Der Lehrer, dem sie die Ehrerbietung schuldig ist, hört auf den Namen Kressbach, trägt am Arm eine Hakenkreuzbinde und in der Hand einen Rohrstock. Dieser saust täglich auf die Finger und Köpfe der rund 40 Schulanfänger nieder, die nun, nach einer umtriebigen Kindheit auf den Gassen und Wiesen, sich in die harte Disziplin des Stillsitzens einüben müssen. Der Übermut, der sich in manchem Wildfang als quasi natürliches Freiheitsrecht herausgebildet hat, wird nun als Bosheit aus ihm herausgeprügelt. Das ist die erste Lektion. Aber auch gut gemeinte Fügsamkeit in die Regeln der Erwachsenen kann danebengehen. Liselotte ist erst ein paar Wochen in der Schule und wurde bisher vom Rohrstock verschont, als eines Morgens der Lehrer niesen muss. Liselotte erinnert sich an das Anstandsgebot der Mutter und sagt den Spruch, den sie von zu Hause kennt: »G'sundheit, helf der Gott und putz au d'Nas.« Und zack, landet der Rohrstock auf ihrem Kopf. Warum, ist ihr absolut unerklärlich, sie wurde noch nie auf den Kopf geschlagen. Zuhause muss sie die Tränen erklären, die ihr immer noch aus den Augen tropfen. Der Beck muss lachen, er nimmt die Geschichte eher lustig. Liselotte lernt ihre zweite Lektion, der Respekt der Respektspersonen beruht auf Gewalt. Den Lehrer Kressbach fürchtet und hasst sie seitdem. In dieser Furcht und Abneigung ist sie nicht allein. Lehrer Kressbach vollstreckt mit seinem Tatzenstock das pädagogische Urteil, dass Schläge auf Kopf und Finger vor allem bei den Kindern der katholischen Handwerker und Arbeiter ihre erzieherische Wirkung entfalten. Die Sprösslinge der Beamten und Unternehmer, vor allem wenn sie in der Partei sind, lernen die Lektion durch Anschauung aus der Distanz.

Nicht lange nach der Einschulung bekommt die Klasse Besuch von der »Luseri«, der Läusefrau, die mit einem eng gezackten Läusekamm den Schopf der Kinder durchforstet und bei allen fündig wird. Die gefundenen Läuse zeigt sie den kindlichen Wirten, die diese Plage bisher für ein unvermeidliches und deshalb hinzunehmendes Naturphänomen gehalten haben, auf ihrem Daumennagel und knackt sie dann geräuschvoll. Das Knacken ist der Startschuss zu einem Kampfeinsatz auf dem Gefechtsfeld Kopf. Den Buben wird der Schädel kahlgeschoren. Die Mädchen bekommen eine Lauskappe, die in der Art einer Badekappe eng am Kopf anliegt, damit die Läuse sich nicht seitlich davonstehlen können. Davor wird ihnen der Kopf mit einer höllisch brennenden Tinktur eingerieben. Diese Kappe muss Liselotte über Nacht tragen, dem Gestank und dem Juckreiz trotzend. Am Morgen dann, als die Kappe abgenommen wird, klebt innen die feindliche Armee toter Läuse. Besuch von der »Luseri« bekommt sie jedes Jahr ihrer Schulzeit in der Volksschule.

Läuse sind nicht das einzige endemische Ungeziefer ihrer Kindheit. Auch Flöhe haben ein Wohnrecht in den alten Häusern. Kinder und Erwachsene leiden gleichermaßen darunter. Liselotte, nun schon mit der Erfahrung einiger Schuljahre, will sich beim Vater Rat holen, stockt aber an der Türschwelle zur Backstube und beobachtet dann heimlich, wie der Vater mit nackten Füßen und nur mit seinem weißen Bäckerhemd bekleidet in der Backmulde steht, vor sich eine Schüssel Wasser. Nun zieht er auch noch das Hemd aus und breitet es über sich und die Schüssel. Und wie auf Kommando springen die Flöhe ins Wasser, als müssten sie mal dringend ein Bad nehmen nach ihrem langen Einsatz am Bäckerleib. Liselotte sieht zum ersten Mal einen nackten Mann und ist erstaunt, ja peinlich berührt, dass sich ein Mann durch diesen hässlichen, haarig umwucherten Auswuchs da vorn von ihr unterscheidet. Obwohl ungesehen, schießt ihr die Schamröte ins Gesicht. Sie weiß aber auch hier das Beste daraus zu machen. Immer geriet sie bei der obligatorischen Beichte an der Stelle in Verlegenheit, wo der Beichtspiegel vorformuliert: »Ich war unkeusch, allein oder mit anderen«, weil ihr einfach nichts Unkeusches einfiel. Nun hat sie endlich etwas zu erzählen, denn ein Blick auf ein entblößtes Geschlecht, so viel entnimmt sie der allgemeinen Schamhaftigkeit, ist eindeutig die Sünde der Unkeuschheit, von ihr jedoch unabsichtlich begangen, also keine Todsünde und vielleicht mit drei Vaterunser verbüßt.

Einmal im Jahr schneit der Schulzahnarzt zur Klassentür herein. Die Mundhygiene ist in einem nahezu waldursprünglichen Zustand. Ab wann benutzt Liselotte eine

Zahnbürste? Sie kann sich nicht erinnern. Schäden an den ersten Zähnen werden nicht behandelt. »Die fallen eh aus«, hatte der Schulzahnarzt kommentiert. Bei einer erneuten Untersuchung weckt Liselottes leicht rachitische Gestalt seine Sorge. Außerdem stellt er fest, dass die zweiten Zähne nicht fest genug in Liselottes Unter- und Oberkiefer verankert sind. Eine natürliche Verfestigung werde sich mit dem regelmäßigen Konsum von Lebertran einstellen. Der tägliche Löffel Lebertran fördert zumindest Liselottes Leidensfähigkeit, sie würde ihn am liebsten sofort ausspucken. Wenn die Lebertranfolter bewältigt ist, kommt der zweite Teil der Prüfung. Mit 10 Pfennig in der Hand wird sie, wie jeden Abend, die Gasse runter zu einer alten Frau geschickt, die Ziegen hält. Schon an der Tür schlägt ihr der Geruch nach Ziegenstall entgegen. Auf mehrmaliges Klopfen öffnet die Alte. Schnell legt ihr Liselotte ihr Zehnerle in die ausgestreckte fleckige Hand, sorgsam darauf achtend, mit dieser Hand nicht in Berührung zu kommen, sie bekommt den Gedanken nicht aus dem Kopf, dass diese Hand bis eben noch eine Ziegenzitze umschlossen hat und nun ihre Hand umklammern und melken könnte. Die Alte riecht wie ihre Tiere, und im Ort geht die üble Nachrede, sie habe nicht viel mehr Verstand als ihre Ziegen. In ihrer Küche schenkt die Alte aus einer krustigen Kanne ein Glas Ziegenmilch ein. Unter dem Tisch und um die Schränke schleichen Katzen herum. Zu Beginn dieser Kur duckte sich Liselotte unter der hexenhaften Präsenz der Alten und bemühte sich, unter Würgen und Ekelgefühlen die Milch hinunterzuschlucken. Schon bald jedoch merkt sie, dass sie vor diesen stumpfen Augen und dem altersschwachen Geist keine Angst haben muss, und kippt die Milch unter den Küchentisch. Die im Haus umherstreunenden Katzen lecken die Milch bis auf den letzten Tropfen auf. Aus rachitischen

Kindertagen wächst sie auch ohne Milch heraus zu einer zwar mageren, aber gesunden jungen Frau. Nur auf volle, milchsatte Brüste wartet sie, auf eine lange Geduldsprobe gestellt, einige Jahre länger.

Die ersten Jahre Volksschule schleppen sich dahin mit Lesen- und Schreibenlernen. Mit neun Jahren gelingt die Lektüre so flüssig, dass Liselotte reif ist für eine neue Leidenschaft, die Bücher. Zunächst ist noch eine Hürde zu überwinden. In der Schule lernte sie die Sütterlin-Schrift. Die Bücher, die sie im Haus findet, sind aber in lateinischen Lettern gesetzt. Als auch diese Umstellung geschafft ist, liest Liselotte ihr erstes Buch, »Die Geschichte der Hl. Genovefa« von Christoph von Schmid. Der Autor des bekannten Weihnachtsliedes »Ihr Kinderlein kommet« erzählt darin »für alle guten Menschen, besonders für Mütter und Kinder« die Legende der treuen Genoveva von Brabant, die den Nachstellungen des verräterischen Statthalters ihres Gemahls widersteht und zusammen mit ihrem Kind sechs Jahre in einer Höhle verbringt, ernährt von einer Hirschkuh, die die Gottesmutter ihr geschickt hat. Da sitzt also Liselotte in einer Ecke der warmen Backstube, ihr Leseparadies, vorweihnachtlich umwabert von den Düften nach Zimt, Nelken und Honig, und ergießt im Tränenstrom hemmungslos ihren Seelenschmerz und ihr Mitleiden mit dem Schicksal der Heiligen. Selbst dem erzkatholischen Vater ist der Frömmigkeits- und Erbauungskitsch des Romans zu viel. Immer wieder muss er seine Arbeit unterbrechen und sie trösten: »Schau«, versucht er sie zu ernüchtern, »des isch doch nur ä G'schicht. Des isch alles erfunde. In Wirklichkeit war's gar nit so schlimm.« Wenn der Glaube die arme Seele in Bedrängnis bringt, zeigt sogar der fromme Mann einen heilsamen Realitätssinn.

Die Schülerin Liselotte

## 11. AUF DER GASSE 2

Über die Kanalbrücke die Gasse hoch gelangt man zur Werkstatt eines Hufschmieds. Der Schmied ist Arthurs Onkel, deshalb hat Liselotte in Begleitung Arthurs Zutritt zur Schmiede. Immer wieder drängt es Liselotte in die rußgeschwärzte Schmiede. Die lodernde Esse, die brandschwarzen Werkzeuge an der Wand, der Klang, wenn Stahl auf Stahl schlägt, der Funkenregen, wenn das glühende Eisen geschlagen wird, der Gestank verbrannten Horns, wenn Hufe beschlagen werden, alles zieht sie an. Die nicht ganz abwegige Vorstellung, vielleicht doch in einer Art Vorhölle gelandet zu sein, verschafft einen schaurigen Kitzel der Verwegenheit. Der Schmied mit seiner diabolisch-angesengten Hünengestalt, ein Hammer schwingender Hephaistos im ledernen Rock und mit schweren Handschuhen, ist jedoch ein guter Teufel. Die Kinder dürfen den Blasebalg an der Esse bedienen und fühlen sich damit aufgenommen in die Zunft der Feuerteufel. Höhepunkt der Feuerteufelei ist die Beschlagung eines Pferdes. Gelassen ertragen es die Tiere, wenn ihnen das erhitzte Eisen auf den Huf genagelt wird. Liselotte wundert sich jedes Mal von Neuem darüber, dass die Gäule nicht von Schmerzen gepeinigt Reißaus nehmen. Der Schmied, denkt sie, muss das Tier mit seiner Gutmütigkeit betäubt haben. Diese Gabe rückt ihn in die Nähe eines Heiligen wie Franz von Assisi, der mit den Vögeln reden konnte. Dabei hat der Schmied, diese funkenumsprühte Erscheinung aus der Unterwelt, so gar nichts Pfäffisches, wie sie es aus der Kirche kennt. Seine Heiligkeit riecht nach Schwefel, nicht nach Weihrauch.

Seine Bonhomie schützt jedoch auch ihn nicht vor der fallweise aufblühenden Bosheit der Kinder. Die Frau des Schmieds hat einen Hühnerhof. Da die Tiere noch recht viel Auslauf haben, legen sie ihre Eier auch mal in entferntere Ecken oder in einen Heuhaufen im Obergeschoss der Tenne. Es ist also durchaus gern gesehen, wenn die Kinder sich im Hühnerhof herumtreiben und sich auf die Suche nach den versteckten Eiern machen. Liselotte kassiert den Lohn ihrer Mühe gleich vor Ort. Mit ihrer Haarspange bohrt sie unten und oben ein Loch in ein Ei und saugt es aus. Sie schafft bis zu drei Eiern, ohne sich zu übergeben. Sie weiß aber auch, wie man anderen diesen Genuss verderben kann. Wenn im Frühjahr aus den Engerlingen in der Ackerkrume die Maikäfer schlüpfen, ist die Gelegenheit da für einen Streich. Neben all den anderen Sachen, die man mit Maikäfern so machen kann, wenn sie nicht mehr fliegen, sind sie auch ein von Hühnern gern gefressenes eiweißhaltiges Futter. Die Kinder sammeln also fleißig, bis ihr Eimerchen mit Maikäfern gefüllt ist, und tragen ihre Beute in den Hühnerhof der Frau vom Schmied. Gierig pickt das Federvieh die Sonntagskost auf. Die Wirkung ist verheerend. Ein ganzes Gelege von Eiern ist ungenießbar. Wutentbrannt stürmt Frau Hephaistos in die Backstube des Vaters: »Die kannsch selber esse, die schmecke nach denne Maikäfer, die mer die Saubande neig'schmisse hett.« Das einzige weibliche Mitglied der Saubande bekommt vom Vater die Höchststrafe, den Entzug des abendlichen Handschlags und des mit dem Daumen in die Stirn geritzten Kreuzzeichens. Geschlagen werden die Kinder so gut wie nie, abgesehen von seltenen Ohrfeigen der Mutter, deren Wirkung aber eher im Symbolischen als im Schmerz liegt; beim Vater haben selbst Ohrfeigen nicht den Ruf, pädagogisch wertvoll zu sein, im Unterschied zu den Gepflogenheiten in den Nachbarhäusern, in denen vor allem die Buben schon bei geringstem Anlass verprügelt werden. Im Bäckerhaus herrschen gesittete Verhältnisse. Höflichkeit ist häusliche Umgangsform und Erziehungsziel, Fluchen verboten. Die Kinder sind angewiesen, allen Besuchern gegenüber Guten Morgen und Guten Tag zu sagen. Der Beck lässt es sich nicht nehmen, alle seine Kinder morgens zu kämmen, ihnen die Schuhe zu putzen und die Schulpflichtigen für die Schule zu rüsten, indem er ihnen die Schürze umbindet. Am Abend vor dem Zubettgehen wünscht er ihnen mit einem Händedruck eine gute Nacht. Der Entzug dieser Aufmerksamkeit löst ein quälendes Schamgefühl bei den solcherart Missachteten aus. Zumindest für einige Tage hält der Vorsatz, die strafwürdige Tat kein zweites Mal zu tun.

Auch Stubenarrest gibt es nicht, schon allein deshalb nicht, weil niemand die Zeit hätte, den Arrest zu kontrollieren. Die Kinder sind draußen. Die Bande trifft sich zum Spielen auf einem gesandeten Weg, in ihrem Rotwelsch kurz »de Weg« genannt. In den Sand lassen sich Muster für Hüpfspiele zeichnen. Die Felder heißen Montag, Dienstag usw., gehüpft wird nach wechselnder Liturgie mit einem Bein, mit zweien, gespreizt. Ein beliebtes Geschicklichkeitsspiel ist der Tanzknopf, ein konischer Holzkegel mit einer Rille, in die der »Zwick«, die Schnur, gewickelt wird, die an einen Hasenstecken angebunden ist. Mit einem kräftigen Zug wird der Kreisel zum Tanzen gebracht und mit weiteren geschickten Schlägen getrieben. Den Tanzknopf kann man ungestört die Hauptstraße hoch und runter treiben. Selten machen Fahrzeuge, schon gar keine motorisierten, den Kindern ihren Spielplatz streitig. Wenn der Tanzknopf Pause hat, wird ein ausrangierter LKW-Reifen durchs Dorf gerollt, die sogenannte »Reifenbohle«.

Eine sehr unwillkommene Unterbrechung des wilden Lebens rund um die väterliche Bäckerei sind die Prozessionen zu allen möglichen kirchlichen Anlässen. Zu diesen gerät Liselotte wieder unter das Kommando der Nonnen, die sie schon im Kindergarten mit Gebetsübungen plagten. Eingesperrt in ein weißes Kleid muss sie im Zug hinter dem Stadtheiligen oder der Jungfrau Maria hergehen und aus ihrem Korb Rosenblätter streuen. Wie viel lieber würde sie der frommen Gesellschaft Sand ins Getriebe werfen, den Nonnen eine lange Nase drehen und mit den Buben Haken schlagend durch die Gassen davonrennen. Diese Sünde aber wagt sie nicht zu begehen, der Vater hätte sie durch den Brotteig gezogen und im Ofen gebacken. Auch die Mutter, die selbst nie in die Kirche geht und auch zu Hause keine religiöse Inbrunst an den Tag legt, würde ihr nicht helfen können, so viel war ihr klar.

Wenn sie schon in jungen Jahren zu Diensten herangezogen wird, dann geht sie allemal lieber mit der Mutter in die sogenannten »Reben«, das Gewann, das Anna landwirtschaftlich bearbeitet, auf dem sie Kartoffeln und Getreide für den Hausgebrauch anbaut und das Gras für ihre zwei Kühe im Stall mäht. Noch lieber aber geht sie mit ihrem Onkel Gust dahin, der immer wieder mal, wenn die Mutter zu beschäftigt ist, diese Aufgabe übernimmt. »Hädschebäbes«, sagt er dann zu ihr, »kumm, ma gehn in d'Rebe grase«. Gust hat einen Narren an der Kleinen gefressen, im Herzen ist er selbst noch ein junger Bub geblieben, zumindest was die Bedingungen betrifft, die Liselotte akzeptieren muss, damit Gust sie mitnimmt. »Ä Brunsliesel nimm i nit mit und ä Plärrliesel au nit.« Die Bedingung ist nicht ganz ohne Grund gestellt. Wenn der Graskarren voll beladen ist, wird die kleine Liselotte oben drauf platziert und ab geht die wilde Fahrt nach Hause, ein kreischend-lautes Vergnügen. Im Heu ist kein sicherer Halt zu finden, so fliegt die kleine Liselotte immer wieder in den Kurven vom Graskarren herab und landet im Dreck. Ungerührt liest der Onkel seine Nichte, die tapfer die Zähne zusammenbeißt, damit sich kein Aua und keine Träne ungewollt davonstiehlt, vom Feldweg auf und setzt sie wieder auf den Schleudersitz, um mit Karacho in die nächste Kurve zu fahren.

In der Nähe des mütterlichen Gewanns hat die Familie Dorner eine Ziegelei. Die Besitzerin ist eine raue und derbe Person mit einer eher unchristlichen Zunge. Das ist jedoch nur die wettergegerbte Schale eines lieben Menschen, der Kindern gegenüber zu großer Wärme und Freundlichkeit fähig ist. Liselotte und ihre Spielkameraden sind also gern gesehen. Und Liselotte und ihre Spielkameraden sind gerne Gäste der Ziegelei, vor allem der dazu gehörigen Lehmgrube. Dort beschmieren sie sich mit Lehm, springen kreischend in die erdige Suppe hinunter, plantschen im Matsch herum, bis nichts mehr an die ursprüngliche Farbe der Kleider oder Haare erinnert. Nirgends ist die Lust am Dreck größer als hier. Wenn die Mutter zum Abmarsch pfeift, werden sie mit einem Schlauch abgespritzt.

Für viele andere Aktivitäten erweisen sich die Geschwister als wenig taugliche Komplizen. Die ein Jahr ältere Gertrud hat ein eher ängstliches Naturell, dem Gerenne und Geraufe mit den Buben zieht sie ihre Puppenstube vor. Die Vater-, Mutter- und Schwesterfiguren ihrer Puppenwelt erfüllen ihre Wünsche, ohne Widerstand zu leisten, was ihr mit der kleineren Schwester nicht so leicht gelingt, obwohl der Altersunterschied von einem Jahr sie ihrer Meinung nach dazu berechtigt, der kleineren Schwester Befehle zu erteilen. Da sie auch gern ihr übertragene Aufgaben nach unten weiterreicht, kommt es oft zu Zank zwischen den Geschwistern. Die jüngste Schwester Brunhilde zu hüten, ist so eine Aufgabe, die sich die beiden älteren teilen müssen. Liselotte entwickelt Strategien des Widerstandes. Wenn ihr die Aufgabe des Hütens zufällt, hat sich der Trick bewährt, die kleine Brunhilde in ihrem Puppenwagen kräftig in den Po zu kneifen, bis sie schreit. »Die will nit zu mir«, behauptet sie dann, »die will zur Gertrud, mich mag sie nit.« Wenn sie doch zur verhassten Aufgabe verdonnert wird, Brunhilde in ihrem Wagen spazieren zu fahren, kann das für das kleine Schwesterlein durchaus gefährlich werden. Eines Tages, Liselotte und Gertrud sind gemeinsam mit ihrer kleinen Schwester auf dem Damm unterwegs, der parallel zur Kinzig verläuft, gibt sie dem Wagen einen Schubs. Der Wagen mit Brunhilde saust den abschüssigen Damm hinunter auf die Kinzig zu und hätte gewiss seine menschliche Fracht in die kalten Wasser des Flusses ausgespuckt, wenn Gertrud nicht rechtzeitig und geistesgegenwärtig dem Wagen hinterher gesprungen wäre und Schlimmeres verhindert hätte.

Mit dem kleinen Bruder Otto kommt Liselotte gut zurecht. Er ist ein frecher wagemutiger kleiner Kerl, dem so ziemlich alles verziehen wird, ist er doch bereits als der zukünftige Beck im Bäckerhaus inthronisiert. Von Otto lernt Liselotte, Frösche und Fische zu fangen. Überhaupt das Getier. Noch bringt sie die Natur des Schwarzwaldes im Überfluss hervor. Sie werden gefangen, getötet und manchmal auch gegessen. Liselotte entwickelt eine besondere Geschicklichkeit im Fröschefangen. Die Prozedur der Zubereitung fordert ein hohes Maß an Abgebrühtheit oder kindlicher Unschuld. Gegessen werden nur die Schenkel. Die Frösche werden auf der Brücke hinter der Backstube auf einen Hackklotz gelegt, Liselotte zieht ihnen die Hinterbeine lang, die Mutter trennt mit einem Axthieb die Schenkel vom Rest des Frosches, der in den Kanal und den dortigen Bewohnern zum Fraß fällt. Dann zieht die Mutter den Froschschenkeln die »Hosen« aus, heißt, sie häutet sie, wendet sie in Pfannkuchenteig und brät sie in Schmalz aus. Dem Beck munden sie vorzüglich. Liselotte verschmäht sie eher.

Im Bäckerhaus gibt es eine Botanisiertrommel. Niemand weiß, wie sie dahin gekommen ist, aber sie wird im Sommer, kurz vor der Heuernte, immer wieder gern benutzt, um auf den Wiesen Schmetterlinge einzufangen. Der Fang wird nach Hause getragen und dort mit Stecknadeln aufgespießt. Liselotte ist mit mörderischer Begeisterung dabei, die »Fetterlinge« zu fangen, Schmetterlinge kann sie noch nicht sagen.

Liselottes Kindheit ist ein ewiger Sommer. Die lebhaftesten Erinnerungen jedenfalls stiftet der Kanal hinterm Haus. Über den Kanal führt eine geländerlose Brücke. Ein Sicherheitsproblem macht sich daraus niemand. Keine Mutter mahnt zur Vorsicht, wenn ihr Knabe oder ihr Mädchen im Furor eines Spiels über die Brücke rennt. Der jüngere Bruder Otto, noch tapsig, aber schon begierig den Größeren nacheifernd, fällt eines Tages in den Kanal und wird von der Strömung fortgerissen. Nachbarn schreien, die Hände in die Höhe reckend, nach Hilfe. Die Hedwig mit ihren 14 Jahren erkennt die Gefahr und springt, noch bevor der kleine Beck in den Mühlengumpen und in die Schleuse oder das Mühlrad gespült wird, in den Kanal und zieht den Knaben heraus. Die Rettungstat spricht sich herum, findet breiteste Zustimmung, sogar die Partei zeichnet das Mädchen mit der Rettungsurkunde des Führers aus. Der Sohn des Lohmüllers hat weniger Glück, er fällt ins Mühlrad, als niemand zugegen ist, der ihn herausziehen könnte. Liselotte steht fassungslos dabei, wie ein von Schmerzen zerrissener Müller die Leiche seines Kindes auf den Armen trägt.

Einmal im Jahr wird der Bach abgeschlagen. Für die Fische, die in den zurückbleibenden Tümpeln um ihr Überleben schnappen, gibt es kaum ein Entkommen. Die Handwerker, die am Kanal ihre Werkstätten haben, kippen ihre

Abfälle in den Kanal, so auch der Metzger. Am Schlachttag fließen über seinen Abflusskanal Blut und andere Bestandteile der Tiere, die nicht in eine Wurstpelle gehören, ins Wasser. Die Barben und Forellen, die dort heimisch sind, wachsen mit dieser Diät zu ordentlicher Größe heran. Eine große Barbe weckt den Jagdinstinkt der kleinen Liselotte. Ihre Rückenflosse, stolze Flagge über einem gut genährten Körper, verrät nun ihr Versteck in einer Grube am Bachgrund. Liselottes Technik ist ausgereift: mit einer, besser beiden Händen von hinten über den Fischleib bis in die Kiemen hineinfahren, dann beherzt zudrücken und langsam aus ihrer Höhle herausziehen. Dieses Exemplar ist allerdings eine Nummer zu groß für sie. Alle Versuche, mit ihren Händen den glitschigen Fisch zu greifen, scheitern an dessen Gegenwehr. Schließlich wirft sie sich mit dem ganzen schmächtigen Körper auf das Tier, begräbt es unter sich in einer Mulde und schreit um Hilfe. Gemeinsam mit der Mutter gelingt schließlich der Fang. Die Beute kommt zu den anderen Fischen in den Zuber, den die am Raubzug beteiligte Mutter auf die Brücke gestellt hat, als plötzlich die Haslacher Fischer mit ihren Netzen den Bach hinauf waten, um die ihnen durch Pachtzahlung rechtlich zustehenden Fische einzusammeln. Liselottes Angst ist nicht gering, als Wilderin ertappt zu werden. Die Mutter aber hat geistesgegenwärtig ihr Waschbrett auf den Zuber gelegt und sich breit daraufgesetzt, damit keine neugierigen Blicke hineinfallen. Liselotte ist voller Bewunderung für so viel Kaltschnäuzigkeit.

Wenn der Sommer kommt, sind alle Gefahren vergessen, der Kanal ist das kostenlose Schwimmbad der Kinder. Der Badespaß ist mit einem leichten Grusel untermalt. Wenn sie in der Gruppe den Bach hinuntertreiben und unter den Dohlen und Brücken durchschwimmen, gehört den Buben das Privileg, in der Mitte zu schwimmen, wo der Kanal tiefer ist. Die Mädchen müssen mit den ufernahen Zonen Vorlieb nehmen. Dort, wo die Brücken diese Zonen mit ihrem Schatten verdunkeln, lauern Gefahren. Dort sind die Bachratten, heißt es. Die Buben in ihrer sicheren Mitte entdecken auch immer wieder katzengroße Ratten, die auf dem Sprung sind, Liselottes Schwimmbahn zu kreuzen. Liselotte, die Lippen fest geschlossen, um keinen Tropfen Wasser mit den Ratten zu teilen, strampelt unwillkürlich schneller, um dieses Rattenreich schnell hinter sich zu lassen. Bachratten, vor allem wenn sie im Rudel auftreten, beißen, ehe man sich's versieht, auch mal eine Zehe ab, munkelt man.

In der Karwoche, wenn der Bach abgeschlagen wird, kommt der Maurer vorbei und verspachtelt die Zugänge zu den Rattenburgen in der Bachmauer. Einmal bietet Anna, die auf der Brücke steht und dem Treiben der Kinder zugesehen hat, ihre Hilfe an: »Maurer, soll ich dir z'Hand gange? S'goht einfacher zu zweit.« Das geht offensichtlich gegen die Maurerehre: »Mach dass de fortkummsch, ich bruch kei g'schlitzte Handlanger.«

Etwas weiter bachaufwärts liegt der Mühlengumpen der Mehlmüllers. Dort staut der Müller das Wasser, das sein Mühlrad treibt. Rechts davon befindet sich die Stellfalle, mit der der Müller die Stauhöhe im Gumpen reguliert. Im Sommer ist der Gumpen gut gefüllt, der Müller braucht ordentlich Wasserdruck auf sein Rad, denn die Mühle ist in Betrieb. Das Freibad auf der anderen Kinzigseite kostet einen Groschen Eintritt. Der Mühlengumpen ist umsonst. Die mutigeren der jungen Schwimmer springen von der Stellfalle herunter. Die Figuren werden johlend bewertet. Die Figur der Arschbombe bekommt keine Haltungsnote, dabei geht es um größtmögliche Wasserverdrängung und Spritzwirkung. Beim Köpfer kommt die Eleganz der Ausführung ins Spiel.

Größtes Gekreische und Gejauchze erwirbt sich der zum Bauchplatscher missratene Köpfer.

Auch beim Schwimmen im Gumpen herrscht Rattenalarm. Die besseren Schwimmer drängen die Mädchen deshalb in die Randbereiche, was den Geräuschpegel erneut deutlich hebt. Die Schwimmer müssen aufpassen, dass sie dem Mühlrad nicht zu nahe kommen. Der Abfluss ist zwar durch ein Gitter gesichert, aber die Sogwirkung ist beträchtlich. Im Sommer kann sich der Spaß bis in die Abendstunden hinziehen und die Leidensfähigkeit der Nachbarn strapazieren. Das Gemurre und Geschimpfe der Nachbarn ist ziemlich wirkungslos. Für ein paar Minuten zeigen die Kinder guten Willen, die Lautstärke zu dämpfen, dann ist der gute Vorsatz vergessen und das Gejohle so groß wie zuvor. Auch härtere Mittel, die gegen sie zum Einsatz kommen, lassen sie unbeeindruckt. Eines Tages fliegt aus dem ersten Stock des gegenüberliegenden Hauses ein Nachttopf in den Gumpen. Gefüllt. Geworfen hat ihn ein Bediensteter der Reichsbahn, der im Nachtdienst arbeitet und seinen Schlaf nachholen muss. Liselotte findet die Angelegenheit durchaus eklig, das Schamgefühl, das sie befällt, gilt halb der Fracht, halb dem von ihr verschuldeten Anlass. Einige Jahre später stirbt der Mann. Er wird nach lokaler Sitte zu Hause aufgebahrt. Im Zimmer steht der offene Sarg, davor brennt eine Kerzenschnecke. Wenn sie abgebrannt ist, ist des Betens genug getan und die Pflicht der Angehörigen zur Bewirtung der Gäste beginnt. Auch Liselotte ist unter den Trauergästen. Was sie jedoch bewegt, ist nicht die Trauer, sondern die Neugier; sie möchte sich vergewissern, ob er auch wirklich tot ist und keine Nachttöpfe mehr wirft. Im Rücken der Erwachsenen schleicht sie sich nah an den offenen Sarg heran. Er ist so hoch aufgebahrt, dass aus sicherer Entfernung nichts zu sehen ist. Ganz wohl ist ihr nicht. Schließlich erhascht sie einen Blick auf das eingefallene kalkweiße Gesicht. Ein Lid ist nicht ganz geschlossen. Erschrocken zieht sie sich zurück und sucht den Vater. »Du Vadder«, stammelt sie, »der guckt ja noch. Vielleicht ischer no gar nit tot?«

Der Vater beruhigt sie: »Kei Angst, der guckt nimme, der stoht scho seinem Herrgott gegenüber.« Ein Rest Zweifel bleibt.

Auch bei der Beerdigung auf dem Friedhof ist sie sicherheitshalber dabei. Der zweite, wichtigere Grund aber ist nicht der Verstorbene, sondern der Totengräber, Zölestin geheißen. Zölestin ist ein kauziger alter Mann mit einem ausgeprägten schwarzen Humor. Gern zitieren die Kinder seinen Spruch, wenn der Verstorbene endlich in der Erde ruht: »Sechs Bretter und en Deckel, schlof gut, du alter Seckel.« Außerdem hat er immer einen Keks oder Trockenobst für die Kinder in seiner Tasche. In all dem dumpfen Beten und Trauern sticht ausgerechnet der Totengräber wie ein helles Licht heraus, ein Anziehungspunkt für die kleine Motte Liselotte. Ein Leben lang stand Zölestin der Himmlische mit dem Tod auf Du und Du, er wusste, auf welchen Wegen der seine Beute holt. Als der Tod aber auf der fast nie befahrenen Dorfstraße einen Lastwagen steuert, ist der alte Mann ein argloses und leichtes Fressen. Nun ist Liselotte wirklich traurig. Sie kann es nicht fassen, dass bei Zölestins Beerdigung kein Zölestin mehr da ist, der ihr einen Apfelring zusteckt und sie mit seinem Witz erheitert. Dass auch Totengräber sterben, erscheint ihr irgendwie absurd und ungerecht. Sie hielt ihn für einen Angestellten des Jenseits, der vom Sterben befreit schien.

Die Jahreszeiten bestimmen mit ihrem Rhythmus auch den Betrieb der Bäckerei. Schon im August füllt sich das Haus mit dem Duft von Honig, Nelken und Zimt. Der Beck setzt die Masse an, die bis Oktober ruht und dann zu Lebkuchenteig verarbeitet wird. Anfang November werden die Lebkuchen gebacken. Die Bauern pflegen die Tradition, dass die Großmutter ihren Enkeln einen Lebkuchen mit dem Namen darauf schenkt. Der Beck hat eine lange Liste mit den Namen. Die nun zur Häuslichkeit verurteilten Kinder dürfen das Werk vollenden, indem sie einen Nikolaus darauf kleben.

Auch die fernen Kunden in Berlin lieben das süße Gebäck, das im Vorlauf zu Weihnachten in der Backstube entsteht. Oder auch nicht entsteht. Der Beck verlässt immer wieder mal die Bäckerei und stiehlt sich zum Nachbarn hinüber. Anlässe zum heimlichen Politisieren gibt es genug. Der Zufall sorgt dafür, dass die Bande auf ihren Streifzügen durch die verwaiste Backstube kommt und auf dem Arbeitstisch eine Schüssel mit dem angerührten Teig für Makronentörtchen sieht, eine unwiderstehliche Versuchung. Liselotte, als Tochter des Makronenteigbesitzers ausnahmsweise zur Kommandogewalt berechtigt, gibt die Regel aus, dass jeder nur einmal den Finger reinstecken und schlecken darf. Einer der Buben schleckt jedoch zweimal. Das bleibt nicht unbemerkt. »Der het zweimol g'schleckt, no schleck i au zweimol«, schaltet sich sofort der nächste ein und alle stecken den Finger nun ein zweites Mal in den Teig. Aber auch beim zweiten Mal gibt es sofort Unstimmigkeiten beim Zählen, die nur durch wiederholtes Schlecken ausgeglichen werden können. Binnen Kurzem ist der Kessel fast leer und allen ist schlecht. Was tun? Den Rest des Makronenteigs, den keiner mehr essen mag, entsorgen sie im Kanal, den Kessel waschen sie aus und hängen ihn wieder an den Nagel, wo er hingehört. Als der Beck zurückkommt und sein Werk zu Ende bringen will, steht er ratlos vor der leeren Arbeitsbank und dem am Nagel hängenden Kessel. »Ich hab's doch g'macht«, murmelt er vor sich hin, »ich weiß doch genau, dass ich's g'macht hab.« Liselotte schafft es, den Rest des Tages mit einem Unschuldsgesicht zu bewältigen. Vor dem Schlafengehen verabschiedet sie der Vater mit dem üblichen Händedruck und dem Kreuzzeichen auf der Stirn in die Nacht.

## 12. WINTER

Seit Tagen fällt dichter Schnee. Liselotte kennt es aus den vergangenen Jahren nicht anders. Am Abend, während des Abendessens, wundert sie sich über die Klagen der Eltern. »Wenn doch nur der schreckliche Winter scho rum wär«, jammert ihre Mutter. Liselotte findet ihn nicht schrecklich, sie kennt schreckliche Dinge, aber der Winter gehört nicht dazu. Er hat für sie die gleiche Selbstverständlichkeit des Faktischen wie alle Jahreszeiten. Sie nach angenehm und unangenehm zu unterscheiden, die eine wegzuwünschen und die andere herbeizusehnen, macht keinen Sinn. Jede verdient sich Anerkennung mit ihrem eigenen Charakter. Sie weiß auch mit dem Winter etwas anzufangen. Sicher, geheizt wird im Bäckerhaus nur die Backstube. Die Eltern haben ihr Schlafzimmer direkt darüber, ihre Kammer ist immer warm. Aber auch Liselotte und ihre Geschwister müssen nicht frieren. Am Abend legt der Vater für jedes einen Backstein in den Backofen. Wenn der Stein durch und durch erhitzt ist, wird er zuerst in ein Säckchen und dann unter die Bettdecke gesteckt, dort wärmt er die Betten der Kinder. Liselotte liebt es, die Wärme zu spüren, dort, wo der Stein lag, mit dem Fuß die Kante abzufahren, wo das Leinen kalt wird, Tuchfühlung mit den warmen und kalten Zonen aufzunehmen. Vor dem Fenster tanzen die Flocken, manche weigern sich zu fallen, hüpfen nach oben, schweben einen Moment lang unbeweglich, tun so, als würden sie fallen, hüpfen wieder nach oben. Sie spielen. Schneeflocken sind Kinder, sie bewegen sich so frei im Raum wie Philipp, Arthur, Liselotte, vielleicht heißen sie sogar so.

Am nächsten Morgen dann sind die Straßen und Gassen völlig zugeschneit. Nach dem Schnee fällt die Stille wie eine zweite dicke Schicht über den Ort, wie eine Bettdecke liegt sie über den Häusern und Straßen. Nur das gedämpfte Schlurfen der Schneeschaufeln, womit die Leute ihre Hauseingänge freilegen, ist zu hören. Selbst die Kirchenglocken klingen wie aus größerer Ferne.

Als Liselotte ein leises Klingeln hört, wirft sie sich rasch in ihre dürftige Winterkleidung und rennt nach draußen. Auch Arthur und Philipp und die anderen haben das Signal vernommen. Der Bahnschlitten kommt, ein mächtiger, von zwei schweren Pferden gezogener Schlitten, der durch seine Form die Schneemassen rechts und links zu einem Haufen aufwirft. Der Kutscher brummelt den Kindern ein Grußwort zu, sie springen auf den Schlitten auf und platzieren sich am hinteren Ende. Ihre Mitwirkung ist gewünscht, die Räumungsarbeit gelingt besser, wenn Gewicht auf dem Schlitten liegt. Die Straßen werden von der Gemeinde gebahnt, für die wenigen motorisierten Fahrzeuge, die gelegentlich durch das Dorf fahren, vor allem für die Bauern aus den umliegenden Tälern. Am kommenden Sonntag werfen sie sich wie an allen Sonntagen des Jahres in ihren Hofstaat, spannen die Pferde vor die bunt geschmückten und mit Glöckchen versehenen Kutschen oder Schlitten, laden ihre Frauen und Kinder ein und fahren unter vielstimmigem Geklingel vor die Kirche. Man will würdig vor den Herrn treten und putzt sich heraus. Auch die Frauen legen ihre Trachten an, man kann auf Traditionen zurückblicken, auf eine lange Ahnenreihe; der Stolz auf den Hof, die Wälder und das Vieh, das man besitzt, lässt die Brust schwellen. Die neuen Herren über Deutschland hofieren noch den Bauernstand und tolerieren ihren Glauben, auch wenn mancher Nazi schon testet, wie straff die Kette sitzt, die ihn noch an Anstand und gutes Benehmen gegenüber den Kirchen und dem Priesterstand fesselt. Ihr Geraunze von Blut und Boden gibt manchem Bauern das Gefühl, zu einem geachteten Stand zu gehören.

Nach dem Kirchgang verziehen sich die Männer in die Wirtshäuser, wo bei Bier und Schnaps mancher Handel eingefädelt wird. Wo lässt sich was dazukaufen? Wäre vielleicht eine Heirat vorteilhaft für zwei benachbarte Höfe? Welcher »Viehjude« hat die besten Tiere und zu welchem Preis? Wo steht der Holzpreis?

Die Frauen sammeln sich in der Wirtschaftsküche bei Anna. Im Wirtshaus haben sie nichts verloren, es würde den Bauern geradezu sündhaft verschwenderisch vorkommen, im Wirtshaus für zwei zu bezahlen, der Groschen für eine Brezel beim Beck muss genügen, den Katreinerkaffee bekommen sie von Anna umsonst. Wenn Liselotte sonntags aus der Kirche endlich den Weg nach Hause findet, trifft sie auf eine Runde von Bauersfrauen, die die Vorkommnisse der letzten Wochen zu Klatsch und Tratsch verarbeiten. Hier wird die sentimentale Seite der Händel besprochen, die im Wirtshaus mit männlichem Sinn für das Wesentliche, fürs Geschäft, für die »Sach«, übergangen wird. Wie macht sich der Bub von diesem Bauern, wie das Maidli von jenem? Welche Magd ist schon wieder schwanger und von wem?

Zu einer solchen Runde tritt Liselotte, nachdem sie sich den Schnee von den Kleidern und aus den Haaren geklopft hat. Die Stubenwärme färbt ihr Wangen, Nase und Ohren rot, die Finger kribbeln stechend, als die Betäubung durch die Kälte weicht. Ihre Strümpfe sind nass bis hinunter zu den Zehen, die Schuhe zu wechseln wäre angebracht, aber was die Erwachsenen reden, weckt ihre Neugier. Eine zierliche, junge, frisch verheiratete Bäuerin steht im Mittelpunkt des Interesses. Der Bauer ist offensichtlich über das als »stattlich« geschätzte Maß hinausgewachsen. Man heuchelt Sorge: so eine kleine Person und dann zwei Zentner Mann. Liegt darin nicht eine Gefahr für die Gesundheit der Gattin und damit für das eheliche Glück? Die Angesprochene aber kann alle beruhigen: »S'isch noch kei Mus vomme Heuballe erdrückt worre.«

Aus dem Tal unmittelbar oberhalb des Ortes führt ein Hohlweg am Schloss vorbei ins Dorf. Auf diesem Weg steuern die halbwüchsigen Burschen die Schlitten mit ihren Holzlasten hinunter zum Sägewerk. Der Schnee formt aus diesem Hohlweg eine Rodelbahn. Wenn es richtig kalt ist, gießen sie die Bahn mit Wasser aus, damit sich eine dicke Eisschicht bildet. Jetzt wird die Fahrt hinunter zu einem halsbrecherischen Abenteuer. Die Burschen stehen vorn am Schlitten und versuchen, ihn durch Gewichtsverlagerungen durch die Kurven zu steuern, auf Kurs zu halten, Karambolagen mit den Bäumen am Rand möglichst zu vermeiden. Der Jubel der Umstehenden, wenn sie unten auf die Zielgerade schießen, heizt den Wagemut an. Die Kinder, auch Liselotte, wenn sie nur lange genug betteln, dürfen mitfahren. In rasender Fahrt geht es die Eisbahn hinunter, in den Kurven zerren Fliehkräfte an Liselottes noch schwachen Armen, Buckel und Löcher in der Bahn rütteln sie durch, die klammen Finger versagen den Dienst, die Angstlust macht sich in schrillem Gekreische Luft. In der langen Kehre um den Schlossberg herum ist die Fahrt für Liselotte schließlich zu Ende; wo der Schlitten um die Kurve saust, fliegt sie geradeaus in die Schneewehe. Da steckt sie nun mit allen Vieren im Schnee. Der Kontakt mit der vereisten Kruste der Schneewehe kann unangenehm werden, sie »hornigelt« die Bruchpilotin. Da die langen Strümpfe, die im Wesentlichen ihre Winterkleidung ausmachen, nur bis zu den Oberschenkeln reichen, wo sie mit einem Gummi festgehalten werden, steckt ein ganzes Stück nacktes Mädchenbein im kalten Schnee, Eiskristalle kratzen an der zarten Haut. Die Kälte und Nässe an so delikaten Stellen sind dann doch zu viel. Liselotte gibt auf, keine zweite Abfahrt, schnell zurück zum Aufwärmen in die Backstube.

Am Gummenwald kurz außerhalb des Dorfes liegt ein Weiher. Im Winter friert er zu, zur Freude aller Leute, die Schlittschuhe besitzen. Aber auch zur Freude aller Wirte und ihrer Kunden, denn die beziehen das Eis zum Kühlen des Bieres vom Weiher. Wenn die Eisscholle dick genug ist, wird der Eisweiher von der Feuerwehr gesprengt. Zwei Ackergäule ziehen die Schollen heraus und in den nahebei befindlichen Eiskeller hinein. Dort warten bereits Männer in dicken Lederschürzen auf die Blöcke. Sie sägen sie in handliche Stücke und lagern sie im Eiskeller ein. Die in ihnen gefangene Kälte überdauert das Jahr bis zum nächsten Winteranbruch. Im Sommer fährt der Eiswagen durchs Dorf und bietet seine kalte Ware preis. Abnehmer sind die Gasthäuser und betuchte private Haushalte. Auch die Bäckerei hat ein Eisfach. Mit einer rudimentären Eismaschine ist die Bäckerei in der Lage, ihre Kunden mit Eis zu verwöhnen, in der Regel jedoch nur zu festlichen Anlässen. Die Zutaten wie Milch und Aromen sind billig vorhanden, der Beck versteht sich auch aufs Eismachen. Er rührt sie in einem Behälter zusammen und stellt diesen in einen größeren Behälter. In diesen werden die verkleinerten Eisklumpen gelegt und mit Salz bestreut, um den Tauvorgang zu beschleunigen. Nun wird ein kräftiger Helfer abkommandiert, der den inneren Topf und seinen Inhalt so lange mit einer Kurbel dreht, bis das Eis geschmolzen, die Kälte vollständig in die Speiseeismasse gewandert und die Masse zu festem Speiseeis gefroren ist.

Am Ende des Winters steht seine Vertreibung. Die »Fasent«, wie die Fasnacht im Ort genannt wird, ist ein heidnischer Hexensabbat, der keinen im Ort unberührt lässt. Die kollektive Erregung erfasst schon im Vorfeld Alt und Jung, mit dem Startschuss entlädt sie sich in einer allgemeinen Ekstase. Die wenigen Feier- und Festtage während des Jahres sind allesamt religiöser Natur. Lustig geht es dabei nicht zu. Die Gläubigen erinnern sich daran, dass sie Kinder Gottes sind, von seiner Gnade abhängig, mit einer sündigen Natur ausgestattet, in ihrem Treiben unter ständiger Beobachtung, zu Leiden und Sterben verurteilt und, wenn sie Glück haben, in einem fernen Jenseits erlöst. Selbst das Paradies präsentiert sich nicht als Ort ausgelassenen Vergnügens. Die Fasent ist all das nicht. In der Fasent sind die Gläubigen von der Leine der Knechtschaft gelassen, zum Sündigen befreit, mit Masken unkenntlich gemacht, von der Furcht vor einem Strafgericht erlöst, höchstens mit einem Kater geschlagen, aber zu dessen irdischer Natur macht sich keiner falsche Gedanken und fasst selten den Vorsatz, es in Zukunft zu lassen. Sogar der Beck, das ganze Jahr über ein frommer Christ, wird an Fasent zum ausgelassenen Heiden, zum halben zumindest, denn er bevorzugt die kindliche Version der Narretei. Er ist der Anführer des Kinderfasnachtszuges am Fasnachtssonntag.

Wie ein Rattenfänger läuft er der bunt verkleideten Kinderschar voraus, um den Bauch trägt er einen Gurt mit Köcher wie für eine Fahnenstange, doch darin steckt der Brezelbaum, das Banner der Fresslust, eine lange dicke Bohnenstange, an der Querhölzer angebracht sind, sodass der Brezelbaum sich wie eine Tanne auffächert. An den Querhölzern hängen Brezeln, die der Beck eigens für diesen Zweck gebacken hat. Zwischen den Brezeln baumeln Würste, eine Spende des Metzgers. Am Ende des Umzugs dürfen die Kinder den Baum plündern.

Die Fresslust der Kindernarren ist damit aber nicht gestillt. In Gruppen zu vieren und fünfen ziehen sie um die Häuser, sagen ihre Spottverse auf, bis die herausgeklingelten Bewohner mit Gaben an Essbarem die Plagegeister wieder loswerden, wenn auch nur für kurze Zeit. Die Maskerade verschiebt auch bei ihnen die Grenze des Erlaubten und Verbotenen. Auch vor dem eigenen Elternhaus wird gebettelt. »Der Kittlerbeck soll lebe, er soll uns ebbis gebe!« Die Mutter gibt. Sie hat Fasnachtsküchle in Schmalz gebacken, die gibt sie nun, aber nicht alle. Sie weiß, die Bande kommt wieder und wieder. Im Fall, dass die Spenderlaune erlahmt oder gar nicht vorhanden ist, kommt der zweite Vers zum Einsatz: »Gizig, gizig, gizig isch der Beck, un wenn er nit so gizig wär, dann gäb er jetzt ä Wecke her!« Liselotte brüllt mit voller Lungenkraft den Spruch auch der eigenen Mutter ins Gesicht, so lange bis diese die Nase voll hat und das Bettelpack zum Teufel jagt. »Saubande, jetzt langt's, fort mit euch!«

Die Verkleidung der Kinder wechselt mit den Jahren. Als Liselotte sechs ist, setzt sie bei der Mutter durch, als Türkin gehen zu dürfen. Eine Schneiderin wird mit der Herstellung des Kostüms beauftragt. Sie passt Liselotte eine aus grüner Baumwolle gefertigte Pluderhose an. Liselotte hat noch nie eine Hose getragen. Was so leicht zu tragen und auch an- und auszuziehen scheint, stellt das unerfahrene Mädchen vor ein großes Problem. Schon gleich nach der Anprobe stellt sich ein drängendes Bedürfnis ein, es muss mal Pipi machen. In die Hose hinein war sie mithilfe der Schneiderin gekommen. Nun kommt sie ohne diese Hilfe nicht mehr hinaus. Das Malheur lässt sich nicht lange aufhalten, Liselotte pinkelt in die Hose. »Des Bächle isch halt kumme«, entschuldigt sie sich später. Die schöne, neue, grüne Hose ist durch einen großen, nassen Fleck verunstaltet. Auf dem Nachhauseweg friert dieser große Fleck auch noch zu und gestaltet jeden Kontakt doppelt unangenehm.

Breitbeinig nach Art eines Seemannes wankt die junge Türkin heimwärts, ein stilles Stoßgebet nach oben schickend, dass bitte jetzt nicht Philipp oder Arthur ihr über den Weg laufen.

Das Kostüm der Erwachsenen ist das »Hansele« und die »Spättlemadlee«. Die Holzmaske der Letzteren zeigt eine alte Frau, der ein langer Zahn aus dem Mund schaut. Die »Spättle«, die Lappen aus buntem Tuch, erinnern an die Jacken der Bauersfrauen. Darunter trägt das Spättle eine lange weiße Unterhose mit Spitzenbesatz. Der Strohhut ist eine Hommage an die Hutfabrik, die schon lange im Ort beheimatet ist. Kopftuch, Ringelsocken und Strohschuhe verleihen der Figur etwas Hexenhaftes. Anstelle des Besens führt sie eine lange zweizinkige Holzgabel mit. Begegnungen mit einem Spättle können unangenehm werden. Zuschauer am Rand der Umzüge, besonders weibliche, werden mit dieser Gabel aufgespießt, entführt, mitgeschleift, durchgeschüttelt und betatscht, bis ihr Gekreische das Spättle in Lautstärke und Intensität zufriedenstellt.

Spättlemadlee

Auch abseits der Umzüge geht es bei der Fasent der Erwachsenen derb zu. Was unterm Jahr verboten oder nur unter der Hand und im Flüsterton möglich ist, die üble Nachrede, in den närrischen Tagen wird sie zum öffentlich vorgetragenen Spott verarbeitet, zum »Schnurren«. Im Schutz der durch die Maske garantierten Anonymität, möglichst mit verstellter Stimme, zählt man im Wirtshaus den Zechern die unterm Jahr begangenen Verfehlungen und Sünden auf. Besonderes Gejohle und Klatschen folgt, wenn Seitensprünge oder erotische Eskapaden, im Verborgenen begangen und auf ewig für verborgen geglaubt, ans Licht gezerrt werden. Das Dorf hat tausend Augen und Ohren, und alles Gehörte und Gesehene wird memoriert und für diese Gelegenheit protokolliert. Alles wird in die unterirdischen Wasseradern des Klatsches eingespeist, unter der stillen Oberfläche des Anstandes murmeln die narrativen Bächlein. An Fasent schlägt ein Hexenmeister mit seinem Stab gegen den Fels des bürgerlichen Anstandes, ein Spalt öffnet sich, eine Quelle sprudelt und gibt ihre Geheimnisse preis.

Beim Umzug werden solche lokalen Skandale szenisch dargestellt. Ein großer Heuwagen dient als Bühne. Die Laienschauspieler wählen Kleidung und Requisiten so, dass über die Identität der verhandelten Personen kaum Zweifel bestehen können. Liselotte hört mit spitzen Ohren zu, wie die in der Arbeitsküche versammelten Personen gemeinsam überlegen, wer ihnen wohl vier Jägerkostüme leihen könnte. Opfer des Sketches sind nämlich vier Jäger, die ihren Jagderfolg in der Dorfkneipe zu Einbach begießen. Der Beck, als wortgewandter Mann bekannt, übernimmt die Aufgabe, die Geschichte in gereimte Verse zu übertragen.

Die vier besagten Jäger saßen, ihren Jagderfolg feiernd, um den runden Stammtisch, die Flinten ordentlich abgestellt. Unterm Tisch lagen ihre Dackel. Ihr Durst war groß, auf eine Bestellung folgte die nächste, die Stimmung stieg. Da erinnerte man sich, dass auch die Dackel am Jagderfolg beteiligt waren und deshalb ihren gerechten Anteil am Siegestrunk bekommen sollten. Eine Runde also für die Dackel. Die gehorsamen und an die Fürsorge ihrer Herrchen gewohnten Tiere tranken das in Schalen gebotene Bier bis zum letzten Tropfen aus. Schon kurz darauf wurde dem ersten schlecht, dann folgten auch die anderen, alle kotzten sie Bier und was sonst noch vom Wildbret unverdaut im Magen lag auf den Wirtshausboden. Die Jäger wunderten sich, welche seltsame Krankheit die Tiere wohl befallen hatte. Sie wollten der Sache auf den Grund gehen. Aufschluss konnte eigentlich nur die erbrochene Substanz selbst geben. Einer nach dem anderen fuhr mit dem Finger durch die Dackelkotze, schleckte dann den Finger ab und forschte kennerisch dem Geschmack hinterher. Der Einakter hat enormen Erfolg und muss wiederholt werden.

Die Jägerkostüme, so wird Liselotte später erfahren, hatten die Gattinnen der Jäger beigesteuert.

# 13. FAHRENDES VOLK

»Die Zigiener sin do, die Zigiener sin do«, kreischt Arthur aufgeregt. Liselotte ist sofort elektrisiert. Mit flinken Schritten rennt sie voraus, nach dem Weg muss sie nicht fragen. Wie jedes Jahr hat auch im Frühjahr 1938 eine Sippe Sinti ihr Lager auf dem Sportplatz auf der anderen Kinzigseite aufgeschlagen. Da steht sie nun am Rand des Lagers und traut sich nicht recht weiter. Arthur, der zu ihr aufgeschlossen hat, zeigt ausnahmsweise auch keinen größeren Mut. Es ist eine Zirkustruppe. Die kleinen Pferde, die die Panjewagen mit ihrem gewölbten Stoffdach ziehen, sind ausgeschirrt. Vor den ohne erkennbare Ordnung aufgestellten Wagen sitzen Frauen und schüren die Feuer. Rauchsäulen steigen hier und da in die Luft. Vom Dreigestell, das sie darüber platziert haben, hängen Töpfe herab. Was darin schmort, gesellt sich als Geruchsspur zur Aura des Fremden, das eine enorme Anziehungskraft auf Liselotte ausübt. Abseits davon spielen Kinder, manche barfuß und mit nicht mehr als einem knappen Kleidchen bekleidet. Neben dem Lager stecken Männer eine Manege ab.

Keiner nimmt von ihnen Notiz, mit Ausnahme eines Mädchens, das Liselottes Alter haben dürfte. An ein Rad ihres Wagens gelehnt steht sie da und schaut. Liselotte sieht ihre großen schwarzen Augen, die dunklen Haare, die ihr lang auf die Schultern fallen, das kurze Kleidchen, die schon kräftig geformten Beine, die in einer Art Ballettschuhe stecken. Lächelt sie nun? Oder ist das Spott? Liselotte kann den Gesichtsausdruck nicht deuten. Sie hält sich deshalb ebenfalls zurück mit allzu offen kommunizierten mimischen Freundschaftsangeboten. Plötzlich löst sich das Mädchen vom Rad und geht in Richtung Manege. Kurz dreht sie sich herum, wie um sich zu vergewissern, dass Liselotte ihr mit dem Blick folgt. Sie bindet eines der bei der Manege angepflockten Pferde los und schwingt sich auf den Rücken des struppigen Tieres. Ohne Sattel reitet sie ein paar Runden. Die Zügel hält sie locker in der Hand, sie scheint sie kaum benützen zu müssen, als wisse das Pferd auch ohne ihre Hilfe, was zu tun sei. Dann drückt sie sich plötzlich mit beiden Händen vom Pferderücken ab und wuchtet sich hoch. Nun steht sie mit beiden Beinen auf dem Pferd, die Zügel noch immer locker in der Hand. Ihre Haare wehen rhythmisch im Wind. Konzentriert dreht das Mädchen ihre Kreise. Auf ihrer Galerie, am Rande des Lagers, steht Liselotte mit offenem Mund, unfähig zu jeder Art von Huldigung, zu der doch alles in ihr drängt. Nun spreizt das Mädchen ein Bein ab, drückt die Fußsohle gegen das Knie ihres anderen Beines, bildet ein Dreieck mit ihren Beinen und reitet einbeinig eine ganze weitere Runde. Dann lässt sie sich auf den Pferderücken fallen und beendet die Zirkusnummer. Jetzt erst wirft sie einen fragenden Blick auf Liselotte. Alles sieht Liselotte und doch ist es, als wäre sie in einen schweren Traum versunken. Als sie aus dem Traum erwacht, ist sie verwirrt, etwas Ungeheures türmt sich vor ihr auf, das sie nicht überschaut, das ihr Tränen in die Augen zu pressen droht. Aus dem Dorf klingen die Glockenschläge der Kirchturmuhr herüber. Schnell dreht sich Liselotte herum und rennt, Arthur im Schlepptau, ins Dorf zurück.

Am nächsten Tag hat sich Liselottes Erregung so weit auf den Normalzustand eingependelt, dass sie einen erneuten Abstecher ins Lager unternimmt. Diesmal wagt sie sich näher heran. Man fordert sie zwar nicht ausdrücklich auf, sich dazuzugesellen, verscheucht sie aber auch nicht. Das Mädchen von gestern ist nicht zu sehen. Wieder brennen die Feuerstellen, in den Kesseln schmort der Eintopf. Die alten Frauen, die ihn gekocht haben, rufen zum Essen. Zuerst treffen die Männer und die älteren Burschen ein. Die Frauen schaufeln ihnen den Eintopf in Blechteller, den einen, der gleich Nachschlag verlangt, verjagen sie mit wüstem Geschimpfe, den anderen bedienen sie üppig und mit schallendem Gelächter. Liselotte versteht kein Wort, sie ist sich nicht sicher, ob alles so ernst gemeint ist, wie es klingt, oder ob nicht auch eine Portion Schauspielerei dabei ist. Nachdem die Männer ihre Portion verspeist haben, sind die Frauen, die Mädchen und die kleinen Kinder an der Reihe. Auch die Reiterin von gestern taucht aus einem der Wagen auf und setzt sich dazu. Schmatzend schielt sie über ihren Tellerrand zu Liselotte hinüber. Sie greift sich in den Mund, zieht etwas Unverdauliches, das sich dahin verirrt hat, zwischen den Zähnen hervor, stellt den Teller ab und geht zur Feuerstelle. Sie nimmt einen frischen Teller, klatscht eine Kelle von dem Eintopf hinein und bringt ihn Liselotte. Liselotte ist verzaubert, sie hat zwar überhaupt keinen Hunger, löffelt aber glücklich den scharf gewürzten Gemüseeintopf aus. Das Mädchen setzt sich neben sie. »Dein Namme?«, will sie wissen.

»Liselotte«, antwortet Liselotte brav.

»Kon hi tiro dad?«

»Was?«

»Dein Vater, wer ist?«

»Der Beck, der Bäcker.« Liselotte fasst sich ein Herz: »Und wie heisch du?«

»Sulamith. Tu kamaha na graisa te klisjeha? Willst du mit Pferd du reitest? Zeig ich dir, wie du machst.«

In Liselottes Brust bilden sich kleine Eiskristalle der Panik. »Aufs Pferd? Ich? Ich glaub, ich kann des nit.«

Aber Sulamith lässt nicht locker. »Kann ich dir lernen. Ist nicht so schwer. Musst du nicht, dass auf einem Bein stehst.«

»Meinsch? Ich weiß nit«, die Angst ist mit guten Worten nicht zu besiegen.

In die Gruppe der Esser ist inzwischen Bewegung gekommen. Die alte Frau, die über den Kessel gewacht und immer wieder mal darin herumgerührt hat, zündet sich eine Zigarre an. Eine Frau mit Zigarre hat Liselotte noch nie gesehen. Eine Zigarre im Mund ihrer Mutter, unvorstellbar. Nun scheucht sie die Mädchen auf, sie sollen die Teller zusammensuchen und sie abwaschen. Auch Sulamith ist Teil der Waschbrigade. Sie machen sich auf zur Kinzig hinunter, wo das Geschirr im Bachwasser gewaschen werden soll. »Kann i mitgange? I kann euch helfe, i kann au abwasche«, fragt Liselotte. Geschirr abwaschen, das scheint ihr eine lösbare Aufgabe, um in die Gemeinschaft der Zirkusleute aufgenommen zu werden, die notwendige Erfahrung bringt sie von zu Hause mit. Sulamith, einen Stapel Blechteller auf dem Arm balancierend, wendet sich um, eine Kopfbewegung geht hin zur Alten. Die alte Frau stößt eine Rauchwolke aus, spuckt aus und sagt: »Hast mitjebracht was, Rakli? Nei, hast nich. Na, kannst nicht den Teller zu abwasche. Kommst wieder, bringst du was mit, dein Vater hat doch a scheen Brot. Sagst du ihm nix, ist besser.« Liselotte nickt brav mit dem Kopf, eine Frau, die Zigarre raucht und spuckt wie ein Kutscher, verdient unbedingten Respekt. Die Frau verzieht den Mund zu einem breiten Lachen, in die frei werdende Zahnlücke steckt sie passgenau die Zigarre zurück. Liselotte versteht das Signal. Im Laufschritt macht sie sich auf den Weg nach Hause, mit jedem ihrer flinken Schritte fällt ein Stück der Beklemmung ab und macht Platz für die freudige Gewissheit: etwas mitbringen, ja, das dürfte zu schaffen sein.

Am nächsten Morgen bekommt die Bäckerei Besuch von einem der Schausteller aus dem Lager. Er kauft Brot, der Beck bedient ihn persönlich. Er bezahlt die geforderte Summe, dann sagt er: »Auf ein Wort, Herr Bäcker. Sie habe da ein scheenes Maidli, sie war gestern bei uns und hat geredet mit meine Tochter. Ich glaub, die möge sich. Sie soll doch wieder komme. Meine Tochter würd ihr lerne, dass sie reitet und wie auf dem Pferd auf einem Bein sie steht.«

Der Beck ist alarmiert. »So so«, antwortet er ausweichend, »reite isch scho ä schöne Sach.«

Der Schausteller hakt nach: »Wie heißt so scheen. Das Paradies der Erde liegt auf dem Riecken der Pferde.«

Der Beck ist nicht so leicht zu ködern. »Mir lebe lieber so, dass mer ins richtige Paradies eingehe. Außerdem, mir hen jo gar kei Pferd und werde au nie eins habe, mir hen jo kei Platz im Stall.«

»Des macht nix«, beschwichtigt ihn der Besucher, »wir haben mehr als genug, sie mag nur komme. Adieu, Herr Beck.«

Den Rest des Tages und auch am folgenden Tag steht Liselotte unter Sonderbewachung. Sie wird mit Aufgaben überhäuft, ihr zur Seite die ältere Schwester als Aufsichtsperson. Was gibt es nicht plötzlich alles zu tun. Morgens natürlich Schule, nachmittags Kontrolle der Hausaufgaben, auf die kleine Brunhilde aufpassen, mit Onkel Gust neues Heu aus dem Schober für die Kühe im Stall holen. Am dritten Tag ist der Zirkus weitergezogen, die Chance ist vertan. Aber vergessen ist nichts. Tief in einer Kältekammer ihres Herzens liegt der Plan auf Eis, zur Stelle zu sein, wenn der Wanderzirkus wieder auftaucht, und mit einem Mitbringsel die Eintrittskarte in die Gemeinschaft der »Zigiener« zu lösen.

»Die Zigiener sin do, die Zigiener sin do«, kreischt Arthur aufgeregt. Liselotte hat schon seit Tagen auf den Ruf gewartet. Nun heißt es handeln, bevor im Elternhaus der Verdacht aufkeimt und Alarm geschlagen wird. Mit Herzklopfen stiehlt sie sich in die Backstube, der Vater ist intensiv an der Teigmulde beschäftigt. Da liegt das Backblech mit den fertigen Schneckennudeln. Ein gezielter Griff, eine Nudel verschwindet in ihrer Kittelschürze. Nun klafft aber ein verräterisches Loch in der Reihe der Nudeln. Der Vater ist immer noch geschäftig über die Teigmulde gebeugt. Das Herz klopft ihr bis zum Hals, die Hand zittert, die alle dem Loch benachbarten Nudeln ein Stückchen verrücken, um das Loch zu schließen, was viel länger dauert als der eigentliche Diebstahl selbst. Geschafft. Angetrieben vom Stolz auf die freche Tat und mit dem Rückenwind des schlechten Gewissens flitzt sie aus der Gefahrenzone, vorbei an der gefährlichen Klippe Mutter, die ihr hinterherruft, »Ja Maidli, wo rennsch au na?«, und lässt nur ein verwehtes »Zum Arthur« zurück. Aber Arthur hat Krone und Recht verloren. Die Beine tragen sie schnurstracks über die alte Kinzigbrücke hinüber, deren Holzbohlen ihr aufgeregtes Getrappel verstärkt zurückwerfen, mit einer Hand an der Kittelschürze ist sie sorgsam darauf bedacht, dass ihr Diebesgut nicht herauskatapultiert wird. Vom Sportplatz winken ihr schon von Weitem die bunten Panjewagen zu. Auch die Rauchsäulen senden indianische Willkommensgrüße.

Am Feuer sitzen die Frauen und rauchen Pfeife, Kinder krabbeln zu ihren Füßen. Schüchtern nähert sich Liselotte, tastet sich schrittweise vor, wartet eine Pause im angeregten Gespräch der alten Frauen ab und streckt der Alten dann ihre Schneckennudel hin.

»Mirjaklo, shukar rakli, a Geschenk?«, zischt sie, die Pfeife fest zwischen den Zähnen. »Bist doch die Rakli vom

Bäcker, was? Am gei mo tschawe, komm nur, keini Angst!« Sie nimmt die Pfeife aus dem Mund, steckt zwei Finger hinein und schickt einen Pfiff über das Lager. Die Köpfe der Kinder und Mädchen wenden sich alle nach ihr um und dann erscheint auch Sulamith aus einem der Panjewagen. Die Wiedersehensfreude ist auf beiden Seiten groß. Man umarmt sich, Hände werden geschüttelt, Klapse auf die Schultern, aufgeregtes Begrüßen und Rufen, das sich zu spitzen indianischen Trillern steigert. Die größeren Mädchen beginnen vor Übermut herumzutollen, sie nehmen Anlauf und springen über das Feuer, dass die Röcke fliegen, manche sogar barfuß. Hingerissen vom Mut der Mädchen, die solche Sprünge wagen, aber auch erstaunt darüber, dass die Mädchen gar keine Unterwäsche tragen und Beine, Po und Scham nackt und ungeschützt den Blicken preisgegeben sind, denkt sie, Donnerwetter, die trauen sich was. Wenn nicht mal die Scham sie zurückhält vor solchen Sprüngen, dann muss das schon gewaltigen Spaß machen. Ob ich das auch könnte? Eine Zeit lang steht sie unentschlossen herum, dann fegt anfeuerndes Klatschen der Mädchen die letzten Angsthürden hinweg. Sie nimmt zehn Schritte Anlauf, drückt sich ab und fliegt, als würde eine unbekannte Kraft sie heben, über die Flammen. Sicher, ohne Brandwunden, landet sie auf der anderen Seite. Fantastisch, ein Sprung ins Glück. Wie wenig doch zum Glück gehört, nur ein wenig Mut und Schamlosigkeit. Mit vielen weiteren Sprüngen bläst sie Sauerstoff in das Feuer dieses Glücksgefühls, bis die alten Frauen die Feuerstelle für sich und die Zubereitung der Mahlzeit beanspruchen. Wie selbstverständlich schaufelt man auch ihr eine Portion des Eintopfs in ihre Schale. Sie ist aufgenommen in die Gemeinschaft der Sinti, muss auch gar nicht mehr fragen, ob sie helfen darf, als die Mädchen wieder zum Geschirrspülen an die Kinzig geschickt werden. Unter Lachen, Singen, Tratschen und

Geschubse reiben sie die Schüsseln, Teller und Töpfe mit dem Sand vom Kinziggrund ab, schwenken sie mit Kinzigwasser aus und tragen sie ins Lager zurück. Als Liselotte sich schließlich am späten Nachtmittag auf den Heimweg macht, glühen ihre Wangen beim Gedanken, dass auch sie jetzt eine »Zigienerin« ist. Wem darf sie dieses Geheimnis anvertrauen? Der Mutter und dem Vater vielleicht besser nicht. Aber Arthur und Philipp schon, die werden Augen machen.

Ein Jahr geht herum, es nähert sich der ersehnte Moment, an dem sie ihre Mitgliedschaft im fahrenden Volk erneuern kann, an dem sie wieder über Feuer springen und Sulamith beim Reiten bewundern kann. Sie liegt seit Tagen auf der Lauer, aber kein Ruf ertönt, keine Feuer brennen auf der anderen Kinzigseite. Außer ihr scheint das niemanden zu wundern. Schließlich fragt sie den Vater, wo denn die Zigeuner bleiben. »Die geh'n jetzt 'n andere Weg«, antwortet der Vater kurz. Mehr ist aus ihm nicht herauszubekommen. Erst viele Jahre später wird Liselotte sich fragen, ob in dieser Antwort schon ein Wissen lag, wohin dieser Weg sie geführt hatte.

# 14. MANNHEIM

In den Herbstferien 1938 wird Liselotte nach Mannheim zu ihrer Großtante Mathilde, der jüngsten Schwester ihres Großvaters väterlicherseits, geschickt. Ein großes Schild mit Namen und Anschrift, sowohl des Heimatortes als auch des Zielortes, baumelt um ihren Hals. Mannheim weckt Erwartungen in ihr. Der Vater hat ihr gelegentlich von seinen Abenteuern als Soldat im ersten Krieg erzählt. Wenn er Urlaub von der Front hatte, fuhr er über Mannheim nach Hause. Er kannte eine junge Frau, eine Künstlerin, die im Varieté arbeitete. Wie weit dieses Techtelmechtel ging, bleibt für Liselotte im Dunkeln. Dass der Vater vor der Mutter noch andere Frauen gekannt hatte, scheint ihr merkwürdig. Eingeprägt in ihre Erinnerung hat sich seine Bemerkung, er habe einmal den Fehler gemacht, sie morgens zu besuchen. Da sei sie nicht mehr so schön gewesen. Der Vater besuchte auf diesen Heimaturlauben auch seine Tante Mathilde und deren Mann Theodor. Einmal sei er just an dem Tag erschienen, als sich ihr etwa zwanzigjähriger Sohn auf dem Klo erschossen hat, aus Liebeskummer. Er erzählt es eher wie ein wunderliches Ereignis, fast ohne jeden Widerhall des Schreckens, den eine so furchtbare Tragödie sicherlich bei den Eltern auslöste. Es muss einem Rotkreuzsoldaten, der an der Front jeden Tag dem Tod ins Auge schaut, wie eine luxuriöse Schrulle vorgekommen sein, sich aus Liebeskummer zu erschießen. Liselotte fragt sich jedoch, hätte auch der Vater wegen der Varietéartistin zur Pistole greifen können? Hat ihn die morgendliche Hässlichkeit seiner Angebeteten am Ende davor bewahrt? Und war das Mädchen, das sich dem Sohn verweigerte, so schön, dass er sich erschießen musste?

Tante Mathilde und Onkel Theo litten unter dem Verlust und der Stille im Haus. Ein zweites Kind zu zeugen und zu gebären, daran war nicht mehr zu denken. Sie adoptierten ein Mädchen, Friedel, etwa zehn Jahre älter als Liselotte.

Onkel Theo holt Liselotte vom Bahnhof ab. Schon der halbstündige Fußmarsch beeindruckt Liselotte mächtig. Häuser in dieser Höhe kennt sie von zu Hause nicht. Auch der Verkehr auf den Straßen ist nicht mit dem heimatlichen Kutschenverkehr zu vergleichen. Der Onkel lehrt sie, worauf man achten muss beim Überqueren der Straße. Erst links, dann rechts schauen, dann gehen.

In den folgenden Tagen nimmt Theo sie mit auf seine täglichen Spaziergänge. Theo ist ein sanfter und gutmütiger älterer Herr. An seiner Hand fühlt sich Liselotte für den Ansturm neuer Eindrücke gewappnet. Er führt sie zu Rhein und Neckar, hebt sie am Geländer hoch, von hoch oben spukt sie in den Strom, der einen nassen Gruß von ihr ins Meer trägt. Wie klein ist doch die Kinzig, weit hinten rauchen die Schlote von Ludwigshafen. Sie laufen ziellos auf dem Schachbrett des Weichbildes entlang, Passanten kreuzen ihren Weg, rempeln sie an, wenn sie nicht aufpasst. Also passt sie auf, schärft ihre Sinne, Gruppen von Hitlerjungen im Gleichschritt auf das Kommando von Trillerpfeifen, Leuchtreklamen über den Schaufenstern der Läden und Kaufhäuser, Autolärm, Hupsignale, Zeitungsjungen, menschliche Reklametafeln, Verkäufer von allerlei Krimskrams in ihren Bauchläden, das Getrampel uniformierter Abteilungen im Marschschritt, das Tatütata eines Polizeiautos, Kohleträger, die ihre Last durch Luken in Keller kippen. So offen ist sie für all die neuen Eindrücke, sie hätte sich nicht gewundert, wenn ihr Menschen mit zwei

Köpfen über den Weg gelaufen wären. Alles sieht Liselotte mit staunenden neugierigen Augen, ein schwer zu fassendes neues Gefühl dehnt ihre Brust, erhebt sie, als würde sie auf Zehenspitzen gehen, als sie erlebt, dass es eine so andere Realität gibt als die, die sie kennt.

Am Ende der Straße dann, schon von Weitem sichtbar, ein Auflauf. Auf der Pritsche eines Lastwagens steht ein Mann in Uniform und brüllt etwas zur Menge hinunter, die sich dort versammelt hat und rasch an Zulauf gewinnt. Von allen Seiten strömen mehr Leute hinzu, in der Luft eine fiebrige Kampfstimmung, aus der Menge erhebt sich Geschrei. Theo verlangsamt den Schritt. Er fasst Liselottes Hand fester. Dann hält er ihr seine andere Hand vor die Augen und sagt: »Komm, das müssen wir nicht sehen, wir drehen um. Wir gehen lieber zum Wulle Wulle.« Mit Wulle Wulle war das Kaufhaus Woolworth gemeint.

Im Zentrum der Stadt liegt der Palast mit seinen Tischen und Stellflächen, zu denen die Kunden ungehindert Zugang haben, ohne die Ladentheke, die den Kaufmann von seinen Kunden trennt, wie sie es von zu Hause kennt. Hier können die Kunden alles anfassen, können sich kurz am Gefühl erwärmen, die Dinge bereits zu besitzen. Eine Illusionsmaschine, die den Menschen mit knapper Barschaft den Reichtum zum Beschnuppern in die Hände legt, sie kurz zum Träumen bringt, bevor der Traum an der Kasse zerplatzt. Und tatsächlich, Tausende, so scheint es ihr, drängen sich durch das Labyrinth der Gänge zwischen den unübersehbaren Verkaufsständen, tausende Hände wühlen sich durch die Kleiderberge. Waren jeder Art in unbegreiflicher Zahl, ein Angriff auf ihren Orientierungssinn, es könnte einem schwindlig werden.

Da, in der Mitte der Halle, eine Rolltreppe. Eine Treppe, die das Gehen übernimmt, die die Überwindung von Höhen ohne Anstrengung möglich macht. Das hat den Vergnügungsfaktor eines Karussells, das ist Kirmes, nicht einmal im Jahr, sondern jeden Tag, eine tägliche Karussellfahrt für die glücklichen Bewohner dieser Stadt. Der Schrecken des eben Erlebten verebbt, die Rolltreppe ist eine Attraktion, die alles überbietet. Sie fahren hoch, fahren auf der Treppe gegenüber wieder runter, fahren wieder hoch. Da passiert es, das Missgeschick. Ihre Sandale verfängt sich im Schlitz der letzten Stufe, bevor sie im Gehäuse der Treppe verschwindet. Der Schwung der Fahrt schleudert Liselotte aus ihren Schuhen und von der Treppe ins obere Geschoss hinein. Gleichzeitig kommt die Treppe zum Stehen. Das Personal läuft zusammen, ein Techniker muss gerufen werden, um den Schuh zu befreien. Liselottes Kirmesstimmung hat einen heftigen Dämpfer erfahren. Die Großstadt birgt Gefahren, hat dieser Tag Liselotte gelehrt, gerade dann, wenn sie einem ihr spektakuläres Gesicht zeigt.

Mathilde, Theo und Friedel kümmern sich fürsorglich um das achtjährige Kind. Die Tage vergehen ohne Anfälle von Heimweh. Der Vorschlag Friedels, ein Hallenbad aufzusuchen, findet bei der Kaulquappe Liselotte sofort Zustimmung. Ein Hallenbad, ein großes Wasserbecken in einem Haus, baden im Warmen, das ist sensationell. Aus der Umkleide tritt sie in eine feucht-neblige Halle hinaus, die Luft selbst scheint aus Wasser zu sein, die Wände werfen die Laute der Badegäste zurück, man versteht kaum sein eigenes Wort. Vor ihr liegt wie eine Einladung ein unendlich langes Becken mit bläulich schimmerndem Wasser. Wie ein junger Hund paddelt Liselotte durch das Becken, taucht mit dem Kopf ab, ohne sich die Nase zuzuhalten, wagt auch Sprünge vom Beckenrand, bewundert die jungen Männer, die vom 3-Meter-Brett springen, und fragt sich neugierig, wie die Wasserwelt wohl von da oben aussehen mag.

Schließlich klettert sie die Leiter hinauf, tastet sich oben vorsichtig auf dem Brett vorwärts und schaudert vor der blauen Tiefe, die sich vor ihr auftut. Lieber schnell wieder zurück, denkt sie sich. Doch zu spät, der nächste Schwimmer, ein junger Bursche gibt dem kleinen Mädchen vor ihm einen Schubs. Ein Schrei erstickt auf Liselottes Lippen, mit ausgebreiteten Armen und waagrecht in der Luft liegend klatscht sie auf der Wasseroberfläche auf. Die Wirkung des Aufpralls ist gewaltig. Als man sie aus dem Wasser zieht, hat sich am Bauch bereits ein riesiger Bluterguss gebildet. Der Badespaß ist zu Ende. Den nächsten Tag verbringt sie im Bett. Dann bringen sie zwei Rote-Kreuz-Schwestern mit Hakenkreuzbinden am Arm zum Bahnhof, hängen ihr wieder ein Schild um den Hals und setzen sie in den Zug. Die Ferien nehmen ein unrühmliches frühes Ende. Irgendwie bringt die Stadt Mannheim der Familie kein Glück. Sie hätte in diesen Ferien ein Stück wachsen können, aber das Schicksal hat sich den Arm eines mutwilligen jungen Burschen geliehen, um sie zurückzustoßen.

# 15. KOMMUNION

Im Frühjahr 1939 trifft der Beck Vorbereitungen für die Erstkommunion seiner zwei älteren Töchter am Sonntag nach Ostern. Er selbst ist aufgeregter als die Erstkommunikantinnen. Zumindest Liselottes Inbrunst in Glaubensdingen kennt enge Grenzen. Nicht dass sie an der Existenz Gottes, des Teufels oder der Heiligen, am Paradies, in das nur ein gottgefälliger Lebenswandel führt, und an der Hölle, in der unweigerlich alle Sünder landen müssen, zweifeln würde. Im Gegenteil, mit dem Teufel und der Hölle kann man sie furchtbar erschrecken. Doch der Weg ins Paradies ist steinig, die irdische Wegstrecke jedenfalls ist trist, humorlos, langweilig. Auch ihre Altersgenossinnen, die sich klaglos in Frömmigkeit üben und artig in die Kirche gehen, findet sie fad und langweilig.

Wie musste sie im Stillen vor sich hin schmunzeln, als sich die Sache mit der Hedwig aufklärte. Eines Tages war wie Feueralarm der Ruf durchs Dorf geschrillt, die Hedwig sei verschwunden. Das Mädchen, das man mit Sicherheit entweder bei der Mutter oder im Rosenkranz finden würde, war weg, spurlos und unerklärlich. Das Schlimmste war zu vermuten. Die Feuerwehr wurde alarmiert, Männer in langen Stiefeln stocherten im Kanal vor den Wehren, denn sie wohnte in unmittelbarer Nachbarschaft des Kanals, vergeblich. Nirgends war die Hedwig zu finden. Dass sie sich freiwillig aus dem Staub gemacht haben könnte, war ausgeschlossen. Man vermutete ein Verbrechen. Natürlich gerieten auch die Zigeuner in Verdacht. Ihre Wagen wurden polizeilich durchsucht, eine richterliche Genehmigung dazu hielt man nicht für nötig, und tatsächlich, in einem der Betten fand man die Hedwig. Sie hatte sich hineingeschlichen, wollte wohl auch ein bisschen Zigeuner spielen, und war eingeschlafen. Die Zigeuner beteuerten ihre Unschuld, sie hätten von der Anwesenheit des Mädchens nichts gewusst. Man würgte die Zweifel hinunter und ließ es dabei bewenden. Liselotte aber wusste, wer ihr den Floh mit den Zigeunern ins Ohr gesetzt hatte, hielt aber den Mund und freute sich darüber, dass auch auf eine Betschwester wie die Hedwig die Zigeuner doch einen unwiderstehlichen Reiz ausübten. Das gab irgendwie ihrer Abneigung gegen den Rosenkranz recht.

Im Übrigen hat sie ein über jeden Verdacht erhabenes Beispiel dieser Abneigung direkt vor Augen. Auch ihre Mutter geht nie in die Kirche. Ihr Bedarf an Kniefälligkeit vor dem Pfarrer und dem Herrgott ist gedeckt. Der Beck lässt es geschehen, bei aller Frömmigkeit, das Missionieren ist nicht seine Sache. In der Zeit, die er am Sonntag in der Kirche und dann im Wirtshaus verbringt, versorgt seine Frau den Haushalt und unterhält die bäuerliche Kundschaft.

Der Weiße Sonntag steht vor der Tür, im Bäckerhaus werden also Vorbereitungen für die Erstkommunion der beiden älteren Töchter getroffen. Aus ökonomischen Gründen werden die beiden um ein Jahr auseinander liegenden Schwestern in einem Aufwasch kommuniziert. Bei dieser Aufwaschkommunion aber lässt sich der Beck nicht lumpen. Es darf was kosten, wenn die Aufnahme der ersten beiden seiner Kinder als vollwertige, weiß gekleidete Lämmer in die Herde der Gläubigen und den Schoß der Kirche gefeiert wird. Und eine Feier muss sein, allein schon deshalb, weil mit dem völkischen Germanenkult die christliche Feierlichkeit ins Hintertreffen geraten ist. So eine Kommunion bietet also eine gute Gelegenheit zu zeigen, wer man ist und welchem Herrn man sich verpflichtet fühlt.

Liselotte und ihre Schwester bereiten sich seit Wochen mit dem Besuch des Katechismus-Unterrichts auf das Ereignis vor. Dort werden sie über die sündhafte Natur des Menschen belehrt, über den Wert der Reue und den hohen Sinn der Beichte. Zur Erstkommunion dürfen sie nur, wenn sie vorher gebeichtet haben, reinen Herzens sind und davor nichts gegessen haben. Auch der Magen muss nämlich rein sein. Ein Brötchen oder sogar eine Brezel würde sich mit dem Sakrament der Eucharistie überhaupt nicht vertragen. Bei der Eucharistie, so erfahren sie, nehmen sie den Leib Christi in sich auf, eine leicht unheimliche Vorstellung, die nicht ganz zu Liselottes Wissen passen will, dass die Hostien, die den Leib Christi symbolisieren, von ihrem Vater in der Backstube verwendet werden. Er nennt sie allerdings Oblaten. Sie dienen als Unterlage für Kokosmakronen. Dass sie ein Symbol sind, hat sie noch nie von ihm gehört, dabei kennt er sich doch in der Religion fast so gut aus wie der Pfarrer. Überhaupt begreift sie nicht recht, was ein Symbol ist. Was der Pfarrer bei der Kommunion verteilt, sieht aus wie eine weiße, papierähnliche Scheibe Brot, ist aber eigentlich etwas ganz anderes. Wenn man es isst, wird man ganz erfüllt vom Heiligen, sagte der Pfarrer. Liselotte fürchtet ein bisschen diesen Moment der Erfüllung. Wer weiß, was das Heilige in einem alles anrichten kann, wenn man so sehr überwältigt wird, dass einem der Kopf schwindelt? Das hat sie allerdings im Gottesdienst, wenn die älteren Kinder und die Erwachsenen an die Balustrade vor dem Altar treten, die Zunge herausstrecken und vom Pfarrer eine Hostie auf die Zunge gelegt bekommen, noch nicht erlebt. Die anderen Kirchgänger kehren eigentlich ziemlich gefasst mit gesenktem Kopf und vor der Brust gefalteten Händen in ihre Bänke zurück. Keiner wirkt irgendwie verzückt oder ergriffen. Einmal musste die Gerber-Oma furchtbar husten und hat das Symbol wieder ausgespuckt. Es ist aber nichts passiert. Ob sie die Hostie wieder vom Boden aufgelesen und gegessen hat, konnte sie nicht sehen. Man darf die Hostie nicht kauen. Man sieht, wie die Gläubigen die Backenknochen spannen, um das Kauen zu verhindern. Liselotte hat schon versucht, mit ihrer Schwester Gertrud darüber zu reden, was ein Symbol ist, aber Gertrud wiederholt auch nur, was der Pfarrer im Katechismus-Unterricht gesagt hat, verknüpft mit der Ermahnung, sie solle nicht so dumme Fragen stellen.

Am Weißen Sonntag wird Liselotte in ein weißes Kleidchen gesteckt, dazu weiße Strümpfe, in der Hand eine lange weiße Kerze. Geschenke bekommt sie auch überreicht, ein Gebetbuch, einen Rosenkranz und eine Halskette mit Kreuz, die ihr der Vater sogleich anlegt. Sie sei jetzt gekleidet wie eine Braut Christi, heißt es. An die übliche Herumtollerei ist in diesem Aufzug nicht zu denken, im Gegenteil, ganz deutlich spürt sie den Appell, ein ihrem Auftrag gemäßes gefasstes Gesicht aufzusetzen und im Zug der anderen Erstkommunikantinnen zur Kirche zu trippeln. In Zweierreihen, Buben und Mädchen getrennt, betreten sie das Gotteshaus.

Der Gottesdienst verläuft wie alle anderen Sonntagsgottesdienste. Wie an allen anderen Sonntagen verliert sie sehr schnell den Faden dessen, was der Pfarrer von der Kanzel herab predigt. Als sie schließlich zusammen nach vorne an die Chorschranke gebeten werden, ist ihr doch ein bisschen mulmig. Schon lange bevor sie an der Reihe ist, sperrt sie den Mund auf und streckt die Zunge heraus. Sie möchte den Pfarrer in dieser Erwartungshaltung empfangen, er soll sehen, wie sehr sie sich dieser Vermählung mit dem Herrn Jesus öffnet. Allerdings hat sie nicht damit gerechnet, dass die Segnung und das Sprüchlein, welche der Pfarrer bei jedem Kind sagt, so lange dauern. Als die Hostie endlich in ihrem Mund ist, hat sie kaum noch Spucke, um sie unzerkaut hinunterzuschlucken.

Dann braust die Orgel gewaltig auf, die Gemeinde stimmt in das »Gloria in excelsis deo« ein und Liselotte spürt nun doch ein leichtes Streicheln an ihrer Wange wie durch den Flügelschlag eines Engels. Nun hat sie den Stand kindlicher Unvernunft verlassen und gehört voll und ganz zur Gemeinde der Gläubigen. Sie vermeint sogar, den Stolz ihres Vaters, der ein paar Bänke hinter ihr sitzt, zu spüren. Das Gefühl wärmt ihr Wange und Stirn. Ist es möglich, dass auch über ihr eine Flamme leuchtet wie über den Aposteln auf den Bildern, die sie im Katechismus-Unterricht gesehen hat?

In Zweierreihen geht es wieder aus der Kirche hinaus auf den Kirchenvorplatz, von wo sich die Gemeinde in die Wirts- und Privathäuser verstreut zum zweiten, familiären Teil der Feierlichkeiten.

Im Bäckerhaus ist die große Stube ausgeräumt und für die Verwandtschaft bestuhlt. Auch Gust ist nun zugegen, zur Freude von Liselotte. Er hat wie üblich die Kirche geschwänzt. »Ich komm dann zum Essen«, war sein Kommentar.

Beim Essen fehlt es an nichts, die Verwandtschaft hat Hunger mitgebracht, die Mutter muss zwei- und dreimal auflegen, was sie, angesichts des ungeliebten Anlasses, etwas mürrisch stimmt. Die Gäste werden nicht müde, mit ihren Messern in den Braten zu schneiden, die Spätzle durch die Sauce zu ziehen, in Butter sautierte Erbsen auf die Löffel zu packen. Auch der Most fließt in Strömen. Der Beck hat für Feinschmecker sogar eine Flasche Wein auf den Tisch gestellt, doch die frugal erzogenen Gaumen und Kehlen sind auf Most abonniert.

Höhepunkt und Abschluss: ein Dessert. Der Beck hat die Eismaschine angeworfen und ein feines Vanilleeis zusammengerührt. Die Leckerei findet allgemein Anerkennung. Nur eine Esserin sagt, ihr tue das kalte Eis an den Zähnen weh, ob sie nicht eine heiße Kartoffel dazu haben könne. Die Freude der Anwesenden ist groß, als die empfindliche Frau die ihr angebotene Kartoffel unter ihre Eiskugeln drückt und den erwärmten Brei mit Genuss in den Mund schaufelt.

Liselotte merkt schnell, ihre Kindheit erfährt einen Bruch. Nun häufen sich ihre Pflichten. Am Sonntagmorgen muss sie beim Brezeln-Backen helfen, am Waschtag die Mutter in die Waschküche begleiten, die Wäsche zum Trocknen auslegen, Futter für die Tiere holen. Oft führen die Aufträge zu Streitereien zwischen den beiden älteren Mädchen, wer denn nun an der Reihe ist. Verhasst bei beiden sind die Gänge zu den Schuldnern des Becks. Viele seiner Kunden sind gegen Monatsende schlecht oder gar nicht bei Kasse. Arbeiter werden noch im Wochenlohn bezahlt. Oft sieht man ihre Frauen am Zahltag am Werkstor stehen und den Männern einen Teil ihres Lohnes abnehmen, meist in der berechtigten Furcht, sie könnten das ganze Geld ins Wirtshaus tragen. Mäuler stopfen müssen die Frauen auch dann, wenn das Haushaltsgeld schon aufgebraucht ist. Beim Beck bekommen sie Brot auf Pump. Der Beck führt Buch über die entgangenen Einnahmen. Es sind Schulden, die er eintreibt, wenn der Tag gekommen ist. Dieser Tag ist Martini, der 11. November. Der Martinstag ist seit alters her der Tag, mit dem das Wirtschaftsjahr endet, der Viehabtrieb von den höher gelegenen Weiden beginnt, die Dienstverhältnisse beginnen und enden. Auch alle Pacht-, Zins- und Schuldbeträge werden beglichen. Zu feudalen Zeiten war der Zehnt fällig. Der Martinstag bleibt bis in Liselottes Zeit der Zinstag. Auch der Beck treibt an Martini Schulden ein, genauer, er schickt eine seiner Töchter.

Ausgestattet mit einem Zettel macht sich Liselotte auf den Weg in die Arbeitersiedlung. Sie kennt die Gegend, ihr Onkel Gust wohnt auch dort. Schnell mal bei ihm vorbeischauen, denkt sie sich. Beim Gust ist es immer lustig, außerdem kann sie so den unlustigen Gang der Geldeintreibung noch etwas hinausschieben. Gust arbeitet im nahe gelegenen Walzwerk. Der Bedarf dieser Fabrik an ungelernten Arbeitskräften hat es ihm möglich gemacht, sich aus der Knechtschaft bei den Bauern zu befreien. Nun steckt er zwar in der Lohnknechtschaft des Kapitals, hat aber immerhin die Vorteile, Angehöriger einer großen Werksfamilie zu sein, mit Reihenhäuschen in der Arbeitersiedlung, mit Versicherungsschutz und Rentenanspruch. Hinter seinem Reihenhäuschen erstreckt sich ein Grünstreifen, auf dem Gust Salat und Gemüse anbaut. Wie viele seiner Arbeitskollegen hält er sich Kaninchen; auf Schweine, auch die werden in einigen Arbeiterhaushalten gezüchtet, verzichtet er lieber. Das Grundnahrungsmittel Speck bekommt er von seiner Schwester Anna.

In die Rangliste seiner Hassfiguren hat der raue Mann inzwischen auch die Kapitalisten aufgenommen, aber sie kommen erst an dritter Stelle, hinter den Pfaffen und den Bauern. Jetzt, mit der Verantwortung für eine Familie, ist seine Rauflust geringer geworden. Vor dem Ausbruch des neuen Reiches ist er keiner Schlägerei mit den Nazis aus dem Weg gegangen.

Seine Frau Anna steht am Gartentor, Ärmel der Kittelschürze trotz der Kälte hochgekrempelt, wohl in der Pause eines Arbeitseinsatzes, Ellenbogen ruhen auf der Zementsäule, Blick auf die Straße gerichtet, dort toben Kinder, ein Ball schnellt aus dem Knäuel heraus. »Wo willsch au na?«, fragt sie, »de Gust isch no nit do.« Sie weiß um die Schwäche ihres Mannes für seine kleine Nichte, sie teilt mit ihr auch die Kenntnis, wie sie den wilden Kerl um den kleinen Finger wickeln können.

»Ich soll 's Brotgeld holen, vom Gellert-Willi seiner Frau«, sagt Liselotte.

»Ja, die wohnt dort vorne ums Eck. Die isch bestimmt daheim. Do schickt also dei Vater dich, statt selber zu gehen?«

Im Gewusel der Kinderschar treten viele Beine gegen einen Ball, mancher Tritt geht daneben und auf das Schienbein eines Mitspielers, das Geschrei wird lauter.

»Kei schöne Aufgab. Weisch was, jetzt trinksch e Milch bei mir in de Kuche und wenn de g'stärkt bisch, na gosch hin zur Gellert«, spricht ihr Anna Mut zu. In diesem Augenblick öffnet sich das Fenster im Nachbarhaus, der zerzauste Kopf der Nachbarsfrau erscheint im Ausschnitt. An die Kinderbande gerichtet brüllt sie nach unten: »Mient ihr immer Lärm mache, wenn ich mei Mittagsschlaf mache will, ihr Saubande?«

In die kurze Stille hinein sagt Anna: »Jetzt loss au doch die Kinder renne, die mache dir doch nix!«

Die Nachbarin setzt nach: »Von wege! Meine dürfe des au nit.«

Aber mit dieser Unterscheidung zwischen mein und dein überzeugt sie Anna nicht. »Wenn nur die renne, die du von dienem Ma hesch«, erwidert sie, »dann würde nit viele renne.«

Wortlos verschwindet der Kopf im Quadrat des Nachbarhauses, mit einem dumpfen Knall fällt der Laden wieder ins Schloss.

Nach der Milch tritt Liselotte den Gang ins Gellerthaus an. Liselotte muss nicht suchen und klingeln, Frau Gellert kniet vor der Treppe zum Haus, streckt Liselotte ihre in einen Arbeitskittel gewandete Rückseite entgegen, zwei Gummistiefel schauen darunter hervor, darüber wölbt sich ein mächtiges Hinterteil, der Buckel gekrümmt wie eine Katze, wirre

Haarsträhnen hängen ihr in die Stirn. Sie putzt die Außentreppe, eben richtet sie sich auf, taucht den Putzlumpen in den Eimer mit dem Wischwasser. Liselotte tritt hinzu und trägt artig ihr Sprüchlein vor: »Grüß Gott, der Vadder bittet ums Brotgeld und do isch der Zettel.«

Eine Sekunde der gedanklichen Sammlung verstreicht, dann glüht im Gesicht der Frau Gellert die Wut auf, sie packt den Blecheimer und schleudert ihn in Richtung von Liselotte, kurz vor ihr knallt der Eimer auf den Boden, prallt ab, hüpft wie ein Knallfrosch in die Höhe. Liselotte kann zwar mit einer schnellen Drehung einer Karambolage ausweichen, aber nicht der Woge Dreckbrühe, die sie bis auf die Unterhose durchnässt. »Was glaubt dein Vadder eigentlich? Wenn ich dort kei Geld g'habt hab, dann hab ich jetzt au keins. Wo soll ich's au hernemme?« Wie der Blitz flitzt Liselotte aus dem Gefahrenbereich der Frau, die ihr wüste Flüche hinterherschickt. In der Kategorie Geschwindigkeit kann es Liselotte mit allen Buben aufnehmen.

## 16. DIE SS KAUFT EIN

Der Morgen ist einladend schön. Seit Tagen hat es geregnet, nun scheint wieder die Sonne. Das Blattwerk der Bäume glitzert im Licht, die Vögel in ihren Kronen zwitschern sich die Lunge aus dem Schnabel, als wäre ein zweiter Frühling ausgebrochen. Über der Kinzig liegt noch leichter Dunst, die Straßen und Plätze präsentieren sich gewaschen und geföhnt. Liselottes Tagwerk ist abgewickelt. Am Morgen noch musste sie mit der Mutter in die Reben zum Grasen, der Nachmittag gehört nun der Bande. Erwartungsvoll rennt Liselotte über die Kanalbrücke in die Gassen hinter dem Haus, aber dort ist alles leergefegt. Also raus auf die Hauptstraße, runter bis zum Kirchplatz, aber auch dort ist keiner aus der Bubenbande zu sehen. Dann muss man sie zu Hause suchen.

Schräg gegenüber der Bäckerei wohnt Philipp. Das Haus ist in den Schlossberg hineingebaut, die ersten Stufen der hinteren Treppe sind aus dem Felsen herausgehauen. Dort steigt Liselotte nun zur Hintertür hinauf, sie braucht nicht zu klingeln, denn die Tür ist nie abgeschlossen. Sie drückt sie auf und steht im Eingang zur großen Arbeitsküche, in der sich das Familienleben abspielt. Philipp kommt wie von der Schnur gezogen angeschwebt. Er steht auf Rollschuhen, was ihm den Neid aller anderen einträgt. Niemand sonst hat Rollschuhe. Es gäbe sie im Ort auch gar nicht zu kaufen. Philipps Rollschuhe kommen aus Amerika, sein Onkel hat sie ihm geschickt.

In der Mitte der Küche steht der große Arbeitstisch. Philipps Mutter hat ihn für ihre heutige Tätigkeit präpariert. Am

Morgen schon war sie in den Heidelbeeren, hat einen ganzen Korb der begehrten Früchte mitgebracht und säubert sie nun für den Verkauf. Die Familie lebt von ihrer Arbeit. Der Vater sitzt am Ofen in der Ecke und hustet. »Mei Vadder het sei G'sundheit im Stollen g'lasse. Er sagt, er het e Staublunge«, sagt Philipp. Philipps Vater war Bergmann. Zuletzt arbeitete er beim Vulkan im benachbarten Haslach, Steineklopfen für den Straßenbau. Jetzt hustet er Stück für Stück das Leben aus sich heraus und muss zusehen, wie seine Frau sich abrackert für den Lebensunterhalt der Familie. Bis vor ein paar Jahren hat Philipps älterer Bruder Fritz mitgeholfen. Er wurde nach Abschluss der Volksschule in die Lehre beim Kaminfeger gegeben. Bei der Reinigung eines Industriekamins passierte dann der Unfall. Fritz blieb im Kamin stecken, der Meister bemühte sich vergeblich, ihn daraus zu befreien, schließlich rief er nach Hilfe. Die Bergung dauerte Stunden. Oben versuchte die Feuerwehr, den eingeklemmten Jungenkörper herauszuziehen, unten standen die Dörfler und blickten zum Kaminschlund hoch. Und da sie schon dabei waren, blickten sie noch höher hinauf, denn sie suchten nach einem Sinn, der ihren Glauben nicht durcheinanderbrachte. Als Fritz schließlich am Kamin oben auftauchte, war kein Leben mehr in ihm. »Wer weiß, was der Fritz angestellt hat, dass ihn der Herrgott so straft«, hieß es unter den Schaulustigen. Seither zittert Liselotte bei dem Gedanken, dass der Herrgott auch sie strafen könnte.

Philipps Mutter hat sich eine Reihe von Erwerbsquellen erschlossen. Den Kindern bekannt ist sie als die »Luseri«, die Läusefrau, die den Buben einmal im Jahr eine Schur, den Mädchen eine Badekappe voller Läusetinktur verabreicht. Sie ist die Leichenbitterin. Ihre Kunden sind hauptsächlich die Bauern, die sie im Falle des Ablebens eines Angehörigen mit der traurigen Nachricht zu den weiter entfernten Verwandten schicken. Frohe Botschaft trägt sie als Hochzeitsbitterin in die Runde. Wenn sie in den umliegenden Tälern auftaucht, geraten die Gemüter in eine unbestimmte Aufregung, schließlich könnten die Gründe, die sie herführen, nicht gegensätzlicher sein. Die Gewissheit, dass, gleich aus welchem Anlass, zum Essen geladen wird, haben sie jedoch immer. Da die Familie keinen Acker besitzt, sammelt sie, was der Wald und die Bauern, die ihn besitzen, umsonst hergeben: im Sommer Heidelbeeren, im Herbst Pilze. In ihr überlebt ein Talent aus der Vorzeit des Menschen, als nur das Jagd- und Sammelglück sein Überleben sicherte. Im dichten Unterholz riecht sie den Pfifferling, bevor sie ihn sieht. Die Ausbeute macht sie zu Geld, ihre Beeren und Pilze sind begehrt. Ihren Korb auf dem Kopf balancierend geht sie von Haus zu Haus. Mancher Kunde kauft den gesamten Korb Heidelbeeren. Sie kommen in ein Fass und reifen zu Heidelbeerwein, der neben dem Most als Delikatesse geschätzt wird.

Auf die Jagd geht sie nicht selbst, aber manchmal, in taufrischer Morgenstunde, kreuzt sich ihr Weg mit dem von Elisabeths Vater. Gelegentliche Lohnarbeiten genügen ihm und seiner Familie nicht, um über die Runden zu kommen, im Zweitberuf ist er Wilderer. Wenn er ein Liedchen pfeifend, den Hut kess auf seinem schönen Zigeunerkopf, den Hang herunter wandert und ihm der Rucksack schwer im Rücken hängt, dann ist sie sich ziemlich sicher, dass er einen Hasen oder sogar ein Reh erlegt hat. Seine Stellfallen, so vermutet sie, hat er in irgendeiner Waldhütte versteckt.

Wenn die Getreideernte eingefahren ist, dürfen Bedürftige sammeln, was auf den Äckern liegen geblieben ist. Im Wald sind ein paar Parzellen freigegeben, was dort herumliegt und sich als Feuerholz eignet, darf gesammelt werden.

Für die Säuberung der Heidelbeeren hat Philipps Mutter eine Konstruktion erfunden. Der Arbeitstisch steht mit den Füßen an einer Seite auf zwei Kisten, sodass sich eine Schräge bildet. Darauf sind zwei konisch zulaufende Bretter mit einer kleinen Öffnung unten befestigt. Oben werden die Heidelbeeren mit der restlichen Flora eingefüllt. Dann wird mit einer Gießkanne Wasser dazu gegossen. Die runden Beeren kullern in ein darunter befindliches Sieb, das Wasser tropft in eine Wanne, die Blättchen und Strünke aber bleiben auf dem Tischbelag kleben. Philipp ist abkommandiert, die letzte Feinsäuberung der ins Sieb gefallenen Heidelbeeren vorzunehmen, was er auch hin und wieder tut, nachdem er eine neue Runde auf seinen Rollschuhen um den Tisch herumgefahren ist. Nun, in Liselottes Anwesenheit, schwindet seine Lust an der Mitarbeit noch mehr. »Macht, dass ihr fortkommt«, sagt die Mutter, eine Sekunde später hat die Straße sie wieder.

Dort hat das schöne Wetter inzwischen eine größere Menge Jungen und Mädchen zusammengeführt. Einer bringt die Idee auf, »Treiberles« zu spielen, vulgo Völkerball. Ein Ball ist vorhanden, die Mannschaften müssen gebildet werden, keine ganz einfache Aufgabe, da Sympathien unter den Buben nicht immer mit Wurfkraft zusammenfallen. Gar nicht zugelassen sind die Mädchen, eigentlich, jedenfalls nicht als Werferinnen. Liselotte drängt man, sich unter die Gruppe in der Mitte, also unter die abzuschießenden Ziele, zu mischen. Das ist nun gar nicht nach ihrem Geschmack. Sie sieht zwar ein, dass bei ihrer Wurftechnik und Kraft keiner der menschlichen Wurfziele in der Mitte sie fürchten muss, aber nur abschießen lassen, das ewige Opfer, nein danke. Philipp bietet ihr eine Aufgabe als Ballholer an. Würfe, die danebengehen, landen oft weit weg. Die Schlachtordnung jedes Mal aufzulösen, stört den Spielfluss. Also braucht es Helfer wie Liselotte, die den Ball wieder ins Spielfeld bringen. Liselotte lässt sich darauf ein, sie weiß, diese Hilfsdienste tragen ihr die Lizenz ein, bei anderen Bubenspielen mitzumachen.

Eine verspätete Wolke entlädt ihre nasse Fracht und beendet jäh die Treiberles-Jagd der Kinder auf den Straßen. Liselotte flüchtet sich ins Bäckerhaus. Im Verkaufsraum trifft sie auf eine Situation, die sofort die Atmosphäre des Ungewöhnlichen hat. Ein Mann in Uniform füllt den Raum aus, in der Hand die Tüte mit der soeben erstandenen Backware, die der Beck persönlich ausgehändigt hat. Die Mutter ist in den »Reben«. Der Kunde ist eine imposante Erscheinung, er überragt den Beck um Haupteslänge. Von der kleinen Liselotte nimmt er keine Notiz. An den Beinen glänzen schwarze Stiefel, darüber wölben sich die Breeches-Hosen aus grauem Drillich. Die Uniformjacke umspannt ein schwarzes Koppel, im Halfter eine Armeepistole. Im kantigen Schädel stechen zwei Augen in den Farben der Uniform heraus, oberhalb des kahlgeschorenen Nackens endet die Erscheinung in einer grauen Mütze mit schwarzem Schirm. Den größten Eindruck machen auf Liselotte jedoch die ausgewölbten Breeches-Hosen. Eine solche Hose kennt sie nur von ihrer Kasperlefigur. Dass ein Erwachsener in einem solchen Narrenkostüm herumlaufen könnte, hätte sie nicht erwartet. Sie bemerkt jedoch schnell, dass dieses Kasperle nicht zu Späßen aufgelegt ist. Ein kalter Hauch der Macht strahlt von ihm ab. Auch der Vater scheint ihn wahrzunehmen, er ist ungewohnt einsilbig und zurückhaltend. Sonst kommen Kunden kaum ohne ein Schwätzchen aus dem Bäckerhaus. Nun aber wirkt die Situation wie eingefroren. Der SS-Offizier sieht sich herausfordernd im Verkaufsraum um, seine Stiefelabsätze knallen auf dem Dielenboden, als er sich zum Tresen wendet und mehrere Geldstücke auf das Holzbrett zählt.

»So, isch's recht?«, fragt der Offizier.

»Ja, s'isch recht!«, antwortet der Beck.

»Isch's au wirklich recht?«, insistiert der Offizier.

»Ja, sicher, s'isch recht, Gott sei Dank«, antwortet der Beck bemüht, jedem möglichen Ärger vorzubeugen.

»Danken Sie nicht diesem Palästinajuden«, herrscht der Offizier ihn an, sein Blick schwenkt hoch zur Christusfigur am Kreuz an der Wand.

»Ja, wem denn dann?«, entfährt es dem verblüfften Beck.

»Danken Sie dem Führer, dann danken Sie Gott.«

Für einen Moment hat die Angst Liselotte im Griff, sie spürt, wie der Vater erstarrt, als wäre alles Leben aus ihm gewichen. Sie sieht, wie die Schnurrbartspitzen über seinen Lippen zittern und welche Mühe es ihn kostet, keinen Schmerzenslaut von sich geben. Stumm und gedemütigt steht er da und sieht zu, wie der SS-Offizier die Bäckerei verlässt. »Vadder?«, sagt Liselotte, schwankend zwischen Frage und kindlich-hilflosem Trostangebot. Aber die Scham, seinen Gott verleugnet zu haben, verschließt ihm den Mund.

# 17. DORFLEBEN

Das Gerücht war schon seit Tagen in aller Munde, nun liegen die Kinder auf der Lauer. Sie mussten sich in zwei Gruppen aufteilen, um beide Zugangsstraßen zur Kirche im Auge zu behalten. Liselotte bewacht mit ihrer Gruppe die Hauptstraße in westlicher Richtung, wie üblich sind Philipp und Arthur dabei. Die andere Gruppe mit Willi hat 100 Meter in östlicher Richtung Stellung bezogen. Die feierliche Messe ist für 11 Uhr angesetzt, es kann also nicht mehr lange dauern. Da kündigt das Klappern von Hufeisen auf den Pflastersteinen und ein silbernes Klingeln die Kutsche an, bevor sie noch zu sehen ist. Jetzt biegt sie um die Kurve, die die Hauptstraße gerade auf der Höhe der Bäckerei um den Schlossberg herumführt. Die kleinen und die großen Zuschauer, die sich auf den Bürgersteigen eingefunden haben, werden in ihrer Erwartung nicht enttäuscht. Der Zweispänner, der den Bräutigam bringt, ist nach allen Regeln der Kunst festlich herausgeputzt. Allein für das Zaumzeug der beiden Rappen haben geschickte Frauenhände wochenlang genäht und gestickt, Glöckchen baumeln an bunten Bändern, die Pferde tragen Häubchen um die Ohren, an allen vier Ecken der Kutsche runden bunte Blumensträuße das festliche Bild ab. Die kostbare Fracht der Kutsche sitzt aufrecht und würdig in der Mitte, ganz in Schwarz gekleidet, mit einem Zylinder auf dem frisch glänzenden Jungengesicht, der Bräutigam. Ihm zur Rechten und Linken der Gette und die Gotte, die Hochzeitspaten. Auch der alte Bauer und seine Frau fahren mit, im Sonntagsstaat, der Bauer im Anzug, die Bäuerin im schwarzen Kleid mit Spitzenbesatz und der bestickten Sonntagshaube. Die Gesichter vor Stolz gerötet sind sie aus dem Olymp ihrer Höfe, wo sie über Wälder und Wiesen gebieten, herabgestiegen, um den Städtern ihre Herrlichkeit zum Gaffen zu bieten. Man freut sich nicht einfach, dass zwei Liebende zueinander gefunden haben. Man feiert ein Hochamt des Bauernstandes, ein Beweis seiner Vitalität und seines gesicherten Fortbestandes. Aber die Städter spenden den Beifall nicht umsonst, sie haben ebenfalls Rechte und die kleinsten dürfen sie geltend machen.

Auf Kommando ziehen die links und rechts der Straße aufgestellten Kinder am Seil, bis es straff gespannt die Kutsche an der Weiterfahrt hindert. Der Kutscher hat damit gerechnet, mit einem launisch geknurrten Brrrr bringt er das Pferdefuhrwerk zum Halten. Zollstation. Das Ritual ist eingespielt. Der Bräutigam greift in seine Jackentasche, gönnerhaft wirft er eine Handvoll Münzen unter die Buben und Mädchen mit ihren fordernd ausgestreckten Händen. In vorderster Reihe heimst Liselotte ihren Beutezehner ein; wo sich ein Gönner spendabel zeigt, ist sie mit lauernder Dankbarkeit zur Stelle. Dann senkt sich das Seil und die Kutsche kann ihre Fahrt zur Kirche fortsetzen. Gleiches geschieht am östlichen Ende der Straße mit der Kutsche der Braut. Auch hier muss erst das Wegegeld bezahlt werden, die symbolische Anerkennung, dass die Macht der Bauern an der Stadtgrenze endet.

In der Messe dann sind alle Unterschiede im gemeinsamen Jubel auf die Brautleute wieder eingeebnet. Der Beck hat Liselotte mit auf die Empore genommen, wo der Chor das Kyrie und das Gloria anstimmt und der Ratsschreiber und Wirt des Ratskellers die Orgel spielt. Schon seit sie sechs Jahre alt ist, darf sie den Vater auf die Empore begleiten. Dort schmettert sie das Credo auf die Köpfe hinunter, die Worte auf Latein kann sie auswendig, obwohl sie kein Wort davon versteht. Es ist eine Geheimsprache für sie, deren erste Stufe der Beherrschung sie schon gemeistert hat. Ohne es zu wissen und zu wollen, geht sie in die Schule des mechanischen Gedächtnisses, die sie mit Bravour abschließt. Das Nervengeflecht, das sich in diesen Jahren entwickelt, bildet die solide Grundlage ihrer erwachsenen Intelligenz.

Als der Pfarrer die rituelle Frage stellt, ist es so still im Kirchenschiff, dass man die gestärkten Blusen und Röcke knistern hört, das Räuspern und Husten in den hintersten Bänken, wohl auch das posaunenhafte Ja des Bräutigams, aber nicht die gehauchten Antworten der Braut. Beim Ringtausch tropft dann auch manchem Zuschauer eine Träne der Ergriffenheit auf den Kirchenboden. Noch die Fürbitten der Verwandtschaft, dann ist die Hochzeitsmesse vorbei, die Gemeinde tritt erleichtert an die frische Luft, die Rührung verebbt, die Leute zerstreuen sich und das Brautpaar tritt die Heimfahrt gemeinsam in einer Kutsche an. Die Brautkutsche fährt halbleer zurück. Die Braut verdrückt eine Träne bei der Trennung von den Eltern, den väterlichen Hof wird sie von nun an nur als gelegentlicher Gast sehen. So ganz gewiss dessen, was die Zukunft bringt, ist sie sich nicht, kann sie nicht sein. Sicher, was jeder in die Ehe einbringt, ist bestimmt zwischen den Altbauern geregelt, aber was ist mit ihrem neuen Status als Bäuerin, wer hat das Sagen auf dem neuen Hof und was ist überhaupt mit der Liebe?

Zwischen all den Glücks- und Segenswünschen zum Abschied prophezeit auch mancher mit komplizenhaftem Grinsen und aufmunternden Schlägen auf die Schulter des Bräutigams, dass man sich in neun Monaten an gleicher Stelle wiedersieht. Eine Geburt wird nämlich genauso gefeiert wie eine Hochzeit. Die Bauersfrauen gebären zu Hause, bei manchen treten die Wehen ein, wenn sie auf dem Acker stehen und fürchten müssen, dass die Hebamme nicht rechtzeitig eintrifft. Wenn Mutter und Kind gesund aus der Affäre herauskommen, was keineswegs selbstverständlich ist, wird wieder die Beschirrung geputzt und die Kutsche angespannt. Neben dem Bauern und der jungen Mutter sitzt nun die Hebamme, in den Armen das Neugeborene, den lebenden Beweis, dass die Brautleute es recht getan haben und von Gott mit Fruchtbarkeit gesegnet wurden. Nun wird das Kind mit einem christlichen Namen versehen, Gottes weiterer Gnade anheimgestellt und in die Gemeinde der Gläubigen aufgenommen. Davor hat auch diesmal wieder die Kinderbande ihr Seil gespannt und dem Bauern zu verstehen gegeben, dass ihm so viel Glück schon ein kleines Opfer wert sein muss. Und vielleicht wird schon bald die jungvermählte Bäuerin und Mutter am Sonntagmorgen in Annas Wohnküche, bei einem Katreinerkaffee im Kreis weiterer Bäuerinnen, am Tisch sitzen und die allen Blicken entzogene zweite Geschichte dieser glücklichen Vermählung erzählen. Vielleicht sitzt sie sogar in der Reihe mit anderen Frauen auf der Werkbank in der Backstube an jenem Sonntagmorgen, als Liselotte durch die Backstube zur Hintertür hinauswill und ihr plötzlich die Ohren spitz nach oben wachsen, weil die Runde die Stimmen zu einem Flüstern senkt und damit ihre Neugier weckt. »Hesch des g'hört,« sagt eine der Frauen, die Hand vor den Mund haltend, als dürfe das Gemunkel rechtens nicht aus dem Mund hinaus. »Des vo der Nachbarin, nai, so ebbes, so ä Unglück au. Sie hett's halt in ä Windel eing'schlage und hett's unters Bett g'schobe, bis de Doktor kommt. Und wie de Doktor kumme isch, war die Windel nimmer do und dann hett'mer guckt, wo die Windel isch. Und dann hett'mer se imme Eck g'funde, aber sie war leer. D'Katz hett se g'holt und hett's g'fresse.« Ein Rätsel bleibt Liselotte, wovon die Frauen reden, und fragen getraut sie sich nicht. Aber der Wortlaut des Getuschels bleibt ihr im Gedächtnis haften, bis ihre Kenntnis des Menschlichen so weit herangereift ist, dass sie weiß, was eine Fehlgeburt ist.

Am Montag fällt das Dorf zurück in den bekannten Trott. Der Himmel gehört wieder den Spatzen und Staren, Berlin ist angeblich weit weg, auf den Feldern reift das Korn, aus einigen Häusern dringt das Geschnarre des Volksempfängers, die wichtigen Nachrichten aber verkündet der »Städtlebott«. Mit seinem Fahrrad und einer großen Schelle ist der Stadtbote Mitte der Woche unterwegs, um der Dorfgemeinschaft die Neuigkeiten zu verkünden, im Schlepptau immer eine Meute von Kindern, denen sich auch Liselotte gerne anschließt, denn bei aller Zartheit der Glieder kann sich ihr Sprechorgan hören lassen. Wenn er sich mit seiner Schelle an Kreuzungen und Plätzen ankündigt und seine Bekanntmachungen ausruft, dann wetteifern Dutzende Kinderhälse mit Geheul und Lärm darin, ihm seine Arbeit möglichst schwer zu machen. Zwischen einer Verordnung zum Viehmarkt da und einer bürgermeisterlichen Verfügung dort zischt er seine Verwünschungen über die »Saubande«, die ihm maximale Lautstärke abverlangt. Manche Nachricht hört auch Liselotte mit Interesse, zum Beispiel die, dass am Samstag wieder ein Güterzug mit Kartoffeln und Filderkraut ankommt, die direkt am Bahnhof gekauft werden können. »Körbe mitbringen!«, denn der Kaufmann, der seit Jahren die Kartoffeln verkauft und sich eine sortentreue Kundschaft herangezogen hat, hält immer ein kleines Mitbringsel für sie in der Tasche bereit.

Die Arbeit des Verkaufs obliegt der Mutter. Da die Entladung des Güterzuges innerhalb eines Tages geschehen muss, werden auch die Kinder zur Mitarbeit herangezogen, eine Aufgabe ganz nach ihrem Geschmack, besteht sie doch darin, auf den Waggons stehend Kohlköpfe hinabzuwerfen. Mancher Wurf geht daneben, mancher trifft den falschen. Die Kunden finden sich mit ihren Behältern zeitig ein. Die Kartoffeln aus Pfullendorf und das Spitzkraut von den Fildern sind begehrt. Da nicht alle über die Mittel verfügen, sofort zu bezahlen, steht die Zezzel daneben und schreibt die Schulden auf. Gleich neben dem Entladetrupp auf dem Bahnhofsgelände steht der Krautschneider mit seinem Krauthobel. Wer will, kann sich sein Kraut klein schneiden lassen, um es zu Hause sofort in das passende Steingut einzulegen, Sauerkraut als Vitaminreserve für den Winter.

Einmal gelingt es nicht, innerhalb eines Samstages die Waggons vollständig zu entladen. Es muss also am Sonntag weitergearbeitet werden. Doch der Sonntag ist der Tag des Herrn, das Arbeitsverbot gilt noch, wenn auch nicht mehr lange. Es muss also die Erlaubnis des Pfarrers eingeholt werden. Liselottes Onkel Gust und ein paar wenige andere Kirchgangsverweigerer machen es ohne kirchliche Erlaubnis. Auch mehr als einmal bekommt Anna am Sonntag keine männlichen Erntehelfer. Gust muss man nicht lange bitten. Dem Pfaffen ein kleines Ärgernis zu bereiten, ist ihm die Arbeit wert.

»Lislott, komm her, hier isch's Mittagessen von der Mutter, trag's na in d'Waschkuche und trödel nit rum, sie wartet scho uf dich«, sagt der Beck, als er die Kartoffelsuppe in einen abschließbaren Henkelmann füllt. Liselotte hat schon damit gerechnet. Den ganzen Vormittag ist der Vater zwischen Backstube und Küche hin und her gerannt, immer wieder zum Abschmecken seiner Kartoffelsuppe. Wenn seine Frau Waschtag hat, gibt es eine seiner zwei Lieblingsspeisen: Sauerbraten oder Kartoffelsuppe. Anna hatte sich im Waschhäusle in die Liste zusammen mit der Frau vom Schreiner eingetragen. Im kommunalen Waschhaus mit seinen zwei Waschkesseln können zwei Frauen nebeneinander ihre Monatsration Wäsche waschen. Die Prozedur zieht sich den ganzen Tag lang hin, reichlich Gelegenheit also zum Tratschen, eine heikle Angelegenheit. Die Frauen achten deshalb bei der Paarung sehr genau darauf, mit wem sie im Waschhaus den halben Tag verbringen. Neben dem Waschhaus bietet die Gemeinde auch ein Backhaus für die Familien, die keinen Backofen haben. Viele backen ihr Brot selbst, es beim Bäcker zu kaufen, können sich nicht alle leisten.

Schwieriger als der Transport des Mittagessens ist das zweite Frachtgut. Der Beck hat aus seinem Backofen die Asche zusammen gefegt, sie mehrmals durchgesiebt und in einen Eimer gefüllt. Diesen Eimer drückt er nun Liselotte in die Hand, mit der strengen Ermahnung, ihn nicht fallen zu lassen, nicht herumzuschlenkern, den Eimer voll auszuhändigen, denn sein Inhalt sieht nur so aus, als wäre er nichts wert.

Als Liselotte das Waschhaus betritt, liegt die frisch gekochte Wäsche bereits dampfend und nach Kernseife riechend in einem großen Zuber und wartet auf das »Buchten« alias Bleichen. Über den Zuber spannt die Mutter ein altes Laken, verteilt darauf die Asche und übergießt dann alles mit kochendem Wasser. Durch das Laken sickert die so entstandene Lauge in die Wäsche. Liselotte denkt, es müsse ein Zauber dieser Brühe innewohnen, die sich über die Wäsche ergießt und alles mit einem Grauschleier überzieht – und doch am Ende für strahlendes Weiß sorgt. Bis die Wäsche erkaltet ist, hat die Mutter Zeit für ihre Mittagspause und löffelt ihre Kartoffelsuppe aus. Henkelmann und Löffel trägt Liselotte wieder nach Hause, wo sie selbst zu Mittag isst. Ihr Einsatz ist am Nachmittag wieder verlangt.

Der Grauschleier wird mit dem Schlauch aus der Wäsche gespritzt, die Wäsche geschwenkt und dann ausgewrungen. Beim Auswringen der Leintücher und Bettwäsche helfen sich die Frauen gegenseitig. Die Muskelkraft, die einer aufbringen kann, ist wohl ein Kriterium bei Annas Partnerwahl. Wenn alle Stücke in den Körben verstaut sind, ist es wieder die Aufgabe der Töchter, sie auf der Bleichwiese auf dem Kinzigvorgelände auf einem Hang zum Trocknen auszulegen. Dort liegen sie zur Begutachtung aller anderen Hausfrauen. Einen Kommentar wie, »guck emol, hätt die ä graue Wäsch«, möchte niemand hören. Wenn die Klatschmäuler schweigen, wissen die Hausfrauen, es ist der Neid, der die Mäuler verschließt. Die trockene Wäsche wird gefaltet und in den Schränken verstaut, dort duftet sie nach Kernseife und dem Stolz der Hausfrau auf ihre gelungene Arbeit. Liselotte teilt diesen Stolz noch nicht. Zufriedenheit stellt sich eher ein, wenn es ihr gelingt, die Arbeit ihrer älteren Schwester zuzuschieben.

Als Liselotte nach ihrem Arbeitseinsatz und ihrer nachmittäglichen Strollerei nach Hause kommt, bietet sich ein ungewohntes Bild. Der Vater und sein Nachbar, der Elektriker Kaiser sitzen in der Backstube. Sie brüten jedoch nicht wie üblich mit ernsten Gesichtern über den Nachrichten von BBC Deutschland, sondern lachen so ausgelassen, dass ihnen die Tränen in den Augen stehen. Was sie so erheitert, ist ein Vorkommnis, das in die Annalen der Fasent eingehen wird.

Der Lumpensammler, ein schmuddeliger alter Mann, der mit seinem Karren und seinem davor gespannten Esel die Häuser abklappert auf der Suche nach »Lumpe, Alteise, Papier«, war just die Hauptstraße entlanggetrottet, als der Bürgermeister die Straße überqueren wollte. Der Esel dachte jedoch nicht daran, ihm den Vortritt zu lassen, wie es der Bürgermeister als Respektsperson erwartet hat. Der konnte das so nicht stehen lassen: »So, was isch jetzt, wer derf jetzt zerscht über d‹ Stroß?« Der Lumpensammler dachte nicht lange nach: »Des isch mir egal, des mient ihr zwei miteinander ausmachen.«

Die Heiterkeit im Bäckerhaus hält nicht lange an. Schon am übernächsten Tag steht der Elektriker Kaiser wieder in Ottos Backstube, sein langes Gesicht verheißt nichts Gutes.

»›Die Polen haben auf deutschem Reichsgebiet herum geschossen‹, sagt der Führer, ›seit 5:45 wird zurückgeschossen.‹ Glaubsch du des?«, fragt der Elektriker Kaiser. Der Einmarsch der Reichswehr in Polen hat ihn aufgeschreckt.

»Also, ich weiß nit. Vo sellem Überfall auf den Radiosender, wie het er nommol g'heiße, irgendwas mit Witz am Schluss, vielleicht isch's jo au en Witz, also von dem hört ma gar nix meh.« Otto gibt sich skeptisch. »Die Polen hen jo angeblich ä paar Volksdeutsche verhaue, aber marschiert ma wege so ebbes in ä fremds Land ein?«

»Wirsch sehe, des gibt Krieg mit England und Frankreich. Die werre nit tatenlos zuschaue, wie die Deutsche Polen besetze. Des sin ja schließlich seine Schutzmächte.« Auf der Elektrikerstirn zeigen sich tiefe Sorgenfalten.

»Do kannsch scho recht habbe«, sagt Otto, »zum Glück hemm'mer mit de Russe en Nichtangriffspakt. Wenn's wieder gege die Russe goht, oh weh. Des möcht i nit noch emmol miterlebe.« Otto war im Ersten Weltkrieg in russische Kriegsgefangenschaft geraten. Während der Zeit seiner Gefangenschaft, die er halbwegs gesund überstand, weil er als Nichtraucher seine Zigarettenration gegen Brot eintauschen konnte, hatte er einen Schwur abgelegt, sich bis zur Freilassung nicht mehr zu rasieren. Der Bart reichte ihm am Ende bis auf die Brust.

»Nei, gegen die Kommunischte goht's lieber nit, au wenn ses verdient hätte, des gottlose Volk«, pflichtet ihm der Elektriker bei.

»Was sin denn Kommunischte?«, will Liselotte aus ihrer Leseecke wissen.

»Des sin so Litt, die wo nit an Gott glaube«, klärt sie der Vater auf. Dass man die Sache mit dem lieben Gott auch lassen kann, scheint ihr völlig irre. Selbst ihr Onkel Gust, der nie in die Kirche geht, sagt doch, Vergelt's Gott. An allen Ecken und Enden stößt sie auf Gott, er ist so allgegenwärtig, wie könnte es denn ein Leben geben ohne ihn? Das Rätsel des Unglaubens scheint ihr so unlösbar, dass sie es schnell wieder zur Seite schiebt.

Im Spätherbst 1939 muss Liselotte zum ersten Mal bei der Hausschlachtung helfen. Das Schwein, das im lichtlosen Stall mit den Resten aus dem Verkauf und vom Acker gemästet wurde, hat mit dem ausklingenden Jahr seine Schlachtgröße erreicht. Als es aus seinem Verschlag gezerrt wird, sieht es zum ersten und letzten Mal das Tageslicht. Mit vereinten Kräften wird das in Todesangst sich sträubende Tier auf die Brücke gezerrt, wo schon der Metzger mit seinem Bolzenschussgerät wartet. Der Metzger lädt den Schussapparat mit einer Treibpatrone, setzt das Rohr dem Tier in die Stirnmitte, zwei Finger breit oberhalb der Augen, die Sau hält aber nicht still, Anna und Gust müssen sie jeweils von rechts und links fixieren, Otto ist für diese Arbeit nicht zu gebrauchen. Schließlich drückt der Metzger ab, die Sau knickt ein. Auch Liselottes Knie werden weich, sie hat Mühe, sich gerade zu halten. Der Metzger legt dem Tier einen Finger aufs Auge. Da sich kein Reflex zeigt, erklärt er das Schwein für betäubt und somit schlachtbar. An den Hinterläufen wird es in der Wirtschaftsküche im Türrahmen hochgezogen, die Schnauze zeigt in eine darunter platzierte Wanne, dann sticht ihm der Metzger in den Hals und öffnet die Halsschlagader. Sein Lebenssaft ergießt sich in die Wanne. Spätestens jetzt ist das Schwein tot. Mit einem Gasbrenner werden die Borsten abgeflämmt. Dann greift der Metzger zu seinem größten Messer und trennt es der Länge nach auf. Er entnimmt die Organe, dreht die Leber hin und her und urteilt dann kennerisch, dass die Sau gesund war und eine feine Blut- und Leberwurst liefern wird. Nun geht es an die Aufgabenverteilung. Das Fleisch muss zerlegt werden, die Innereien werden für die Blutsuppe vorbereitet, Därme müssen gereinigt werden, Blut muss gerührt werden. Dazu wird es auf verschiedene Schüsseln verteilt. Auch Liselotte bekommt einen großen hölzernen Löffel in die Hand gedrückt und eine Schüssel mit Blut zugewiesen, in der sie kräftig rühren soll. »Des isch dei Wurscht, die wo'de do rührsch. Wenn der's Blut in der Schüssel stockt, dann Wurscht ade. Dann hesch nur ä trockenes Brot zum Esse, also nur nit ful«, spornt sie ihr Onkel Gust an. Liselotte möchte sagen, dass sie auf die Blutwurst gern verzichtet, wenn man ihr diese Arbeit erlässt, sie sagt aber nichts, sie weiß, mit diesem Argument würde sie auf null Verständnis stoßen. Diese Sau wird viele Mäuler stopfen, die bei der Schlachtung nicht dabei waren. Wenn also jeder nur so viel an der Sau verarbeiten würde, wie sein Hunger reicht, dann bliebe die halbe Sau liegen. Also presst sie die Lippen aufeinander, würgt ihren Ekel hinunter, rührt in der roten Brühe herum, rührt fester, um die innere Anspannung zu erzeugen, die sie braucht, um ihren Widerwillen zu unterdrücken. Sie schlägt mit dem Löffel gegen den Wannenrand, dass das Blut über den Rand schwappt, entlädt schließlich eine solch grimmige Energie in Wanne und ihren Inhalt, dass die Wanne kippt und das Blut in die Küche schwappt.

»Jetzt guck'der doch die Sauerei an. Maidli, was hesch au g'macht, jetzt hämmer die Sau so schee ausenander gnomme und du sausch hier so rum. So ebbes wie dich könne mer hier nit bruche. Putz den Dreck uff und mach dass de fortkummsch aus de Kuche«, herrscht die Mutter sie an. Liselottes Beschämung darüber, dass der Unfall ihr Schimpf und Schande der Erwachsenen einträgt, hält nicht lange an. Schon auf der Brücke ist sie froh, dem Blutgeruch entronnen zu sein und wieder frische Luft atmen zu können. Nun kann sie der viel spannenderen Aufgabe nachgehen, sich im Stall oder im Baumgärtele oder von wo auch immer man den Kessel mit der Metzelsuppe im Blick behält, auf die Lauer zu legen, um mutmaßliche »Wurstdiebe« zu erwischen. Rund um die Hausschlachterei hat sich nämlich ein Brauch ausgebildet, der sich großer Beliebtheit erfreut.

Auf der Brücke steht ein großer Kessel über einem Feuer, worin die Metzelsuppe kocht. Mit dem Fortschritt der Verarbeitung des Schweins zu Wurst und Kesselfleisch füllt sich der große Kochtopf. Alles von der Sau, was in einem geputzten Darm Platz gefunden hat, sowie das sofort zu siedende Kesselfleisch werden in diesen Topf gegeben und tragen zur Substanz der allseits begehrten Suppe bei. Es gilt der bei jeder Hausschlachtung beherzigte Brauch, dass ein jeder aus der Nachbarschaft sich einen Teil der Metzelsuppe abzweigen kann. Die festen Bestandteile wie Würste und Kesselfleisch aber muss man sich erschleichen durch das sogenannte »Säcklestrecke«. An einem langen Stecken wird ein Säckchen befestigt, das den »Metzgerbrief« enthält. In diesem Brief erklärt der Wursterschleicher in möglichst fein gedrechselten Worten seine Wünsche, warum er diese oder jene Wurst haben will, womit er denkt, sich diese Wurst verdient zu haben, beispielsweise weil er immer ein guter Nachbar war und es auch in Zukunft zu sein gedenkt, wobei ihn so eine Wurst in seinem guten Vorsatz bestimmt bestärken würde. Einfach Hunger oder eine anderweitige Bedürftigkeit gilt jedenfalls nicht als zulässiger Grund. Mit diesem den Metzgerbrief tragenden Stecken klopft der Wurstdieb an die Tür, legt sein Säckchen ab und macht sich dann schnell aus dem Staub. Der Stecken ist deshalb möglichst lang, damit der Weg zurück in die Anonymität möglichst kurz ist. Mancher legt sein Säckchen klammheimlich ab und wirft dann aus sicherer Entfernung einen Stein an die Tür. Denn wird der Dieb entdeckt, so muss er nicht nur den Spott des Metzgers, sondern den der ganzen Dorfgemeinschaft erdulden, die leichtes Spiel haben, den Tölpel, der so ungeschickt war, sich erwischen zu lassen, zu erkennen, denn ihm wird mit Kohle das Gesicht schwarz gefärbt. Wenn der Metzgerbrief von den Metzgern für würdig befunden wird, befüllen sie ihn mit den gewünschten Wurstwaren und legen ihn an alter Stelle wieder ab. Der Wursterschleicher muss nun wieder einen unbeobachteten Moment erwischen, um das erbettelte Gut an sich zu nehmen, bei Strafe eines schwarz gemalten Gesichtes.

Da kauert Liselotte also hinter dem Verschlag des verwaisten Schweinestalls und mustert die Nachbarn, die immer wieder mal auf der Brücke erscheinen und sich mit der daneben hängenden Schöpfkelle einen Schlag in das mitgebrachte Suppengeschirr löffeln. Nur mit dem Stecken und dem Säckle will keiner erscheinen. So eine rechtschaffene Sippschaft macht das Spionieren schon langweilig, denkt sich Liselotte und gibt schließlich ihren Beobachtungsposten auf. Am Abend aber ärgert sie sich doch, als am Tisch, neben all den Helfern, vor einem Teller Kartoffelsalat und Siedfleisch der Schuhmachergehilfe sitzt, mit schwarzen Backen und einem neckischen schwarzen Punkt auf der Nase. Als Trost für den erlittenen Spott darf der erwischte Säcklestrecker nämlich am Abendessen teilnehmen. Ausgerechnet ihre Schwester Gertrud hat ihn entdeckt und durfte ihm mit Kohle das Brandmal der Schande ins Gesicht malen.

Im November trifft die Nachricht ein, dass einer der Buben des Organisten, Ratskellerwirts und Chorleiters in Polen gefallen ist. Der Krieg, der bisher nur ein schwaches Echo in das kleine Schwarzwaldstädtchen geworfen hat, nun ist er mit einem Paukenschlag da. Der Bub, eines der elf Kinder des frommen Mannes, war bei den ersten Rekruten dabei, die das Dorf Richtung Osten für die Eroberung von Lebensraum verlassen haben. Nun ist er der erste Tote. Der Schock ist groß. Selbst die glühendsten Nazis halten sich mit lauten Heldenehrungen des Gefallenen zurück. Die ganze Gemeinde trifft sich in der Kirche zum Trauergottesdienst, um für den Toten zu beten. Nach dem Gottesdienst hört Liselotte an der Hand des Vaters, wie der Organist zu Otto sagt, seine Frau weine und bete Tag und Nacht. »Jetzt heul doch nit so arg«, habe er gesagt. »Guck, mir hän doch no zehn Kinder.« Darauf habe sie geantwortet: »Des verstehsch du nit, es isch jedes gleich wertvoll.« Und wie der würdige Mann, zu dem alle aufschauten, nun für alle sichtbar dasteht – bittere Tränen tropfen ihm in seinen langen weißen Bart –, da bekommt das Bild der Unerschütterlichkeit, das Liselotte sich von erwachsenen Männern gemacht hat, Risse, und sie ist verstört.

In den folgenden Jahren häufen sich die Todesnachrichten, die Trauer jedoch gerät zusehends in den Verdacht der Wehrkraftzersetzung, die Trauergottesdienste sind nicht mehr so gut besucht, auch weil die Leute immer mehr damit beschäftigt sind, einen schwieriger gewordenen Alltag zu bewältigen.

Weihnachten 39 ist noch einmal so, wie es immer war. Am frühen Abend des 24. kommt der Nikolaus ins Bäckerhaus, in seiner Begleitung Knecht Ruprecht und der Pickesel. Der Nikolaus hat ein Buch dabei, das schlägt er auf, fährt mit dem Finger die Seiten runter und ruft die Namen auf. Er liest im Sündenregister, tadelt bei fast allen fehlenden Fleiß. Die Stimme unter dem wallenden Nikolausbart klingt, obwohl eine halbe Oktave tiefer, wie die von Onkel Gust. Nicht vergessen ist, dass der kleine Bruder Otto der Katze ein brennendes Strohbündel an den Schwanz gebunden hat. Er entgeht mit knapper Not dem Schicksal, vom Knecht Ruprecht in den Sack gesteckt zu werden. Unter dem sackleinenen

Gewand von Knecht Ruprecht schauen Zezzels Hausschuhe hervor. Das gibt der zur Schau getragenen Angst eine schauspielerhafte Note.

Kleinere Vergehen bestraft der Pickesel. Er ist ganz in Weiß gewandet, auf dem Kopf eine Haube, die in einen spitzen Schnabel ausläuft. Mit dem pickt er auf die kleinen Sünder ein, das kann am Kopf ordentlich wehtun. Dann sind die Strafen verteilt, die Bescherung folgt. Jeder bekommt einen Lebkuchen, einen, dem jeder die Herkunft aus der Backstube des Vaters ansieht, und eine Orange, eine exotische Kostbarkeit. Mehr gibt es nicht. Ein einziges Mal bekam ihre ältere Schwester Gertrud einen Puppenwagen. Liselotte war nicht neidisch, für Puppen hatte sie nichts übrig. Weil der Vater so gern singt, wird gesungen. Die Mutter verdrückt sich in die Küche, um die Abendmahlzeit vorzubereiten. Zur Feier des Heiligenabends gibt es nämlich traditionell den Kartoffelsalat mit Wiener Würstchen, immerhin fast die einzige Speise, die das Bäckerhaus nicht selbst herstellt, und weil Weihnachten ist, mit so vielen Wiener Würstchen, wie jeder verputzen kann. Einen festen Platz in den Legenden der Familie hat die Erzählung, wie der kleine Otto einmal eine riesige Zahl an Würstchen verdrückte, sodass ihm schlecht wurde und er würgend über dem Gewerbekanal hing, bis alle wieder draußen waren. Die gerechte Strafe für die Todsünde der Völlerei, urteilte Ottos Vater. Spöttisch meinte Gust, das nächste Mal gebe es Nudeln, die kämen leichter wieder hoch.

Nach dem Essen bekommt jeder eine Petroleumlampe in die Hand gedrückt. Der Vater und die Kinder machen sich auf den Weg in die Kirche zur Christmette. Der Ort ist tief verschneit, rechts und links der Wege türmen sich die Schneeberge, der hohe Mond wirft ein fahles Licht auf das Dorf. Aus allen Richtungen tanzen Lichtpunkte auf die Kirche zu, verdichten sich zu einem festlichen Umzug. Vereinzelte Schneeflocken hüpfen glitzernd im Laternenlicht auf und ab, setzen sich auf Liselottes Hand, verharren dort wie weiß gekleidete Marienkäfer und schmelzen dahin. Über allen Steinen liegt die schützende Decke aus Schnee und strahlt Wärme ab, die den Kirchgängern die Brust öffnet und den Hals streckt. Ein milder Glanz liegt in jedem Gesicht. Wie in freudiger Erwartung einer Vermählung betreten alle das Gotteshaus.

Die Kirche erleuchtet ein Kerzenmeer, aus allen Kehlen steigt das Gloria in die Höhe, erfüllt als Ton gewordener Glaube das Kirchenschiff: ein Resonanzraum der Ergriffenheit, als würde den Gläubigen von oben Antwort zurückgegeben. Für alle wird das Wissen, Teil einer Gemeinde zu sein, atmosphärisch spürbar, es elektrisiert die Haut, es wärmt den Leib, es öffnet die Seele hin auf eine ferne Erlösung, die ihren Vorschein in die Gemeinde wirft und die im täglichen Kampf verkrampften Mienen erleuchtet und entkrampft. Im Gefühl eines tiefen Friedens und der Freude wünschen sich die Menschen frohe Weihnachten, Bürger umarmen sich, die sich sonst kaum die Hand geben. Dieses Gemeinschaftserlebnis reißt manche Schranke ein und hält noch einige Wochen vor, bis die Prosa ihres Erwerbslebens dem Gemeinschaftsgefühl wieder ein Ende bereitet.

In den folgenden Tagen und Wochen besuchen die Kinder, in Begleitung des Vaters oder öfter der Zezzel, die Bauernhöfe in den Tälern, die für ihre Krippen bekannt sind. Ab September, wenn die Arbeit auf den Feldern und in den Wäldern abnimmt, werden die Bauern zu Holzschnitzern. Die Krippen mit ihren Heiligen und Hirtenfiguren werden in der guten Stube zur Bewunderung durch Besucher ausgestellt. Durch tiefen Schnee führt der Pilgerweg zum Stall von Bethlehem beim Matthes oder beim Käppele, wo er die halbe Stube einnimmt. Auf der Kunst, also der Bank um den Kachelofen herum, sitzend bekommen die Besucher auch eine Schmalzstulle und eine warme Milch, dafür wird von ihnen erwartet, dass sie ihre Kenntnisse der Weihnachtsgeschichte unter Beweis stellen, denn schließlich ist die Mühe der Herrgottsschnitzerei nicht für die Heiden gedacht. Neben der lobenden Anerkennung für die Fertigkeit, in Wurzeln verborgene Figuren zu erkennen und mit dem Schnitzmesser freizulegen, ist es gern gesehen, wenn in den Schlitz im Kopf des am Eingang eingestellten »Negerbüble« ein Zehner verschwindet. An Mariä Lichtmess, also am 2. Februar erst, wird die Krippe wieder abgebaut. Die Pilgerei hat ein Ende. Auch das Gefühl des Friedens schwindet im lauter werdenden Kriegsgeschrei noch schneller als der Schnee in der Sonne.

# 18. DER KRIEG KOMMT NÄHER

Im Frühjahr 1940 sitzt die Bande um Philipp, Arthur, Willi und Wilhelm zusammen, als Liselotte dazu tritt, in fröhlicher Erwartung neuer Streiche. Eine flapsig dahin geworfene Bemerkung Arthurs aber löst einen emotionalen Wirbelsturm in Liselottes rachitischer Brust aus. Er sagt, sie gingen bald in die andere Schule, in die Mittelschule nach Wolfach. Liselotte ist schockiert, sie weiß nicht, was eine Mittelschule ist. Sie weiß jedoch sicher, dass sie damit von den Gefährten ihrer Kindheit, ihren Beschützern, ihren Klassenkameraden getrennt wäre. Auch Liselotte hat in der Schule einen Zettel bekommen. Der Lehrer hat ihn ihr ausgehändigt mit den Worten, sie solle ihn vom Vater unterschrieben zurückbringen. Was der Vater da hätte unterschreiben sollen, war ihr nicht klar, doch vorsorglich deponierte sie ihn in ihrem Schulranzen und vergaß ihn dann schnell.

»Ich bin ohne die Buben«, hämmert es in ihrem Kopf, als sie nach Hause läuft, aus den Tiefen ihres Schulranzens den Zettel zum Vorschein bringt und damit zur Mutter läuft. »Des muss dei Vadder unterschriebe, nit i«, wehrt sie die Mutter ab, »aber der schloft jetzt.« Der Nachmittagsschlaf des Beck ist heilig, ihn zu wecken ein Verstoß gegen das eherne Gesetz des Bäckereiwesens. Aber die Angelegenheit ist zu wichtig, als dass Gesetze noch Bestand hätten. Da steht also die zehnjährige Liselotte vor dem Bett des Vaters, wedelt mit ihrem Zettel und versucht es zunächst mit vorsichtig bettelnden Weckrufen. »Du Vadder, wach uff!«, aber der Beck schläft tief. Sie wird lauter und dringlicher: »Vadder, wach doch uff!« Sie zupft auch schon mal an seinem Ärmel, aber der Beck schläft den Schlaf des frommen Arbeitsmannes, über den die Engel wachen. Schließlich lässt sie alle Zurückhaltung fahren und rüttelt so lange, bis der Beck die Augen aufschlägt. »Was isch denn?«, entfährt es ihm schlaftrunken, noch ohne den rechten Elan zur Empörung. »Du musch do unterschriebe, auff dem Zettel do. Ich will in die Mittelschul.« Zur Untermauerung ihres Anliegens hat sie sich ein Argument ausgedacht. »Dort lernt ma Englisch, ich will dahin.« Nun ist der Vater wach genug, dass ihm der Zorn aus den Augen blitzt, aber auch so geistesgegenwärtig, um sich auszurechnen, dass er die Störung am schnellsten durch Willfährigkeit aus der Welt schafft, Englisch hin oder her. »Gib halt den Zettel her, ich unterschreib' der'n, aber dann hau ab un loss mi schlofe.« Mit einem kleinen Triumphgefühl und der Eintrittskarte in die Mittelschule schleicht sich Liselotte aus dem elterlichen Schlafzimmer.

Der Schulweg führt mit dem Fahrrad fünf Kilometer über den Rossberg bis nach Wolfach. Die Hausacher Mittelschüler schließen sich jeden Morgen zu einer Radlergruppe zusammen. Philipp ist nicht dabei. Seine Eltern haben kein Geld. Er wird, so schnell es geht, in eine Lehre gesteckt, damit er die Haushaltskasse aufstockt und als Esser am Mittagstisch entfällt. Arthur sagt: »Den Schissdreck bruch ich nit, i werd sowieso Schuhmacher oder Schmied.« Willi darf in die Mittelschule gehen, Wilhelm muss noch ein Jahr warten, dann darf auch er. Auf die anfängliche Freude folgt jedoch schnell die Ernüchterung. Liselotte wird zwar in eine gemischte Klasse gesteckt, die Buben und Mädchen sitzen jedoch getrennt. Die Mädchen kommen alle aus Wolfach, sie kennen sich seit Jahren und bilden eine verschworene Clique. Diese Gruppenbildung bleibt auch bei ihren alten Bandenmitgliedern nicht ohne Wirkung. Ihr langjähriger Beschützer Willi geht auf Distanz. Er möchte nicht als »Mädleschmecker« gelten, zumal das »Mädle« von allen anderen als »reig'schmeckte« Außenseiterin geächtet wird. Unvermittelt, nach einer Kindheit im Kreis männlicher Beschützer, im wärmenden Gefühl, anerkannt zu sein, gemocht zu werden, mit dem dazu gehörigen Selbstwertgefühl, das auch eine rachitische Brust dehnt und manches freche Wort auf die Lippen zaubert, macht sie nun die bittere Erfahrung einer Verstoßenen. Es schockiert sie zu erleben, wie mit dem Wegbrechen ihres geschützten Umfeldes ihre Selbstsicherheit wegbricht, wie ihr die gewohnte Frechheit abhandenkommt, wie ihr die Worte fehlen, wie ihre im Bubenkreis erprobte Wehrhaftigkeit ohne die Gefährten einer peinlichen Unbeholfenheit gewichen ist. Zum ersten Mal steht sie vor einer Wand aus Ablehnung und weiß nicht weiter. Sie erfährt sich plötzlich als schüchtern, ja ängstlich und kann sich diese Schüchternheit nicht erklären. Sie versteht nicht, warum die Buben sich zurückziehen und die Mädchen ihr offen feindselig begegnen. Sie fühlt sich auf einem Tiefpunkt angekommen. Diese Mittelschule in Wolfach ist so anders als alles, was sie kannte, sodass sie den Boden unter den Füßen zu verlieren meint.

Als der Winter kommt, ist es auch mit der gemeinsamen Fahrt auf dem Fahrrad vorbei. Nun muss sie mit dem Zug fahren. Die Fahrpläne werden jedoch zusehends ausgedünnt unter den härter werdenden Bedingungen des Krieges. Bis sie nach Schulende ein Zug zurück nach Hausach bringt, vergehen Stunden. Diese Wartezeit verbringt sie bei einer Freundin der Mutter. Der Weg zu ihr führt an der Kinzig entlang aus dem Ort hinaus. Auf einem dieser einsamen Gänge kommt ihr die vierköpfige Mädchenbande aus der Schule entgegen. Die Gruppe steckt bereits ihre Köpfe zusammen, das Getuschel und die ihr schräg zugeworfenen Blicke versprechen nichts Gutes. Die Wort- und Anführerin Siggi, Tochter eines örtlichen Stahlfabrikanten, fürchtet Liselotte ihrer arroganten, aus Klassendünkel gespeisten Frechheit wegen am meisten. Jetzt, außerhalb des Schulgeheges, steigert sich deren Feindseligkeit zu offenem Hohn und Spott. »Da, schaut nur, die kleine dumme Hausacherin. Wo willst du denn hin? Auf der Kinzig zurück? Damit dich niemand sieht? Oder hat dir der Vater kein Geld für den Zug gegeben?«, ruft sie in die Runde und erntet schallendes Gelächter ihrer Entourage. Eine Welle des Zorns und der Scham steigt Liselotte ins Gesicht. Sie möchte zurückschlagen, es der dreisten Zicke mit gleicher Münze heimzahlen, doch ihr verdorren die Worte schon bei ihrem Entstehen im Kopf. Mehr als Gestammel würde sie nicht zustande bringen. Sie beschleunigt ihren Schritt, presst die Lippen zusammen, hält die Tränen zurück.

Abends aber fließen sie hemmungslos. Der Vater hat seiner Tochter den bohrenden Schmerz angesehen und nach dem Grund gefragt. Nun schildert sie die seelischen Qualen, die ihr das Quartett der arroganten Mitschülerinnen verursacht. »Des bringe mer scho in Ordnung«, versucht sie der Vater zu trösten. Und er hält sein Versprechen in einer Art und Weise, mit der Liselotte nie gerechnet hätte. Am nächsten Tag fährt er mit dem Fahrrad die fünf Kilometer nach Wolfach, für einen völlig ungeübten älteren Herrn keine geringe Leistung, passt das Quartett der boshaften Spötterinnen ab und stellt sie zur Rede. Welche Worte er dabei gefunden hat, weiß Liselotte nicht, sie war nicht dabei. Aber sie haben gewirkt. Fortan lassen die Mädchen sie in Ruhe.

Im Frühjahr 1941 ist Liselotte mit der Mutter auf dem Kartoffelacker bei Breitenbach, als von Hausach her ein Signalhorn ertönt. Seit einiger Zeit ist auf dem Schlossberg ein Mann postiert, der mit seinem Horn vor feindlichen Fliegern warnt. Bevor Liselotte irgendeinen bösen Gedanken fassen kann, schnappt die Mutter sie bei der Hand und zerrt sie unter den Kirschbaum, der mitten im leicht abfallenden Acker steht. Liselotte steht hinter dem Baum, die Mutter davor, für zwei bietet der Baum keine Deckung. Über dem Berg bei Breitenbach taucht ein englischer Jagdbomber auf, im Volksmund Jabo genannt. Die Flugzeuge fliegen so tief, dass man den Piloten in der Kanzel und den Schützen am Maschinengewehr sehen kann. Dieser Jabo fliegt dicht über ihre Köpfe hinweg. In nächster Nähe spritzt die Erde auf, als würden dicke Regentropfen in schlammigen Grund einschlagen. Ein interessantes Phänomen, das Liselotte lustig findet, aber nicht richtig deuten kann. Sie wundert sich jedoch über das Gejammer der Mutter. So hat sie sie noch nie erlebt. Der starken Frau, die so leicht nichts aus der Ruhe bringt, laufen die Tränen übers Gesicht.

Mit dem Fahrrad zur Schule zu fahren, ist den Schülern nun nicht mehr erlaubt, zumindest nicht den Mädchen. Manche Buben, inzwischen zu Hitlerjungen befördert, trotzen dem Verbot. Es gilt als Mutprobe, die Jabos herauszufordern, rechtzeitig in einen Graben oder hinter einen Baum zu springen. Da die Jabos immer aus südlicher Richtung bei Breitenbach hinterm Berg auftauchen, sind die Bäume und Gräben, die Schutz bieten, leichter zu identifizieren. In der Schule werden die Schüler nun auch für solche Angriffe aus der Luft instruiert. Beliebtes Angriffsziel der Jabos sind die Bahnhöfe und die Züge. Wird der Zug beschossen, müssen sie in die andere Richtung aus dem Zug springen und sich hinter dem Bahndamm in Sicherheit bringen. Am Bahnhof in Hausach gibt es aus der Zeit seines Baus noch Baggerlöcher. Die Stadtbewohner durften sie mit Schutt füllen, sodass einige mit der Zeit verschwunden sind. In einem dieser Baggerlöcher steht die Flak, bedient von sechzehnjährigen Hitlerjungen und einem älteren Soldaten. Auch die Züge führen auf dem letzten Waggon eine Flak mit. Die Besatzung aus

Halbwüchsigen in der Uniform der HJ steht besonders bei den Mädchen in hohem Ansehen.

Bei einem solchen Angriff auf den Zug mit seiner Fracht aus Schülern im Jahr 1943 springt die fünfzehnjährige Hildegard auf der falschen Seite aus dem Zug. Die MG-Kugel durchschlägt den Oberschenkel. Hildegards Bein ist nicht zu retten, es wird amputiert. Die Amputation verhilft ihr zum Status einer Märtyrerin, ein Parteigenosse verleiht ihr das Eiserne Ritterkreuz. Bei Schulveranstaltungen zu Ehren kriegsversehrter und mit Verdienstkreuzen und Medaillen ausgezeichneter Soldaten darf sie unter ihnen Platz nehmen und sich von den Erwachsenen den feierlich-ergriffenen Gesichtsausdruck abschauen. Liselotte, die wegen ihrer in der väterlichen Backstube trainierten Vortragskunst oft für den Gedichtvortrag auf der Schulbühne ausgewählt wird, kann sich selbst nicht der Rührung über »die Helden in ihren rollenden Wagen« enthalten. In der Schule wird Hildegard wie eine Heilige verehrt, in den Lobeshymnen der Lehrer, der Parteigenossen, der Mutterkreuzlerinnen, der Hitlerjungen und bündischen Mädels sowie der Schüler, die das Gehörte wiederkäuen, mutiert das verlorene Bein zum hohen Opfer für den Führer, gleichsam freiwillig erbracht. »Die arme Hildegard« und ähnliche Mitleidsäußerungen hält man für den privaten Gebrauch zurück, wenn die arme Hildegard nicht dabei ist. So hat sie kaum eine Chance, sich aus dem Würgegriff des dummen Stolzes zu befreien, der ihr den Tränenkanal abdrückt. Dabei hat der Trennungsschmerz hinter ihren Augen einen See an Tränen gebildet, in dem ihr Gehirn ertrinkt. Erst Jahre später, da hat sie bereits fünf Kinder auf die Welt gebracht, wird Liselotte sie sagen hören: »Scheiß Hitler, wo ist mein Bein?«

Seit sie zehn Jahre alt ist, ist auch Liselotte im BDM, sehr zum Missfallen des Vaters, der sie lieber im Kirchenchor oder in der katholischen Jugend sehen würde. Auch die Mutter

Anna ist nicht erfreut. »Hesch nix Besseres zu tun, ich gib der ä Strumpf zum Stopfen«, kommentiert sie kühl. Weiße Bluse und blauer Rock der verachteten Jugendorganisation musste die Familie selber aufbringen, Halstuch und Knoten sind gestiftet vom Regime. Dem Zugriff der Kirche sind die Kinder damit entzogen. Beichte, Kirchgang, Prozessionen, Maiandacht, Heiligenbilder, alles entfällt nun. Lediglich der sonntägliche Kirchgang und die Mitgliedschaft im Kirchenchor sind noch geduldet, einstweilen. Sie werden als völkische Traditionen toleriert, überkommene Reste einer alten Welt, die man den Volksgenossen zu einem späteren Zeitpunkt austreiben will. Der Dienst der zwangsverpflichteten Jungmädels beginnt sinnigerweise am Sonntagmorgen um 10 Uhr. Für seine Mädchen kann der Beck bei der Partei eine Freistellung von der Teilnahmepflicht herausschlagen mit dem Argument, er müsse auch am Sonntagmorgen das Krankenhaus beliefern und dazu brauche er die Mädchen, denn Gesellen gebe es keine mehr. Junge Männer im Gesellenalter sind inzwischen an der Front.

Liselotte und die anderen Jungmädels ihrer »Mädelschaft« erleben die Sabotage des Regimes am christlichen Glaubensleben als Befreiung. Der katholische Himmel ist wenig attraktiv für Halbwüchsige, auch die Hölle verliert zusehends an Schrecken. Im Gleichschritt ziehen sie aus den muffigen, weihrauchgeschwängerten Kirchen hinaus in die frische Luft, gehen zelten, entzünden Lagerfeuer, veranstalten keltische Sonnwendfeiern, hören auf das Kommando von Jungen und Mädels, die kaum älter sind, vernehmen mit Begeisterung, dass der Führer in ihnen die Verkörperung des »jungen Deutschlands« erkennt. Sie sind die Zukunft, sagt der Führer, dafür lieben sie ihn, auch wenn diese Zukunft etwas anderes als Dienst nicht vorsieht. Sie erleben Kameradschaft im Geist eines Abenteuers, noch ohne die Absicht zu durchschauen, mit dieser Vorschule die neue soldatische Volksgemeinschaft zu schmieden. Auch merken sie schnell, dass der ehemals herrische Ton der Kirchenoberen einer ängstlichen Zurückhaltung gewichen ist. Einfach nur älter zu sein, berechtigt nicht mehr automatisch zum Kommandieren. Die Jugend, wenn sie nur unter der richtigen Fahne marschiert, muss sich von den Altvorderen nichts mehr sagen lassen. Das bläht die jugendliche Brust.

Die zweite Dienstverpflichtung unter der Woche ist ganz nach Liselottes Geschmack. Die »Mädelschaft«, der Liselotte zugeteilt ist, spielt Theater, zumeist als Schattenspiel aufgeführt. Man gibt »Max und Moritz« nach Wilhelm Busch. Die Führung sieht generös darüber hinweg, dass Max und Moritz nicht gut in die JH gepasst hätten. Den jungen Schauspielern ist es egal. Liselotte hätte gern die Rolle eines der Lausbuben übernommen, das üble Schicksal der beiden schreckt sie nicht. Aber sie muss den Lehrer Lämpel geben, das Opfer des Lausbubenstreichs, auch nicht schlecht. Auf die Worte »Rumms, da geht die Pfeife los, mit Getöse riesengroß« legt sie einen explosiven Sturz hin, mit Getöse, das Stuhlbein ist angesägt. Auf eine richtige Explosion hat man verzichtet. Die Pfeife fliegt eine schöne Kurve, bevor sie neben Lämpel zu liegen kommt. Liselotte legt ihr ganzes Können in die Szene, um sie möglichst lebensecht zu gestalten. Den Applaus, bekanntlich das Brot des Künstlers, serviert das junge Publikum mit der Butter eines ausgelassenen Gelächters drauf. Für diese Kost macht sie sich gerne zum Gespött.

Mit der Dauer ihrer Mädelschaft im BDM häuft sich Konfliktstoff an. Das Fahnenschwenken, Marschieren und Singen patriotischer Lieder kommt beim Beck nicht gut an. Mit zwölf ist Liselottes Selbstbewusstsein so weit im nationalen Geist gewachsen, dass sie den ersten Streit mit dem Vater riskiert. Sein Gemurre über ihre begeisterte Teilnahme am

Kameradschaftsgewese sei gegenstandslos. Sie würden nur singen. »So, nur singen«, sagt der Beck, »und was singet ihr da?« »Na, zum Beispiel«, antwortet Liselotte, »singe mir: Wir werden weitermarschieren, wenn alles in Scherben fällt, denn heute da hört uns Deutschland und morgen die ganze Welt.«

Der Beck braust auf: »Von wegen ›hört uns Deutschland‹, ›gehört uns Deutschland‹ singet ihr.«

Liselotte: »Nein, hört uns Deutschland.«

Der Beck: »›Gehört‹ singet ihr, aber nix wird euch g'höre, en Trümmerhaufe wird euch g'höre, schäme werdet ihr euch.«

»Jesses Otto«, schaltet sich nun sogar Anna ein, »du redesch dich um Kopf und Krage, weisch du denn nit, wie g'fährlich des isch?«

Aber der Beck gibt keine Ruhe, bis Anna sagt: »Jetzt loss doch des Maidle in Ruh. Ma kann halt kei Brezel grad biege.«

Inzwischen geht im Dorf der Tod um. Seine Kuriere tragen die Uniform des Dorfpolizisten und des Ortsgruppenleiters. Wenn sie zusammen durch die Straßen gehen, der Schicksalshaftigkeit des Auftrages gemäß mit dröhnendem Schritt, folgen ihnen ängstlich dreinblickende Augenpaare hinter Fensterschlitzen und Türspalten. An welchem Haus klopfen sie an? Welcher Familie überbringen sie die Todesnachricht? Es öffnen ihnen Mütter, die sich nicht einmal trauen zu weinen, wenn es mit zackigem Beileidsgruß heißt: »Sie sind die Mutter eines Helden, Ihr Sohn ist auf dem Feld der Ehre gefallen. Der Dank des Vaterlandes ist Ihnen gewiss.« Als Anna vom Tod des kleinen Theodor erfährt, den sie in ihrer Zeit als Magd vor der rüden Pädagogik seiner Eltern in Schutz genommen hatte, kommentiert sie: »Für sell isch er gut g'nug g'wese, dass er uff'm Acker in Russland verfault.« Über das Dorf legt sich eine Bleidecke des Schweigens, die Nazis im Ort werden dafür umso lauter. Der Krieg stellt höhere Ansprüche an Gehorsam und Leistungsbereitschaft der verehrten Volksgemeinschaft, und die Parteigenossen lassen keinen Zweifel daran, was die Stunde geschlagen hat. Der junge Mann im Nachbarhaus bekommt einen Einberufungsbescheid. Die Familienmitglieder sind jedoch Zeugen Jehovas, ihr Glaube verbietet ihnen, eine Waffe in die Hand zu nehmen. Auf solche Gewissensgründe, daran zweifelt der junge Mann keine Sekunde, nimmt der deutsche Staat, wenn er zu den Waffen ruft, keine Rücksicht. Auf Wehrdienstverweigerung steht die Todesstrafe. Was tun? In seiner Verzweiflung ergreift er die Flucht, schlägt sich in die Wälder. Kaum wird die Fahnenflucht ruchbar, wirft sich eine Rotte Bürger in ihre SA-Uniform, sammelt sich zu einem Ergreifungstrupp, versucht sich im synchronen Marschschritt und trampelt die Hauptstraße entlang, Empörung über den feigen Verrat am Vaterland wutrot ins Gesicht gezeichnet und mit vorgerecktem Kinn, Entschlossenheit signalisierend. Und so mancher Passant am Straßenrand streckt vorsichtshalber den rechten Arm. Das Jungmädel Liselotte erschrickt, als sie unter den Uniformierten den Schuhmacher Klausmann, den Sohn des alten Korbmachers, erkennt. Ein netter Mensch, Liselotte war gern und oft bei ihm. Dass er nun als Menschenjäger unterwegs ist, will so gar nicht zu ihm passen, scheint ihr. Halt, halt, schreit es in ihr, der Nachbarsbub ist doch so lieb, der ist zum Kriegsdienst doch gar nicht zu gebrauchen, der kann doch keiner Fliege was zuleide tun. Aber auch sie ertappt sich dabei, wie sich der Arm wie von selbst zum Gruß gestreckt hat.

Unterhalb der Burg biegen sie in den Weg ein, der hoch in die Wälder führt. Weit gekommen ist der Flüchtling nicht, hinter der Kreuzbergkapelle finden sie ihn, zusammengekauert, verheult. Aus praktischen Gründen sehen sie davon ab, ihn ordentlich durchzuprügeln. Ihn ins Dorf zurück zu tragen, dazu haben sie keine Lust. Erhitzt und aufgebläht vor Stolz, einen Vaterlandsverräter zu präsentieren, liefern sie ihn bei der Polizei ab. Nach seiner Inhaftierung wird die Familie aus dem Haus gejagt, das Mobiliar wird auf die Straße gestellt, zur freien Bedienung der Volksgenossen, die man durch solche behördlich genehmigten Diebereien zu Komplizen macht. Liselotte ist schockiert, als sie auf dem Grammophon in der guten Stube das braune gehäkelte Deckchen wiedererkennt, das sie im Haus der Jehova-Zeugen so oft gesehen hat. Sie mag fortan das Deckchen nicht. Sie mag auch diesen Zug an ihrer Mutter nicht, die sich mit diesem Deckchen an der Fledderei der Nachbarn beteiligt hat. Liselotte versteht nicht warum. Hat der Mutter das Deckchen gefallen? Wollte sie verhindern, dass es ein anderer nimmt? Zeigt sich darin eine Gier nach kostenloser Bereicherung? Fürchtete sie aufzufallen, wenn sie nicht wie die anderen Hyänen ihre Schnauze in das vom NS-Staat erlegte Aas tunkte? Was aus den Eltern wurde, wusste niemand zu sagen, darüber sprach man nicht. Der junge Mann wurde nach Holland geschickt und dort in ein Torpedo gesteckt, ein Selbstmordkommando. Vielleicht schickte ihm noch der eine oder andere einen Gedanken auf den Grund der Nordsee hinterher, wo man ihn vermutete. Dann war er vergessen. Er tauchte aber einige Jahre nach dem Krieg wieder im Dorf auf, quicklebendig, auf Urlaubsreise aus seiner neuen Wahlheimat USA, besuchte alte Wirkungsstätten, traf diesen und jenen alten Bekannten, lief auch seinen Denunzianten und Häschern über den Weg. Jetzt erinnerte man sich wieder an ihn, beglückwünschte ihn vielleicht zum Überleben. Keiner der damaligen Menschenjäger, die ihn ans Messer geliefert hatten, zeigte ein Zeichen von Reue oder entschuldigte sich etwa bei ihm. Das war halt damals die Zeit, hieß es. Und wer kann schon gegen die Zeit an?

# 19. PAULINE 2

Im Herbst 1941 ist die Stimmung im Bäckerhaus gedrückt. Seit Juni läuft die Aktion Barbarossa, der Vernichtungsfeldzug gegen den Jüdischen Bolschewismus. Der Krieg dringt mit allerlei Einschränkungen in das Leben der Familien und fordert auch weit weg vom Kampfgeschehen seinen Preis. Annas Kunden erscheinen nun mit Lebensmittelbezugsscheinen im Laden, um ihre Kartoffeln und ihr Kraut zu kaufen. Die zugeteilten Mengen sind knapp bemessen, ein ständiger Anlass zu giftiger Feilscherei. Zur Aufgabe der Kinder gehört es jetzt auch, die abgeschnittenen Marken auf die Sammelbögen zu kleben, die die Mutter dann bei der Sammelstelle des Reichsernährungsamtes einreicht. Der Volksempfänger dröhnt am laufenden Band Erfolgsmeldungen über die unaufhaltsam vorwärts stürmende Wehrmacht. Der slawische Untermensch hätte der geballten arischen Macht nichts entgegenzusetzen. Der Beck teilt das Triumphgeheul der Nazis nicht. Zu gut erinnert er sich an seine Zeit in russischer Kriegsgefangenschaft. Sein Nachbar, der Elektriker Otto Kaiser, hat ein Radio mit breiterem Empfangsbereich und versorgt ihn mit Nachrichten der BBC zum Kriegsverlauf. Schon so manches dringt vom Wüten der SS und der Wehrmacht im Rückraum der eroberten Gebiete durch. Der Lebensraum im Osten, das zukünftige Siedlungsgebiet landbedürftiger deutscher Bauern, werde mit Pogromen und Massendeportationen überzogen. Die Seufzer, die dem Beck und seinem Nachbarn entfahren, kommen aus tiefster katholischer Seele. Nicht nur die deutschen Landser, die ihr

Leben für den größenwahnsinnigen Feldzug lassen, tun ihm leid. Auch die Menschen im Osten, mit deren Blut die Äcker getränkt werden, wecken seine Empörung und sein Mitleid. Ein auf solcher Krume gewachsenes Korn will er nicht zu Brot verbacken und essen.

Auch im Inneren geht der Kampf des Regimes gegen alles Unarisch-Jüdisch-Bolschewistische im deutschen Volkskörper mit unverminderter Härte weiter. Im Oktober werden die Teile des Hausacher Volkskörpers mit Publikumskontakt, also vor allem Handwerker, auf der Suche nach Bazillen durchleuchtet. Alle Handwerker und ihre Familien müssen auf dem Gesundheitsamt zur TB-Röntgenuntersuchung antreten. Bei Liselotte wird ein Schatten auf der Lunge festgestellt. Die Diagnose ist undeutlich, Liselotte wird als weiter zu beobachtende Person eingestuft. Bei einer erneuten Kontrolle sechs Monate später hat sich der Schatten zwar zurückgebildet, ist aber nicht verschwunden. Erst im Alter von 18 Jahren wird ihre Lunge auf der Röntgenaufnahme wieder frei sein. Bei Pauline entdeckt man eine offene Knochen- und Lungentuberkulose. Angeordnet wird ihre Unterbringung in die Pflegeanstalt Fußbach. Bäckerei und Ladengeschäft werden für zwei Monate geschlossen.

Der Schock ist groß. Die Kreispflegeanstalt Fußbach für geistig behinderte Menschen hat keinen guten Ruf. Direktor ist der Landwirt August Schilli aus Schwaibach, ein strammer Nazi, Mitglied der SS, der selbst einen Landwirtschaftsbetrieb führt und der Meinung ist, dass Arbeit die beste Therapie ist. Die Anstalt liegt in einem Tal, umgeben von Feldern, auf denen die Kranken zur Arbeit gezwungen werden. Die Anstalt produziert selbst, was sie verzehrt. Für Schwachsinnige hat man keinen Pfennig übrig. Die Pflege selbst obliegt den katholischen Schwestern vom Heiligen Kreuz. Die Rücksichtslosigkeit den Patienten gegenüber dürfte zumindest in deren Glauben eine Schranke gefunden haben.

Eine Unterbringung unter diesen Bedingungen wünscht Pauline in der Familie niemand. Sie ist zwar in den vergangenen Jahren immer mehr aus dem Gesichtskreis der Familie verschwunden, hat ihr Leben in die Nacht verlegt und schlief am Tage. Wenn ihr Bruder gegen vier seine Arbeit aufnimmt, kriecht sie aus ihrem Verlies hervor, einer Kellerassel gleich, und gesellt sich zu ihm, schaut zu, wie er in der Backstube werkelt. Dieses lichtlose Schattendasein ist ihr vermutlich zum Verhängnis geworden. Über Jahre hinweg fern jeder UV-Quelle zu leben, hat ihre Widerstandskraft gegen das Bakterium unterhöhlt. Dazu die soziale Isolation. Pauline gilt als »litschi«, leutscheu. Sie muss im Umgang mit anderen Menschen keine guten Erfahrungen gemacht haben. Anna stellt ihr das Essen hin, wäscht ihre Kleider, kümmert sich aber nicht weiter um sie. Den Kindern geht sie aus dem Weg, zu groß ist das Risiko, gehänselt zu werden. Inzwischen sind diese Kinder, der eigentliche Grund, warum Pauline aus dem Fokus der brüderlichen Sorge verdrängt wird, zu Jugendlichen mit frechem Mundwerk herangewachsen. Ihr Bruder ist der einzige Mensch, mit dem sie längeren Kontakt hat. Welches Verhältnis hatten sie eigentlich, wird sich Liselotte später fragen. Duldete er sie nur? Redete er mit ihr? Konnte sie ein kleines bisschen die Gewissheit haben, einen Platz zu haben, wo sie hingehörte? Hat ihr irgendjemand das Gefühl gegeben, gemocht zu werden?

Wenige Tage nach der Diagnose kommen zwei Rot-Kreuz-Schwestern ins Bäckerhaus. Da ein längerer Aufenthalt Paulines in Fußbach geplant ist, übergeben sie Instruktionen und eine Liste der Dinge, die der Patientin mitgegeben werden müssen. Dazu gehören mindestens zwei Wechselgarnituren wollene Unterwäsche, denn der Winter steht vor der

Tür. Diese Ausstattungsaufgabe löst ein gewaltiges Zerwürfnis im Bäckerhaus aus, an den sich die erwachsene Liselotte noch mit Schrecken erinnert. Woher diese Dinge nehmen? Zu Paulines Garderobe gehören sie nicht, sie hat nie etwas anderes besessen und getragen als die Kleider ihrer Mutter. Hat sie überhaupt jemals eine Unterhose getragen? Zu kaufen gibt es diese Dinge nicht mehr, auf der Reichskleiderkarte ist auch keine Marke dafür vorgesehen. Anna schaltet die Verwandtschaft ein. Pauline hat immerhin zwei Schwestern, die beide Mädchen im jungen Erwachsenenalter haben. Bei Emma, die ihr schon lange ein Dorn im Auge ist, beißt sie auf Granit. Emma wird, da das Geld für eine Auszahlung des ihr zustehenden Erbes fehlt, mit regelmäßigen Lieferungen in Naturalien und gelegentlichen Beiträgen aus der laufenden Kasse bedient. Zufriedenstellen lässt sie sich damit nicht. Ständig steht sie erneut mit Forderungen vor der Tür und streicht die Früchte der Arbeit ein, die ihr Bruder in der Backstube und ihre Schwägerin auf dem Feld verrichten. Zudem kommt es immer wieder vor, dass sie und ihre Töchter im Haus Asyl finden, wenn der trunksüchtige Ehemann zu Hause mal wieder randaliert. Otto ist seiner Schwester freundlicher gesinnt. Einmal natürlich, weil sie seine Schwester ist, dann aber auch, weil sie wie die Grille, die nicht arbeitet und im Winter friert, eine große musikalische Begabung hat. Sie spielt Zither und ist deshalb an Sonntagen ein gern gesehener Gast in Ottos Stube. Dort musizieren und singen sie gemeinsam, denn nichts erleichtert dem Beck das Herz so wie Gesang. Er singt im Kirchenchor, er singt bei der Arbeit und er singt sonntagnachmittagelang, an der Zither begleitet von seiner Schwester. Anna hält sich fern.

Nun also ist der Moment gekommen, wo auch Emma etwas zum Familienleben beisteuern könnte. Emma weigert sich jedoch entrüstet, sie habe nichts, was sie ihrer Schwester mitgeben könnte. Doch damit, die Bitte abgeschmettert zu haben, ist es nicht genug. Sie stürmt ins Bäckerhaus und macht Anna eine gewaltige Szene, sie solle doch nicht so lügen, sie habe doch die Kisten voller Kleider. Was ihr denn einfiele, arme Leute noch ärmer zu machen; die Pauline zu versorgen, falle schließlich in ihren Aufgabenbereich. Nun zeigt auch Anna die Krallen und schmeißt die Schwägerin zum Haus hinaus. Aber der Samen des Streits ist im Haus gesät und treibt in Otto neue Blüten des Zorns. Dass Anna seine Schwester der Tür verweist, greift seine Stellung als Familienoberhaupt an. Wenn wer jemanden hinauswirft, dann er. In dieser Familie, in der nie ein böses Wort fällt, in der vielleicht ein rauer Umgangston herrscht, in der Konflikte jedoch für gewöhnlich friedlich und ruhig ausgetragen werden, in dieser Familie wird es nun laut. Verängstigt steht Liselotte in der Backstube und hört, wie ihre Eltern sich gegenseitig anbrüllen. »Wenn die noch eimol ins Hus kommt«, droht Anna, »und nit sofort widder goht, dann gang ih. Die tragt im Schurz meh vorne naus wie ih hinte reitrage kann. Überleg der's gut. Die oder ih.« Doch der Beck zischt nur in kaltem Zorn: »Wenn de gosch, hesch bald packt. Du kannsch alles im Schurz mitnehme.« Liselotte sieht, wie sich der Schrecken in Annas Gesicht ausbreitet. Sie blickt in den Abgrund, der sich vor ihr öffnet, der sich vor ihrer Mutter öffnet, sieht, wie die Mutter sich abwendet und den Kampfplatz verlässt, geschlagen. Und sie spürt die Schläge und die Angst und flüchtet sich an einen Ort, wo sie mit ihren Tränen allein ist.

Als die Erschöpfung schließlich den Streitwillen dämpft, wird ein Kompromiss gefunden. Zum sonntäglichen Zitherspielen darf Emma noch kommen, zu allem anderen wird ihr der Zutritt verwehrt. Zuwendungen gleich welcher Art gibt es keine mehr.

Am Morgen des 10. Novembers wird Pauline abgeholt und in Fußbach eingeliefert. Die Kinder sind in der Schule. Als sie nach Hause kommen, ist Tante Pauline verschwunden, auch als Gesprächsgegenstand. Die Kinder merken, dass man besser nicht nachfragt. Die Atmosphäre im Haus hat etwas Bleiernes bekommen. Liselotte und ihrer Schwester Gertrud war Paulines Zimmer als neues Schlafzimmer zugewiesen worden. Der Vater hatte Paulines Matratzen, die Kleider und den bescheidenen Hausrat bereits entsorgt. Liselotte schließt daraus, dass man offensichtlich mit einer längeren Abwesenheit Paulines rechnet, vielleicht sogar damit, dass sie gar nicht mehr zurückkehren würde.

Einige Tage später, Liselotte sitzt in einer Ecke der Backstube über ein Buch gebeugt, schnappt sie eine Bemerkung auf, die sie in Zusammenhang mit ihrer Tante bringen muss. Wie schon öfter ist der Kaiser Otto durch die Hintertür in die Backstube geschlüpft, um mit dem Beck zu tuscheln. Mit dem Soldatenverstand von WK1-Teilnehmern besprechen sie die Nachrichten zum Russlandfeldzug. Der Propaganda des Regimes trauen sie schon lange nicht mehr. Liselotte lässt sich in ihrer Ecke nicht stören. Die Erklärungen der Erwachsenen zum Krieg zu verstehen, hat sie schon lange aufgegeben. Als sie das Schlüsselwort Fußbach vernimmt, horcht sie auf.

Kaiser Otto: »Hesch g'hert? S'het scho wider ä Transport nach Fußbach gebbe.«

Otto: »I heb scho so was denkt, aber d'Lit schwätze ja nimme.«

Kaiser Otto: »Jo, gestern isch wider der graue Bus durchs Dorf g'fahre. Jetzt fahre se scho bi Tag durch, so frech sinnse worre.«

Otto: »Un wen hän'se mitg'nomme?

Kaiser Otto: »S'het g'heiße, vier Lit häns eipackt. Dem Baschele-Metzger sein Bub war dabei.«

Otto: »Oh jeh. Des arm Kind, des isch doch, wie heißt's, ä Mongoloid, gell?«

Kaiser Otto: »Hajo, aber ä ganz liebs Kind. De Baschele-Metzger hot zetert, des liegt doch niemand uf de Tasch, het er g'sait, des koscht doch des deutsche Volk nix, aber s'war nix zu machen. Des muss mit, wege der Volksgesundheit. Passiert'em scho nix.«

Otto: »D'Volksg'sundheit. Wenn einer krank isch, dann isch des fir die glei unwertes Lebe. Aber des sinn doch au Kinder Gottes. Ä Sünd isch's, sich an dene arme Kreature zu vergreife.«

Kaiser Otto: »Wirsch sehe. Des war nit des letzte Mol, wo de graue Bus komme isch. Do gibt's noch einige, die wo nit so ganz ins arische Bild passe. Wart's ab, wenn sie erschtmol an die Bure gehen, dann nützt au s'Parteibuch nix meh.«

Otto: »Wohl wohr, de Nährstand wird verhätschlt, aber die werde sich au noh umgucke.«

Was es wohl mit diesen grauen Bussen auf sich hat, denkt sich Liselotte. Zu fragen getraut sie sich nicht. Zu oft hat sie die Auskunft bekommen: »Des isch nix für kleini Kinder.« Im Bäckerhaus ist wieder eine lauernde Normalität eingezogen. Die Schließung der Bäckerei und des Ladengeschäfts wird vorzeitig wieder aufgehoben. Man braucht das Brot und den vom Ladengeschäft abgewickelten Lebensmittelhandel. Auch die Bäckerfamilie passt sich der allgemeinen Verhaltensweise an, den Kopf gesenkt zu halten und möglichst nichts weiter wahrzunehmen als die eigenen Fußspitzen. Wer das Treiben der Nazis im Ort nicht ohne Ekel wahrnehmen kann, schaut lieber nicht hin. Man privatisiert, das Gemeinschaftsleben kommt zum Erliegen. Auch Liselotte, inzwischen aus dem Alter herausgewachsen, in dem sie durch die offenen Häuser der Nachbarschaft tobte, zieht sich zurück. Ihre frisch entfachte Liebe zur Literatur macht ihr den Rückzug leicht.

Da schreckt eine Aufforderung aus dem Rathaus die Familie aus ihrer Stille. Anna ist zum Rapport vor der Ernährungsamtsstelle ins Rathaus einbestellt. Ein Volksgenosse beschuldigt sie, beim Abwiegen der über Bezugsschein erhältlichen Kartoffel- und Krautmengen falsches Maß benutzt zu haben. Man bezichtigt sie des Betrugs. Mit zitternden Knien tritt Anna den Gang ins Rathaus an. Die Obrigkeit war ihr noch nie geheuer. Sie ist sich keiner Schuld bewusst, im Gegenteil, sie ist empört, dass irgendwer an ihrer in all den Jahren gewissenhafter Tätigkeit hinter der Ladentheke bewiesenen Ehrlichkeit Zweifel haben könnte, aber in diesen ungewissen Zeiten weiß man ja nie, was die Oberen sich an Teufeleien ausgedacht haben. Schon manch einer ist mit der neuen Rechtsordnung in Konflikt geraten, ohne sich eines Verstoßes bewusst gewesen zu sein. Im Rathaus wird sie mit der Anklage konfrontiert, falsche Gewichte zu benutzen. Einige Kilo soll sie bei jedem Wiegen der Kartoffeln unterschlagen und so für den eigenen Gebrauch erschlichen haben. Anna schaut dem Beamten offen ins Auge, als sie alles empört abstreitet. Die neue Zeit hat zwar auch bei diesem altgedienten Beamten den gebotenen Sinneswandel herbeigeführt, ohne den er seinen Stuhl nicht behalten hätte, aber die dem Parteibuch geschuldete Strenge weicht rasch dem eingebürgerten Ton der Verständigung. Man kennt sich aus gemeinsamer Schulzeit mit Otto. Das »unsichtbare Band«, das die Mitglieder der Dorfgemeinschaft seit langer Zeit miteinander verbindet, ist auch unter den neuen Herren noch nicht gerissen. Anna erkennt erleichtert, dass der Beamte die Anklage nicht mit großer Überzeugung vorträgt. »Kittlerbeckin«, sagt er, »wer euch ang'schwärzt hot, des war die Maria, die Tochter von diner Schwägerin Emma. Gibt's do viellicht ä

Krach bi euch in der Familie? Mir schaut des Ganze nach em Racheakt us.«

Anna erzählt widerstrebend vom Streit, der zwischen ihr und Emma um die Ausstattung der Pauline ausgebrochen war. Auch unter freundlich gestimmten Menschen gibt man Interna nicht gern preis, zu eng ist die Familienehre damit verknüpft. Ihre Entrüstung aber darüber, in der eigenen Familie eine Denunziantin zu haben, kann sie nicht verbergen. »Schau Beckin«, fährt der Beamte fort, »losse mer's gut sei. I kann do nit viel machen. Dass i die Sach nit weiter verfolg, isch scho ä g'wisse Eigesinnigkeit. D'Partei sieht's nämlich scho gern, wenn d'Lit einander auf d'Finger gucke. Grad jetzt, wo's an allem fehlt und die Versuchung zum Schummle größer worre isch. Gang heim, sei still, kümmer dich um dei Sach und Schwamm drüber.«In einer Mischung aus Scham und Zorn trägt Anna die Entdeckung einer hausgemachten Denunziation nach Hause. Besuche von Emma oder Maria sind damit für die nächste Zeit erledigt. Das Jahr geht in bedrückter Stimmung zu Ende. Auch das von den Kindern immer selig erwartete Weihnachten wird etwas ruhiger als üblich gefeiert. Der Nikolaus tritt diesmal durch die Hintertür in die Backstube, aber Knecht Ruprecht und der Pickesel haben ihn nicht im Stich gelassen. Lob und Tadel werden wie üblich verteilt, nur die Belohnung fällt spärlicher aus als sonst.

Januar und Februar 1942 bringen Dauerfrost mit Temperaturen von -20 Grad. Die Kinzig ist zugefroren. Der Eisgang droht die Brücken über die Kinzig zu zerstören, so greift die Feuerwehr ein und sprengt die übereinander geschobenen Eisschollen in kleinere Stücke. Die Detonationen der Sprengladungen sind bis ins Bäckerhaus zu hören. Das Unheil, das sie anzukünden scheinen, schlägt Anfang März zu. Aus Fußbach trifft die Nachricht ein, dass Pauline am 5. März 1942 gestorben ist. Otto ist schockiert.

Auch die anderen Familien, die zeitgleich mit Pauline Angehörige an den Gesundheitsdienst übergeben mussten, erhalten die Nachricht vom Tod der Patienten. Als Todesursache wird bei allen Lungenentzündung genannt. Um die Ausbreitung gefährlicher Keime zu verhindern, seien ihre Leichen verbrannt worden. Für katholische Familien ein doppelt schwerer Schlag, die Kremation gefährdet ihre Wiederauferstehung am Tag des Jüngsten Gerichtes. Nach katholischem Bekenntnis, carnis resurrectio, tritt der Verstorbene und zu ewigem Leben Erlöste in der Blüte seines Leibes vor den Höchsten Richter.

Paulines Leiche befinde sich jedoch in Fußbach und werde auf dem Anstaltsfriedhof bestattet, heißt es. Am folgenden Tag, noch bevor die Bestattung erfolgen kann, fährt Otto nach Fußbach. Sein einziger Begleiter ist die kleine Liselotte. An Komplikationen während der Zugfahrt kann sie sich nicht erinnern. Eingebrannt in ihr Gedächtnis aber ist der Eindruck, den die großen, in einem weiten Tal gelegenen Anstaltsgebäude auf sie machen. Häuser dieser Größe hat sie noch nie gesehen. Im Hof der Anstalt werden sie von einer dicken, schmallippigen Nonne des Ordens vom Heiligen Kreuz empfangen, augenscheinlich die Schwester Oberin. Die Schwester weist auf ein zentral im Hof befindliches kleines Gebäude, das vielleicht als Pförtnerei dient. Die Verstorbene sei darin aufgebahrt. Otto geht allein hinein, Liselotte bittet er, draußen zu warten. Als er wieder herauskommt, tritt er auf die draußen zusammen mit Liselotte wartende Schwester zu. An das folgende Gespräch kann sich Liselotte noch als Erwachsene erinnern, denn sie findet es befremdlich, dass ihr Vater sich bemüht, Hochdeutsch zu sprechen.

»Schwester«, sagt er, »wie ist sie denn gestorben?«

Die Schwester: »Sie hatte einen Blutsturz.« Als sie in Ottos Gesicht Zeichen von Ratlosigkeit erkennt, erklärt sie:

»Tuberkulosekranke haben oft einen so schweren Husten, dass Gefäße platzen und das Blut sich in die Lunge ergießt. Daran ersticken sie dann.«

Otto ist nicht zufrieden: »Und Sie sind ganz sicher, dass sie eines natürlichen Todes gestorben ist?«*

Die Schwester ohne Zögern: »Ganz sicher.«

Otto: »Schwören Sie mir auf ihr Gebetbuch, dass ihr Tod ein natürlicher war.«

Die Schwester schlägt den Rockschoß ihrer schwarzen Kutte zur Seite und holt aus den Tiefen ihrer Ordenstracht einen Rosenkranz und das Gebetbuch hervor. Sie legt die Hand auf das Buch und sagt: »So wahr mir Gott helfe, ihre

* Vom Euthanasie-Programm T4, das Hitler im Oktober 1939 durch Geheimerlass in die Wege leitete, war auch die Kreispflegeanstalt Fußbach betroffen. Die Meldebögen zur Bestandsaufnahme psychisch Kranker, die alle Anstalten im Reich ausfüllen mussten und die in Berlin von einer Kommission begutachtet und mit einem Vermerk erweitert wurden (rotes + für töten, blaues – für weiterleben), weckten in Fußbach zunächst kein Misstrauen. Auch als Verlegungslisten an die Anstalten geschickt wurden, schöpfte man noch keinen Verdacht. Der erste Transport verließ am 13. Juni 1940 Fußbach mit unbestimmtem Ziel. 75 Patientinnen wurden in die grauen Busse verladen und in die Mordanstalt Grafeneck bei Reutlingen gebracht. Erst als im Juli kurz hintereinander vier Todesnachrichten eintrafen, wurde das Personal in Fußbach misstrauisch. Die Schwestern vom Heiligen Kreuz versuchten daraufhin, so viele Patienten wie möglich vor weiteren Transporten zu schützen. Auch der Respizient Schilli, Mitglied der SS, weigerte sich, trotz seiner nationalsozialistischen Gesinnung, Patienten herauszugeben. Er soll bei solchen Gegenmaßnahmen sogar seine SS-Uniform angezogen haben, um seine Autorität zu unterstreichen. Die folgenden Transporte mussten sich deshalb mit weniger Mordopfern begnügen. Insgesamt wurden 137 Personen aus Fußbach in Grafeneck und nach der Schließung Grafenecks in Hadamar umgebracht. Diesem Schicksal scheint Pauline zumindest entgangen zu sein. Vielleicht auch nur deshalb, weil Hitler nach Protesten des katholischen Kardinals Graf von Galen die Aktion T4 zunächst stoppte. Das Töten ging aber dezentral in den Anstalten weiter, durch Überdosierung, Vernachlässigung oder Hungerrationen. Diese Informationen finden sich in der historischen Studie, die das Pflege- und Betreuungsheim Ortenau in Auftrag gegeben hat: Tobias Wöhrle, 125 Jahre – Zur Geschichte der ehemaligen Kreispflegeanstalt Fußbach, Steinach im Kinzigtal, 1998, und in: Zeit-online, Mit Gas gegen »leere Menschenhülsen«, von Jan Erik Schulte, 1. März 2017.

Schwester ist eines natürlichen Todes gestorben. Niemand hat ihr ein Leids getan.«

Drei Tage später sind Otto und Liselotte erneut in Fußbach zur Beerdigung. Der Sarg liegt auf der Pritsche eines Heuwagens, gezogen von zwei Pferden. Der Weg zum anstaltseigenen Friedhof führt eine Anhöhe hinauf. Es ist eisig kalt, der Weg ist spiegelglatt zugefroren. Die Pferde finden auf dem glatten Geläuf keinen Halt, der Wagen rutscht zurück, als wolle eine unsichtbare Kraft die Beerdigung sabotieren. Die Pferdeknechte umwickeln die Hufe der Pferde mit Lumpen. Sobald ein paar Meter den Hügel hinauf geschafft sind, gibt der Fuhrmann von seinem Kutschbock herunter das Kommando »Ho«, dann stecken zum Helfen abkommandierte Anstaltsinsassen hölzerne Prügel in die Speichen des Fuhrwerks, um das Zurückrutschen zu verhindern. Liselotte sieht fasziniert dem Manöver der Fuhrleute zu, sie ist dauerhaft beeindruckt. An Tränen in der klirrenden Kälte kann sie sich nicht erinnern. Pauline ist nicht nur aus ihrem Leben verschwunden, viele Jahre lang ist sie auch aus ihrer Erinnerung verschwunden. Erst im Alter taucht sie wieder auf. Laut Krankenakte, die noch im Archiv der Pflegeanstalt vorhanden ist, wurde Pauline am 10.11.1941 mit der Diagnose Geistesschwäche eingeliefert und starb am 5.3.1942, allerdings laut Akte nicht am Blutsturz, sondern an Kachexie. Pauline war 56 Jahre alt, als sie verhungert ist.

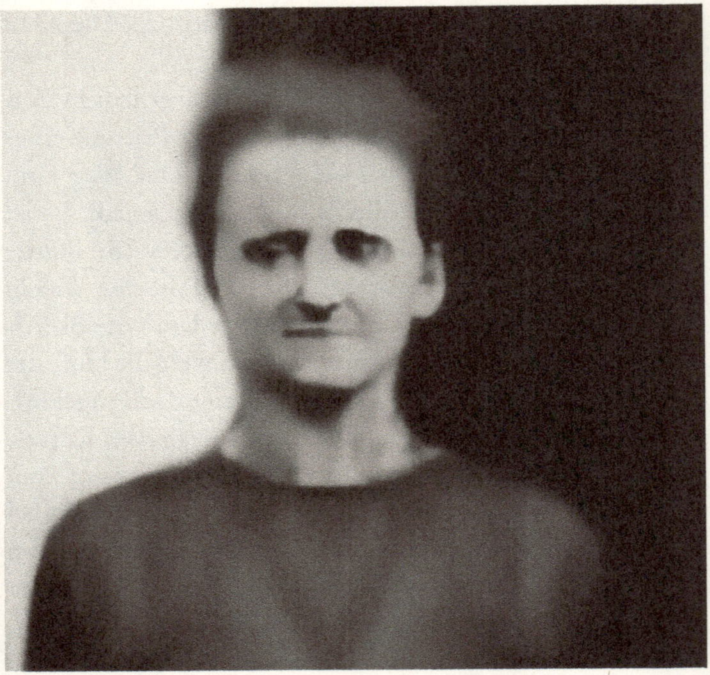

Pauline

# 20. KETTENHUNDE

Ein Sonntag im Sommer 1941. Das sonntägliche Liebesstündchen der Eltern auf der Couch, unter Ausschluss der Kinder, entfällt ausnahmsweise. Der Vater setzt seinen schwarzen Filzhut auf und greift nach dem Stock, Liselotte ist eine willkommene Begleiterin seines sonntäglichen Spaziergangs. Ihr Weg führt sie zum Gummenwald. Dort, am Waldrand, setzt sich der Vater auf eine Bank. Aus den kniehoch stehenden Wiesen steigt der morgendliche Dunst, Libellen tanzen über dem Weiher, im Gesumm der Bienen und Insekten erstirbt das Gespräch zwischen Vater und Tochter, das sich um Belangloses gedreht und den arbeitsamen Frieden der Natur, das spüren beide, gestört hat. Liselotte überlässt den Vater seiner Kontemplation und schlendert am Waldrand entlang. Nach dem buschig zugewucherten Waldrand geht sie ein paar Schritte in den Hochwald. Schlanke Weißtannen bilden seine Säulen, Rotbuchen fächern ihre Kronen zu filigranen Kapitellen auf, größere Fichten mit rotborkigen mächtigen Stämmen, astlos in den unteren Geschossen, wuchten ihre konkaven Äste himmelwärts, hier und da entblößt eine Lärche kokett ihren hellgrünen Unterrock. Golden glitzernd sickert Licht durch das Blätter- und Nadeldach, entlang an quer im Wald verspannten Seidenschnüren perlt irisierend Licht herunter, fällt auf einzelnen Strauchbestand, auf Unterholz, Farne, Lichtfallen, in denen sich seltene Insekten fangen. Wo das Licht auf den Waldboden trifft, steigt aus seinen Poren Dampf auf. Der Wald atmet, pumpt nebelsatte Gase in gleichmäßigen Stößen über das Unterholz. Moose überziehen Steine, Wurzeln, winzige Blütenfäden in die Höhe reckend, Springkraut drängelt sich ans Licht, im durch den Tod eines Baumriesen freigewordenen Lichtschacht des Gewölbes sonnt sich eine Tollkirsche, bringt in schwarzen Beeren Gift zu süßer Reife, zu ihren Füßen weiß aufgeschäumter Sauerklee. Liselotte steht wie verzaubert im waldigen Haus, der Wald spricht mit ihr, deutlich hört sie seine Einladung. Sie könnte unter einen Farn kriechen, mit den dort lebenden Kobolden spielen, freundliche Feuersalamander vor winzige Kutschen spannen und zu den Fröschen im leise glucksenden Bächlein fahren, das sich zwischen moosbewachsenen Steinen in einem Gumpen sammelt, an seine Ufer und schattigen Höhlungen, in denen sich die geheimnisvollen Waldbewohner verstecken, die im Sand ihre Fußspuren hinterlassen haben. Mit einem vom Waldboden aufgelesenen Stecken stochert sie im weichen Gestade des Miniaturmeeres und fördert plötzlich etwas Glänzendes zutage: ein abgerissenes Goldkettchen mit einer eingedrückten Fiale in Form einer Patronenhülse. Sie wundert sich nicht, irgendein Geheimnis musste dieser Ort besitzen. Stolz trägt sie ihren Fund hinaus in die Welt der Erwachsenen, in der ihr Vater noch immer auf der Bank sitzt und sinniert. »Interessant«, sagt der Vater. »Wo hesch des her? Ich brings morge uffs Rathus, vielliecht wisse die, was des isch.« Und tatsächlich, die wissen, dass dies das Amulett eines jüdischen Piloten war. Im Inneren der Hülse sei der Rest eines miniaturhaften Tanach gefunden worden, der jüdischen Bibel. Wie es allerdings seinen Weg in den Wald gefunden habe, könne man sich nicht erklären. Der ehemalige Besitzer sei wahrscheinlich nicht mehr am Leben. Da es sich aber um einen Juden handele, müsse man der Sache nicht weiter nachgehen. Einer weniger, der Schaden anrichten könne. Die Volksgemeinschaft danke es. Ein kleiner unbedeutender Fund, das abgerissene Amulett eines Piloten, eines Juden, wer weiß, wie lange schon dort unentdeckt liegend, bis ein elfjähriges Mädchen vorbeikommt und es findet. Und nie mehr vergisst. Mit elf wusste sie nicht, welche Bedeutung sie diesem Fund zuordnen sollte. Sie wusste nur, es war ein Zeichen. Erst am Ende der Geschichte konnte sie es deuten. Als Symbol millionenfachen Mordes.

Alfons, der Sohn vom Nachbarn, war im Sommer 1941 auf Fronturlaub nach Hause gekommen. Der Beck hat bereits davon gehört. Er ist sich sicher, lange wird es nicht dauern, bis Alfons bei ihm in der Backstube erscheint. Die jungen Soldaten in ihrem ersten Kriegseinsatz kommen gern zu ihm, er gilt als Sachverständiger in Kriegsangelegenheiten. Sein Interesse an ihrem Einsatzort, ihren Kampferfahrungen, ihren Drangsalen mit der Verpflegung, den Vorgesetzten, den Härten der Front, den Kameradschaftserlebnissen, kurz, an ihrem Schicksal, macht sie gesprächig. Und mancher findet dabei aus der Falle der Heldenerzählung heraus zu größerer Ehrlichkeit, zum Eingeständnis der Angst um sein Leben, die offiziell in einer arischen Heldenbrust nichts zu suchen hat.

Schon am nächsten Tag nimmt Alfons in der Backstube Platz.

»So, wo kummsch au her?«, beginnt der Beck die intendierte militärische Fachsimpelei.

»Aus Polen«, antwortet Alfons und bläht unweigerlich die Backen auf dabei. »Ich bin scho ganz schön rumkumme. Ich bin jetzt bei der Geheimen Feldpolizei. Mir mien für Ordnung sorgen, weisch, hinter der Front. Wenn mir do nit durchgreife würde, dann würde di Polacke glich wieder frech werde.«

»Ja isch's denn noch g'fährlich für euch?«, erkundigt sich der Beck.

»Ja scho, aber mir lasse uns nit de Schneid abkaufe. Also s'het scho so Dreckspartisanen, die wo us'm Hinterhalt auflaure. Aber we'mer welche verwische, dann mache mer kurze Prozess.«

»Na ja«, gibt der Beck zu bedenken, »die verteidige halt au nur ihre Heimet. Kamm'ers ihne verdenke?«

»Ha!« Alfons wird eine Spur lauter. »Die Heimet, die verteidige mir, die Heimet g'hört der deutschen Rasse und nit selle Untermensche. Dort wo deutsche Zucht und Ordnung regiert, dort isch Heimet.«

Der Beck verstummt.

»Und weisch, was ma mi selle mache, die wo nit gehorche wolle? Zerscht loss mer se ä Loch schufle, und dann, Peng, Genickschuss und rein mit'ne in die Grube. Und selle Polewieber, die wo schwanger sin mit sonnem Polebalg, kriege ä Tritt in de Ranzen, dass sie die Brut verliere. Dann isch des Problem mit de Untermensche au erledigt. Do kenne mer nix.«

Der Beck weiß nicht, was er sagen soll. Peinlich berührt schaut er auf den Boden, auf die Backmulde, auf den Ofen. Wortlos steht er auf, öffnet den Ofen, nimmt einen Scheit Holz und füttert den Kamin. Auch Alfons hat sich erhoben: »I muss weiter, Kittlerbeck, servus dann und Sieg Heil!«

Als Liselotte von ihrem Lesemehlsack in der Ecke steigt, steht der Vater noch am Kamin, dicke Tränen laufen ihm in den Schnurrbart.

Alfons wird den Krieg überleben, unversehrt. Nach einer etwas kleinlauten Übergangszeit wird er wieder seinen Platz am Stammtisch einnehmen, meinungsstark den Schnabel aufreißen, wie es einem geachteten Bürger zusteht, am Aufbau der neuen Republik und ihrem Wirtschaftswunder teilnehmen und sich von der neuen DM ein Motorrad kaufen. So stromlinienförmig passt er in die neue Zeit, dass er mit Vollgas durchstartet, bis es ihn aus der letzten Kurve mit Vollgas raushaut. Ein Bein ist zertrümmert und wird amputiert. Zu wenig, kann sich Liselotte nicht verkneifen zu kommentieren, alle beide hätte er verlieren sollen.

Ab 1941 wird der Schulweg beschwerlicher, da immer wieder Jabos, oft auch im Geschwader, die Züge angreifen. Wird die Lokomotive getroffen, muss der restliche Weg zu Fuß fortgesetzt werden. In der Folge fällt der Unterricht aus. Wenn er denn stattfindet, besucht ihn Liselotte gern und mit größerer Gelassenheit. Ihre Stellung in der Schule hat sich gefestigt, Hänseleien von der Clique der vier muss sie nicht mehr fürchten. Die Geschlechtertrennung ist rigoroser geworden. Die männlichen Schüler huldigen ganz dem vom Regime verordneten Männlichkeitsideal, bemüht, das Motto der HJ wahrzumachen und aus ihrem Status als »Pimpf« möglichst schnell in den Heldenstatus des »Soldaten« zu wechseln. Den Kontakt zu den Mädchen meiden sie deshalb. Mädchen stehen im Verdacht, ihre Entwicklung zu harten, zähen, flinken Soldaten des Führers zu bremsen. Liselotte hat aber Ersatz gefunden. Unter den immer zahlreicher eintreffenden ausgebombten und landverschickten Volksgenossen befindet sich ab 1942 auch ein Mädchen aus Düsseldorf, Gisela. Sie ist zwei Jahre älter, aufgeweckt, nicht auf den Mund gefallen, körperlich schon gut entwickelt und um die damit zusammenhängende Lebenserfahrung reicher. Da ihre Schulzeit kriegsbedingt erheblich gekürzt wurde, geht sie in die gleiche Klasse wie Liselotte. Die beiden freunden sich an. Der neuen Freundin erzählt Liselotte ihre Leidensgeschichte mit der Viererbande der »Schnepfen«. »Denen zahlen wir es heim«, sagt Gisela, »pass auf, diese eitlen Gänse halten sich für was Besseres, dabei ist ja nicht zu übersehen, wie sie immer die Augen verdrehen nach den Hitlerjungen, die an der Flak sind.«

»Du meinst die Jungen, die den Zug aus Hausach schützen?«, fragt Liselotte.

»Genau die«, antwortet Gisela, »daraus lässt sich doch bestimmt was machen.«

Am nächsten Tag, es ist Zehnerpause und man steht plaudernd im Schulhof herum, lässt Gisela wie beiläufig eine Bemerkung fallen, die die Mädchen der Viererbande sofort die Ohren spitzen lässt.

»Ich habe mit den Hitlerjungen geredet, mit den vier, die an der Flak auf dem Zug stehen. Sie waren sehr nett und gar nicht so bockig wie viele andere, die immer gleich losbellen. Der große Blonde hat sich sogar nach dir erkundigt. Er hat gefragt, wer ist denn das schöne blonde Mädchen? ›Meinst du die Siggi?‹ habe ich gefragt, und er sagte, na die mit der Schleife im Haar, und das bist ja wohl du.«

Der Siggi schießt das Blut in die Wangen. »Nein wirklich?! Ach, der große Blonde ist so süß, ich meine, so stark und tapfer«, erhitzt sich Siggi.

Und Gisela legt nach. »Ich allein mit diesen vier Flakhelfern ist natürlich nicht so schicklich, besser wäre es, wenn noch andere Mädchen dabei wären.«

In Siggis Gesicht macht sich ein Fragezeichen breit. »Aber wir können ja nicht mit dem Zug fahren. Und die Flakhelfer sind immer auf dem Zug. Wie sollen wir da mit ihnen reden?«

Gisela weiß Rat: »Vielleicht könnt ihr euch erstmal Briefe schreiben. Das ist sowieso besser, sonst gibt es gleich Gerede. Ich frage mal bei den Burschen nach, ob sie eventuell an so einer Art Brieffreundschaft …, also ob sie euch schreiben wollen. Die haben ja nicht viel Zeit, die müssen immer den Himmel nach feindlichen Flugzeugen absuchen, da können sie nicht so lange auf Papier gucken.«

Die Pausenklingel setzt dem Handel ein Ende, vorerst. Vier Mädchen stecken tuschelnd die erhitzten Köpfe zusammen, als sie die Stufen zurück in den Unterricht hoch trippeln. Klar, das Interesse der vier Flakhelfer haben sich vier Ausnahmeerscheinungen wie sie allemal verdient, so weit kein Anlass zur Verwunderung, aber nun, wo es tatsächlich bekundet wird, ist es erregend schön.

Auch Liselotte ist aufgeregt, als Gisela ihr mit Verschwörermiene von dem Gespräch berichtet.

»Und nun?«, will sie wissen.

»Jetzt schreiben wir Briefe«, antwortet Gisela.

»Aha, und wie kommen die Briefe zu den Schnepfen?«, insistiert Liselotte.

»Indem du sie ihnen bringst. Du fährst mit dem Zug, du kennst die Flakhelfer, du bist die Postbotin.«

Liselotte bleibt skeptisch: »Aber werden sie nicht merken, dass wir sie reinlegen?«

»Nein«, beharrt Gisela, »die sind so närrisch hinter den Burschen her, dass sie alles glauben.«

In der folgenden Woche überbringen Liselotte und Gisela den ersten Brief. Siggi im Kreis ihrer Entourage reißt ihn noch auf dem Pausenhof auf und liest:

*Sehr geehrte Jungmädels,*

*wir haben euch auf dem Bahnhofsplatz gesehen und gedacht, das ist das Schöne an unserem Dienst, dass wir auch so züchtige Mädel wie euch schützen. Wir sind noch Hitlerjungen, aber wir stehen unseren Mann wie Soldaten. Und wenn wir so schöne Jungmädel sehen, dann klopft uns das Herz in der Brust. Wir sind nämlich nicht so hart, wie wir aussehen. Aber wenn ihr mit dem Zug fahrt, dann könnt ihr sicher sein, dass wir die feindlichen Jabos »heiß« empfangen. Erst neulich hat der Horst, das ist der Mutigste von uns, aber Mädchen anzusprechen, das traut er sich nicht, also der Horst hat so gut geschossen, dass die Jabos gleich abgedreht und nicht wieder gekommen sind. Ihr müsst nur schnell in den Graben hopsen. Aber wir haben ja gesehen, dass ihr alle sehr sportlich seid. Jetzt ruft die Pflicht und ich schließe den Brief mit einem kameradschaftlichen*

*Heil Hitler. Rottenführer Klaus (Schriftführer)*

*P.S.: Wann und wo macht ihr denn euer Zeltlager?*

In der folgenden Woche wird der Briefbotin Liselotte ein Antwortschreiben übergeben, das die beiden Verschwörerinnen mit quietschendem Vergnügen lesen.

*Sehr geehrte Flakhelfer,*

*wir würden sehr gern mit eurem Zug fahren, aber unsere Eltern erlauben es nicht, obwohl ihr so tapfer die Heimat schützt. Wir sind nämlich sehr heimatverbunden und fühlen uns deshalb auch geschützt. Der Horst muss keine Angst haben. Wenn er eine von uns ansprechen will, kann er das gern tun. Wir denken nicht, dass das irgendwie unmännlich ist. Wir sind auch eigentlich gar keine Jungmädel mehr, sondern schon richtige deutsche Mädel. Neulich haben wir sogar in der Mädelschaft einen Tanz einstudiert. Wenn es mal eine Tanzveranstaltung gibt, vielleicht im Herbst, könnt ihr kommen, und wir tanzen dann. Ein Zeltlager gibt es nicht mehr. Wir lernen jetzt kochen und nähen. Die Scharführerin sagt, wir müssen uns auf ein Leben an der Seite eines Mannes vorbereiten. Wenn ihr Hunger habt, können wir euch auch etwas kochen. Die Bruni kann sehr gut Kartoffelsuppe. Wir würden uns freuen, wenn ihr uns wieder schreibt. Wir Jungen und Mädel sind doch die Zukunft Deutschlands, sagt der Führer. Wir müssen zusammenhalten. Vielleicht können wir uns mal treffen, was meint ihr?*

*Heil Hitler, Siggi (Schriftführerin)*

*Liebe deutsche Mädel,*

*man schiebt doch gleich viel lieber Dienst, wenn man dem Dank so tüchtiger deutscher Mädel gewiss ist. Es wäre bestimmt sehr gut für das deutsche Vaterland, wenn wir uns näher kennenlernen würden. So eine Tanzveranstaltung wäre der richtige Ort. Aber der Flak-Kommandant, der Obergefreite Böldmann, hat gesagt, wir sind »unabkömmlich«, das heißt, wir dürfen unseren Einsatzort nicht verlassen. Schade. Der Horst kann auch gar nicht tanzen. Er würde sich noch mehr schämen als so schon. Er schämt sich nämlich wegen seinen Pickeln. Er sagt, ich darf das nicht schreiben, aber ich schreibe das trotzdem, weil es muss doch Ehrlichkeit herrschen unter der deutschen Jugend. Ansonsten ist er nämlich ein Pfundskerl und jedes deutsche Mädel könnte stolz auf ihn sein, wenn er sie ins Herz schließen würde. Die Bruni könnte ganze Kübel mit Kartoffelsuppe kochen, der Horst würde sie auslöffeln, so sehr mag er Kartoffelsuppe und so sehr würde er die Suppenköchin, die Bruni, mögen. Schreibt uns weiter, wir fühlen uns ein bisschen wie an der Front und da ist es sehr ermutigend, wenn man Post aus der Heimat bekommt. Ich schließe dieses Schreiben wieder mit einem kameradschaftlichen*

*Heil Hitler*

*Rottenführer Klaus (Schriftführer)*

So oder ähnlich gehen noch viele Briefe hin und her zwischen Heimat und Heimatfront, bis ins Jahr 1944 hinein, als ein Treffen zwischen den jungen Soldaten und ihren Bräuten in spe nicht mehr aufzuhalten ist. Die wehrkraftschonende Geduld der vier jungen Mädel ist erschöpft, sie drohen brieflich ihr Kommen an. Da greift die Royal Airforce ein und schickt eine Staffel Jabos. Der massive Beschuss des Zuges lässt das Treffen platzen. Spätere Anstrengungen, das Versäumte nachzuholen, die Versprechen einzulösen, die Fantasie auf ihren Realitätsgehalt zu prüfen, sind nicht überliefert. Bei Licht besehen, hatten alle ihren Spaß. Die falschen Kupplerinnen hatten über die Jahre was zu lachen, und die an der Nase Herumgeführten durften ihren Traum weiter träumen, bis er im neuen Wind der Nachkriegszeit von alleine platzte. Mit dem Ende des Dritten Reiches war auch sein Heldenmythos vom tapferen Soldaten mit seiner nestpflegenden Kameradin an der Seite beendet. Die Aufstiegsträume der jungen Frauen wandten sich fortan den Machern des Wirtschaftswunders zu, die ihren Lebenskampf nun zivil an Werkbänken und Büros ausfochten.

Überhaupt das Briefeschreiben. In der Schule werden in einer Art Tombola die Namen von deutschen Soldaten gezogen, die irgendwo an der langen Frontlinie, in Polen, in Russland, an der Westfront, im Dreck liegen und deren Kampfmoral Gefahr läuft, ebenfalls im Morast zu versinken. Diesen Soldaten sollen die Schülerinnen Briefe schreiben, in denen sie ihr Leben schildern, um die Erinnerungen an deutsches Leben in der Heimat aufzufrischen. Liselottes Los heißt Pepi Fuhrer und kommt aus Österreich. Liselotte stoppelt eine Reihe banaler Schilderungen aus dem Alltag zusammen, der Vater hilft beim Formulieren. Es entsteht ein Bildnis provinzieller Normalität, hier und da punktiert mit zeitüblichen Entbehrungen und Härten, die Dolchstoßlegende ist noch in frischer Erinnerung, ein Gruß aus der Heimat, gespendet von Kinderhand, den die kämpfende Truppe als Ruf nach dem Endsieg lesen darf. Mit dem ersten Feldpostbrief aus Russland liegt auch ein Foto von Pepi bei, ein netter junger Mann. So einem schreibt man gern.

Der Briefwechsel überlebt den Zusammenbruch und die ersten Nachkriegsjahre, man schreibt sich, tauscht Nachrichten aus dem Alltag aus, in längeren Abständen zwar, aber das brieflich gewachsene Vertrauensverhältnis ist immer noch vorhanden, als Liselotte im Frühjahr 1949, da ist sie schon

Lehrschwester in Freiburg, den Auftrag erhält, einen querschnittsgelähmten Patienten in die Steiermark, wo er herkommt, zu begleiten. Die Steiermark – nicht weit entfernt wohnt doch der Pepi, schießt es Liselotte durch den Kopf. Brieflich wird eine Verabredung getroffen, nach Abschluss ihres Auftrages will man sich in Salzburg treffen. Die Fahrt hin und zurück in die Steiermark ist für Liselotte kostenfrei, sie begleitet schließlich einen Kriegsgeschädigten. Nur die Unterbrechung in Salzburg muss sie aus eigener Tasche bestreiten. Mit ein paar eigenen Groschen trifft sie abends in Salzburg am Bahnhof ein, wo der Pepi sie erwartet. Sie ist aufgeregt, über die Jahre ist ihr Pepi vertraut geworden, sie meint ihn zu kennen, sogar zu mögen. Und so ein Treffen verdient fast den Namen Rendezvous und reizt mit einigen Unwägbarkeiten.

Und dann das.

Mit Mühe erkennt sie in dem hässlichen Mann, der vor ihr steht, ihren Briefpartner, von dem sie vor Jahren ein Jugendfoto gesehen hat. Die weiche schwitzige Hand, die ihre ergriffen hat, schüttelt sie schnell wieder ab. Im Brief hat er geschrieben, er wolle ihr Salzburg zeigen, für eine Übernachtungsmöglichkeit sei gesorgt. Ihr erster Gang führt sie also zum Hotel, in dem er ein Zimmer gemietet hat. Ein Doppelzimmer, nicht zwei. Liselotte protestiert. Pepi besteht auf dem Doppelzimmer, das sei so üblich, zwei könne er sich auch gar nicht leisten. Na gut, denkt sich Liselotte, die Nacht wird vorbei gehen, irgendwie. Im Zimmer angekommen, sieht sie sich um. Sie war noch nie in einem Hotel, hat keine Kenntnis, wie so ein Hotel von innen aussieht. Dieses kommt ihr komisch vor. Ringsum an den Wänden hängen rote Gardinen, obwohl gar keine Fenster dahinter sind. Vorsichtig lüftet sie eine Gardine … und sieht sich selbst. An allen Wänden sind Spiegel angebracht. Nun fällt der Groschen.

»Pepi, du Schwein! Für wen hältst du mich?« Das Geschrei ist groß, die Stimmung vergiftet, der Abend komplett ruiniert. Sie muss die Nacht notgedrungen in Pepis Anwesenheit verbringen, der inzwischen geschrumpft ist wie ein Luftballon am Morgen nach der Party. Das Fest ist zu Ende, das rote Boudoir verwandelt sich in eine Gruft. Liselotte legt sich in voller Montur, den Mantel hat sie dann doch ausgezogen, ganz nach außen an die Kante, in eine Fluchtposition. Ganz knapp unterhalb der Bewusstseinsschwelle perlen Gewaltfantasien durch ihre Träume, entziehen der Luft um sie herum die Wärme. Wenn er mich anfasst, trete ich ihm in die Eier. Pepi fasst sie nicht an, die eisige Atmosphäre, die wie eine Wolke Liselotte umhüllt, hält ihn auf Distanz. Auf die kurze, gedankenschwere Nacht folgt der kühle morgendliche Abschied, ein Abschied für immer. Die Kriegsbrieffreundschaft ist im Schützengraben eines Doppelbettes verreckt.

Von einer Sightseeingtour durch Salzburg ist nicht mehr die Rede. Liselotte ist es recht. Sie schlendert bis zur Abfahrt des Zuges allein durch die Stadt, die erwärmt von einer kupplerischen Sonne ihre Gassen spreizt. Das erste Mal allein in einer fremden Stadt, erregend. Wenn dieser Pepi sympathisch gewesen wäre, allerdings auch ein bisschen hübscher und charmanter, ja, dann hätte das ja durchaus eine schöne Nacht werden können, denkt sie. Blödmann, zum Glück bin ich ihn los, denkt sie, als sie schon vor dem Dom steht. Aha, der Dom, ganz hübsch, aber unser Freiburger Münster, ho ho. Auch der Residenzplatz kann sich sehen lassen, doch, doch, Salzburg hat was. Den Aufstieg auf die Burg erspar ich mir jetzt, der Zug fährt bald. Also Abmarsch Richtung Bahnhof, rüber über die Salzach. Ach, da schau, da ist er also geboren, der Mozart, so viel Genie, sieht man der Fassade gar nicht an. Aber was ist das da, der grüne Saum über den Dächern, ein Park vielleicht? Ein Abstecher in die Natur muss sein, ist doch jeder Baum und Strauch ein Verwandter der vertrauten Heimat, und Zeit genug ist da. Sie wird nicht enttäuscht. Im Mirabellgarten entdeckt sie einen Park voll blühender Bäume und Sträucher. Vor einem dieser Bäume bleibt sie wie verzaubert stehen. Eine bis zu ihr hinunter reichende Krone aus tausenden weißen Blüten, eine blendende, gischtig-schaumige Woge, ein Übermaß an Schönheit, hemmungslos, überbordend, verschwenderisch. So einen Baum hat sie noch nie gesehen, wie aus einer anderen Welt, eine unzüchtige Eskapade der Natur, ein Sinnbild der Maßlosigkeit, der Selbstverschwendung. Was ist das für ein Baum, schießt es ihr durch den Kopf, ich muss es in Erfahrung bringen. Sie knickt einen Zweig ab, sie will ihn mitnehmen als Zeugnis, eine Beschreibung allein würde ihr vielleicht nicht geglaubt.

Sie steht noch über den Zweig gebeugt, als eine grobe Stimme sie aus ihren Träumen reißt. »Ja, was ist das denn, Fräulein, Sachbeschädigung an öffentlichem Eigentum?«, bellt ein dicker Mann sie an, grüne Uniform, am Ärmel das Wappen der Gemeinde Salzburg. »Das ist verboten, können sie nicht lesen? Steht groß am Eingang des Parks. Da könnte ja jeder … das kostet Sie eine Strafgebühr.«

Ihre letzten 15 Schillinge wechseln den Besitzer. Die Heimfahrt muss sie mit knurrendem Magen antreten. Die Magnolienblüte, da städtisches Eigentum, bleibt in Salzburg zurück.

Immer öfter fällt die Schule aus. Müßiggang tritt aber nicht an ihre Stelle, im Gegenteil, der Arbeitsaufwand wird größer. An allen Stellen machen sich die Mängel bemerkbar. Materialien, die als kriegsdienlich eingestuft sind, werden dem zivilen Gebrauch entzogen. So gibt es keine Kohle zum Heizen mehr. Die Jugendlichen werden deshalb in die Wälder geschickt zum Holzsammeln. Auch die achtlos liegen gelassenen oder den Armen überlassenen Erntereste werden nun von Hand eingesammelt, Ähren von Hand gelesen, Kartoffeln aus der Krume gepult, Äpfel von den Bäumen geholt. Da die Bauern keine Spritzmittel mehr einsetzen können, vermehren sich die Kartoffelkäfer.

Wenn Liselotte und die anderen zum Sammeln abkommandierten Jugendlichen auf den Äckern stehen, hören sie, mal nah, mal fern, Motorengeräusche. Dann richten sie sich kurz auf und werfen einen ängstlichen Blick auf die Feldpolizei, die zu den Höfen unterwegs ist, auf denen Kriegsgefangene Zwangsarbeit verrichten. Die Knechte und Söhne sind eingezogen, invalid oder gefallen, ohne Zwangsarbeiter ist die Versorgung gefährdet. Die Kettenhunde, wie sie der Volksmund nennt, da ihre Dienstmarke an einer Kette um den Hals baumelt, kontrollieren, dass sich zwischen den Bauern, ihrem Gesinde und den Zwangsarbeitern kein vertrauliches Verhältnis einstellt. Sonst beißen sie zu. Alle Formen des Fraternisierens werden als Verrat an der Heimatfront geahndet. Zu solchen Formen gehört das gemeinsame Essen, aber auch die Bereitstellung eines richtigen Bettes für die Gefangenen. Der Verdacht volksgemeinschafts-gefährdender Gefühlsduselei trifft auch die Schwarzwaldbauern. Das Schlafzimmer der Zwangsarbeiter ist der Stall, Matratze und Decke sind aus Stroh und ihre Gesellschaft die Tiere, Artverwandte gewissermaßen, auf dieser Gleichung bestehen die Kettenhunde.

Mit den mühsam auf den Äckern und den Streuobstwiesen zusammengelesenen Lebensmitteln müssen immer mehr Mäuler gestopft werden. Aus allen Reichsteilen treffen ausgebombte Volksgenossen mit ihren Familien ein. Auch im Bäckerhaus wird eine junge Familie aus Berlin einquartiert, Günstlinge der Partei? Der Bäcker muss ihnen jedenfalls sein Schlafzimmer abtreten. Herr Eppstein aber macht sich nützlich, wo er kann. In Liselottes Gedächtnis verdient er sich einen Platz, weil er ihr bei der Bewältigung gewisser orthografischer und grammatischer Schwierigkeiten hilft. Die ihr aus der Volksschule bekannten Begriffe wie Hauptwörter, Tunwörter, Fürwörter, Beiwörter heißen nun Substantiv, Verb, Adverb usw. und klingen so fremd und sphärisch, dass sich einfach keine Vorstellung dazu einstellt. Auch die deutsche Groß- und Kleinschreibung macht Liselotte *mühe*, nach Herrn Eppsteins verdienstvollem Einsatz ist diese Mühe jedoch bewältigt.

Auch eine elsässische Familie ist im Ort einquartiert. Die ältere der beiden Töchter zieht immer wieder mal Liselotte zurate, wenn das Dorfleben der Familie Rätsel aufgibt. Im Herbst 44 ist der Familienvater, vielleicht ein zwangsrekrutierter Soldat, auf Fronturlaub. Auf seinem Weg nach Hause hat er den Bahnhof und das Sägewerk erreicht, als über den Berg ein Jabo herabstürzt und das Feuer eröffnet. Mehrere Kugeln durchschlagen seine Brust, mitten auf der Straße liegt er im Dreck. Seine sechzehnjährige Tochter, aufgeschreckt durch die Nachricht, rennt zu Liselotte in der Hoffnung zu erfahren, wo sie ihren Vater findet. Liselotte weiß es auch nicht, schaltet ihren Vater ein, der es beim Nachbarn, einem Rot-Kreuz-Helfer, der mit dem Einsammeln der Opfer beauftragt ist, schließlich erfährt: Er liegt im Krankenhaus. Liselotte begleitet das aufgewühlte Mädchen. Im Krankenhaus treffen sie auf die altersgeschrumpfte Schwester Alfiera. Im trockenen Ton einer im lebenslangen Dienst am Leiden abgeschliffenen Nächstenliebe sagt sie, und ihr Hühnerkopf pickt dabei Richtung Tür: »Der liegt do unte, in de Wäschkuchi.« Man hat die Leiche, so wie sie gefunden wurde, in der Waschküche auf den Tisch gelegt.

Die Tochter steht vor dem toten Vater und sagt: »Ihm klebt ja noch das ganze Sägemehl im Gesicht, ich will ihn waschen.«

Liselotte bittet Schwester Alfiera um eine Schüssel Wasser und einen Waschlappen. Die Tochter wischt dem toten Vater den Straßendreck und die Sägespäne vom Gesicht, reicht Liselotte den Waschlappen, die wringt ihn aus und gibt ihn zurück. Die Tochter hätte ihn auch mit ihren Tränen waschen können. Zumindest vom Dreck des Landes, dessen Machthunger er zum Opfer gefallen ist, soll er befreit werden, bevor er von der Geschichte verdaut und vergessen ist.

Fünfundsiebzig Jahre später wird Liselotte der Name dieses Mannes jedoch wieder einfallen. Er hieß Lafargue und liegt auf dem Friedhof in Hausach begraben.

# 21. VON AFFEN UND SÄUEN

Sonntagmorgen in der Wirtschaftsküche. Was an Bäckerarbeiten zu tun war, ist getan, es fehlt an Mehl, an Eiern, an allem, die Arbeit stockt. Der Beck und seine Frau sitzen um den Tisch, vor sich die Bögen zum Einkleben der Lebensmittelmarken. Die Mehlzuteilung erfolgt auf der Basis der Marken. Also Marken anlecken, in die kleinen Felder einpassen, aufpassen, dass keine Marke verloren geht. Anna würde die lästige Arbeit gern mit Verwünschungen begleiten, aber der Beck hört das nicht gern. Die beiden jüngeren Kinder sind auf der Stube, Gertrud ist zur Aufsicht abkommandiert. In der Ecke sitzt Liselotte, auf den Knien ein aufgeschlagenes Schulbuch. Sie macht Hausaufgaben. In die Stille sickert immer wieder ihr Gemurmel, wenn sie den zu lernenden Schulstoff halblaut vor sich hinsagt.

Nun wird der Beck hellhörig. »Was machsch du denn da?«, will er wissen.

»Na, meine Hausaufgaben«, antwortet Liselotte.

»Ja, aber von was redesch du denn da?«

»Na, die Darwin'sche Lehre.«

»So? Und was heißt das?«

»Der Mensch stammt vom Affen ab.«

Aus dem Bäckergesicht weicht die gewohnte Gutmütigkeit. »Des kannsch ruhig zumache, des Buch. Deswege schicke mer dich nit in die höhere Schul, damit du des lernsch. Sagsch deinem Lehrer ä schöne Gruß, uns isches egal, wenn er vom Aff abstammt, aber uns hat der Liebe Gott g'schaffe.«

Liselotte klappt das Buch zu, es gibt Schöneres zu tun an einem freien Tag.

Das Schulfach, in dem die Darwin'sche Lehre unterrichtet wird, heißt Lebenskunde, der damit beauftragte Lehrer ist ein Elsässer, auch Lehrer sind inzwischen Mangelware, und heißt Peter. Wer weiß, wie es ihn nach Hausach verschlagen hat, eine Laune des Krieges? Eine nationalsozialistische Gesinnung, die sich auf deutschem Boden besser beheimatet fühlt? Die Schülerinnen schwärmen für ihn, weil er jung und gutaussehend ist. Außerdem verteilt er keine Ohrfeigen und brüllt auch nicht herum. Er hat, was man ein Herz für Kinder nennt, ist selbst gerade Vater geworden. Die Nasen aller Schülerinnen kleben an den Fensterscheiben, wenn sie unten im Hof Lehrer Peter vorbeigehen sehen, einen Kinderwagen schiebend. Ein Mann, der einen Kinderwagen schiebt, Donnerwetter, schämt der sich nicht? Dabei gar nicht weibisch, das hat es bisher noch nicht gegeben. Wirklich, eine neue Zeit!

Lehrer Peter fragt also am folgenden Montag die Hausaufgaben ab, auch Liselotte kommt an die Reihe. Im vollen Vertrauen auf ihren Vater und die Nachsicht, auf die schon einige ihrer Frechheiten gestoßen sind, begründet Liselotte, warum sie die Darwin'sche Lehre nicht weiter studiert hat: »Ä schöne Gruß von meinem Vadder soll ich sage und uns isches egal, wenn der Herr Lehrer vom Aff abstammt, aber uns hett de Liebe Gott g'macht.« Lehrer Peter nimmt es gelassen zur Kenntnis, der weitere Unterricht verläuft unfallfrei.

Als Liselotte am späten Nachmittag, sie war wie üblich bis zur Abfahrt des Zuges bei der Freundin der Mutter, nach Hause kommt, erwartet die Mutter sie schon unter der Tür, die Hände in die Hüften gestemmt. Die Begrüßungsohrfeige trifft sie unvermutet. »Weil du dein freches Mul nit halte kannsch, hänse jetzt de Vadder g'holt. Der isch obe uff'm Rothus, was mache mer jetzt? Jetzt häns'n eig'sperrt.«

Ungeheuerlich, denkt Liselotte, mein Vater ein Gefangener, im Kerker wie der Graf von Monte Christo, ohne Licht, ohne Brot, wegen mir! Zusammen mit ihren Kameraden rennt Liselotte zum Rathaus. Sie haben einen Wecken dabei, den sie dem Vater heimlich zustecken wollen. Hinterm Rathaus ist ein Schuppen angebaut, betrunkene Randalierer und kleinere Ganoven landen dort. In der Holztür ist eine Klappe, durch das hölzerne Gitter lässt sich ein Blick ins Innere werfen. Vorsichtig ruft Liselotte nach ihrem Vater, einmal, zweimal, bis schließlich im Dunkeln eine Bewegung bemerkbar wird. Der Beck dreht sich herum auf seiner Pritsche. »Loss mi schlofe«, sagt er, »s'goht eh nit lang, dann losse si mich do rus. S'Krankenhus brucht schließlich Brot.«

Und der Beck täuscht sich nicht. Um 3 Uhr morgens, exakt die Uhrzeit, zu der er das Brot fürs Krankenhaus in den Ofen schieben muss, wird er entlassen. Dafür hat er vorgeschlafen. Seine christliche Seelenruhe und die Dauermüdigkeit der Bäcker sorgen auch in widrigen Umständen für tiefen weltvergessenen Schlaf.

1942 bekommt Zezzels Mädchen, die Paula, ihr erstes Kind, den Max, später wird noch ein Moritz dazukommen. Der Vater, ein strammer SS-Mann, ist im Krieg. Im Dorf wird gemunkelt, man habe ja schon von einer Ferntrauung gehört, aber eine Fernbefruchtung sei doch schon eine wunderliche Sache. Paula kommt im Bäckerhaus nieder. Als die Wehen eintreten, läuft eine aufgeregte Zezzel, ein Kissen an den Bauch drückend, über den Flur ihrer kleinen Wohnung im ersten Stock und kreischt: »Es kommt, es kommt.« Auch der neugierigen Liselotte kommt etwas, nämlich eine überfällige Erkenntnis. Die Kinder bringt gar nicht der Storch.

Zezzels Schwiegervater ist Parteigenosse und Kriminalbeamter. Sein Amt vollzieht er mit boshafter Leidenschaft, schnüffelt in allen Ecken und Winkeln, immer auf der Suche nach abweichendem oder feindlichem Verhalten, kontrolliert die Verdunkelung, überprüft den Befehl an die Handwerker, ihr Gewerbe nur bei Tageslicht auszuüben, um dem Stromnetz nicht kriegswichtige Energie zu entziehen. Für einen Bäcker eine vernichtende Order. Der Beck fürchtet deshalb den Spürhund, der nun alle paar Tage im Bäckerhaus auftaucht, um seinen Enkel zu besuchen. Mit seinen Besuchen fällt der drohende Schatten der Partei über das Haus.

Aus der Zezzel, die mit ihrem unehelichen Kind im Bäckerhaus Aufnahme aus christlicher Nächstenliebe erfahren hat, ist unter der Hand der potenzielle Feind im Haus geworden. Zezzel ist in der Partei und bekleidet ein Amt in der NS-Frauenschaft. Ihr Aufstieg von der Fabrikarbeiterin, der nur von den Liebhabern ihrer kunstfertig gedrehten Zigarren keine Verachtung entgegenschlug, zur glühenden Nationalsozialistin, geistig und nun auch blutsmäßig verwandt mit den lokalen Funktionären des Regimes, berechtigt sie nun, von einfachen Volksgenossen Achtung einzufordern. Der Beck muss aufpassen, was er sagt und wie er ihr begegnet. Er schlägt drei Kreuzzeichen, als die Familie, bestehend aus nun drei Generationen, auszieht, da ihre Wohnsituation im Bäckerhaus zu beengt geworden ist.

1943 werden auch die Beamten der Stadtverwaltung ausgetauscht durch Parteigenossen von außerhalb. Alte, über die Jahre gewachsene Seilschaften, oft auch Bekanntschaften seit Schulzeiten, die unterhalb des Radars der Partei ein oder beide Augen zudrückten, sind zerrissen. Der soziale Wind, der nun weht, ist um weitere Grade auf ein eisiges Niveau abgekühlt. Auch bei Tisch im Bäckerhaushalt wird kaum mehr gesprochen. Der führerbegeisterten Jugend ist nicht über den Weg zu trauen.

Zezzels alte Gewohnheit, an Sonntagen mit den Kindern des Beck Wanderungen in die nahe Natur zu unternehmen, behält sie jedoch bei. Anna und Otto nutzen den Urlaub von der Familie für ihre sonntäglichen Schmusereien, etwas anderes als Duldung der Zezzel-geführten Sonntagsmärsche kommt sowieso nicht infrage. Für Liselotte und Gertrud hat Zezzels und Paulas Auszug den Vorteil, dass sie Paulines Kammer verlassen und in Zezzels Zimmer einziehen können, zu Liselottes großer Erleichterung. Während der ganzen Dauer ihres Aufenthaltes in Paulines ehemaliger Kammer hat sich weder der stechende Geruch noch Liselottes Abscheu davor verzogen.

1942 und 43 findet kaum noch Schule statt. Die Lehrer sind eingezogen und ersetzt durch verletzte und kriegsuntaugliche Soldaten. Die Didaktik besteht hauptsächlich im Auswendiglernen von sogenannten Heldengedichten. Gedichte, gleich welchen geistigen Inhaltes, sind Mehl aus dem Sack des Bäckers. Liselotte muss sie in der Backstube vortragen. Ein Poem mit der wiederkehrenden Figur der »rollenden Wagen« muss sie so lange mit rollendem R wiederholen, bis der Beck die Wagen rollen hört.

1944, Liselotte ist 14 Jahre alt, wird sie zum Arbeitsdienst herangezogen. Bei der Firma Hengstler stellt man sie an eine Stanzmaschine. Ihre Aufgabe besteht darin, einen etwa 30 Zentimeter langen Eisenstab in die Maschine einzuführen, mit links fest in die Halterung so einzupressen, dass das Messer, das sie mit der rechten Hand über einen langen Hebel herunterdrücken muss, den Stab in einem 45-Grad-Winkel abtrennt. Die Präzision und Kraft, die dazu notwendig sind, fehlen ihr jedoch. Immer wieder landen Stäbe in der Tonne. Auf ihrer ersten Lohnabrechnung lassen die Abzüge wegen der Produktion von Ausschuss nicht viel vom Ertrag übrig. Als sie den Lohnstreifen nach Hause trägt, bricht der Vater in schallendes Gelächter aus. »Wirsch sehe, wegen dir werde mir noch de Krieg verliere.« Liselotte ist klug genug, den Witz nicht herumzutratschen. Offensichtlich sieht man das in der Organisation der Arbeitseinsätze jedoch ähnlich. Liselotte wird aus der Kriegsproduktion abgezogen und der Post zugeteilt. Nun muss sie die Geschäftssendungen innerhalb des Ortes verteilen. Dazu muss sie die auszutragende Post auf der zentralen Verteilerstelle abholen. Mit ihren 14 Jahren ist sie noch kaum entwickelt, ginge es nach ihr, würden ihren knabenhaft mageren Körper zwei Hosenbeine und ein Hemd umschlottern. So wenig sie selbst sich als Frau wahrnimmt, so wenig rechnet sie damit, dass irgendjemand etwas anderes in ihr sehen könnte als den Lausbub.

Auf der Poststelle sorgt Herr M., ein unauffälliger Familienvater, für die korrekte Verteilung der Briefsendungen in die entsprechenden Fächer. Er winkt der Neuen, die schüchtern an der Tür steht, zu, sie solle doch näherkommen. Dort oben im Regal seien die Briefe, die sie austragen solle. »Kommsch nit ran, wart, ich helf der.« Er tritt von hinten nah an sie heran, sie spürt seinen Atem, riecht seinen Achselschweiß.

»Do, des sin die Brief. Und, wie heisch du?«

»Liselotte«

»Aha, und wie alt bisch?«

»14«

»So, so, dann bisch jo uff'm beste Weg, ä junge Frau zu werde.«

»…«

»Hesch au schon ä Buse?«

»…«

»Zeig emol her.« Er fasst ihr an die Brust. Liselotte weicht zurück.

»Ich mach dr doch nix, musch kei Angst habbe.«

»…«

»Hesch au scho Hoor unterrum?« Liselotte steht schreckstarr in der Zimmermitte, in der Hand das Briefbündel.

»Na schön, hau halt ab, trag dei Brief aus, mir sehn uns.«

Sie ist schockiert. Sexualität war bis zu diesem Tag ein unbekanntes Thema für sie gewesen. Nie hätte sie gedacht, selbst im Zentrum dieses Themas zu stehen. Allein schon die Frage, ob sie denn schon Haare »untenherum« habe, hätte sie, selbst wenn sie gewollt hätte, gar nicht beantworten können, denn der Intimbereich gilt auch ihr als Einfallstor des Teufels, wo man nur im Dunkeln oder mit geschlossenen Augen kurz mit dem Waschlappen drüber huscht, den man aber niemals bei elektrischem Licht oder gar bei Tageslicht in Augenschein nimmt. Etwas Namenloses, Unbekanntes, aus einem kalten Sumpf Hervorkriechendes hatte sie angesprungen, grapscht nun an ihrem Körper herum, jagt ihr Ekel ein, der an ihr von innen nagt, aus den gleichen Tiefen des Selbst aufsteigt wie die Schuld, die sich als Komplizin des Ekels einstellt. Und niemand, dem sie sich mitteilen könnte. Der Anlass selbst ist nicht mitteilungsfähig, darüber spricht man nicht. Wie sollte sie auch sicher sein, dass der Schimpf nicht auf sie fällt, der Grapscher ist schließlich ein Erwachsener, zudem ihr Vorgesetzter. Dem gegenüber ein Recht geltend zu machen, ist ganz undenkbar. Die Gänge in die Poststelle fallen ihr zunehmend schwerer. Sie kundschaftet die Zeiten aus, zu denen er nicht da ist. Wenn das nicht möglich ist, schwänzt sie den Dienst, riskiert lieber die Strafe, die hart ausfallen kann, als diesem Mann zu begegnen. Ein vorzeitiges, unschönes Erwachen der Frau in einem bis dahin unbeschwerten Kind. Ihr Vertrauen in die Männer, gewonnen durch Männer wie ihren Vater oder ihren Onkel Gust, bekommt Risse. Ab sofort muss sie mit der Möglichkeit rechnen, dass sie in Männern nicht nur einen Beschützerinstinkt auslöst. Sie sieht an sich herunter, kann aber die Attribute gar nicht entdecken, die diesen Verhaltenswandel eines Mannes begründen könnten.

Der Bombenkrieg der Alliierten treibt immer mehr Volksgenossen in die vermeintlich sichere Provinz. Tante Matilde, ihr Mann Theodor, die Tochter Friedel und ihr inzwischen unehelich geborenes Kind verlieren ihr Haus durch einen Bombentreffer. Mit nassen Tüchern vor dem Mund können sie sich durch die Wanddurchbrüche ihres Luftschutzkellers ins Freie retten. Anfang 43 stehen sie nun mit ein paar Koffern vor dem Ladengeschäft. Liselotte und Gertrud müssen Zezzels Zimmer wieder räumen und ihr Quartier in der verhassten Pauline-Kammer aufschlagen.

Friedels Kind, ein Mädchen von drei oder vier Jahren, wird von Liselotte argwöhnisch beäugt, zu groß die Gefahr, kostbare Zeit für Lektüre oder Streifgänge mit den Buben opfern zu müssen, um dieses kleine plappernde Wesen zu hüten. Als die kleine Stadtpflanze jedoch den Wunsch äußert, das Schwein im Stall zu besichtigen, da sie noch nie ein Schwein gesehen habe, lässt sich Liselotte nur allzu gern herbei, mit ihr in den Stall zu gehen.

Durch die Stalltür fällt spärliches Tageslicht. Liselotte hebt das Mädchen auf die Latten des Verschlags, hinter dem die Sau im Stroh liegt, sich aber gleich entgegenkommend aufrappelt und zur Schau stellt.

Das Mädchen fasst Vertrauen: »Kann man auf der Sau auch reiten?«

»Freilich kann man auf der Sau reiten, habe ich schon oft gemacht«, ermuntert sie Liselotte.

»Toll, ich will mal reiten.«

Liselotte öffnet das Gatter zum Verschlag, holt die Sau heraus und setzt ihr das Mädchen auf den Rücken. Ein kleiner Windhauch drückt die Stalltür auf, der Geruch der Freiheit schwappt herein, findet den Weg in die feine Schnauze des klugen Tieres, das sich diese Gelegenheit, das Joch der Gefangenschaft und die kleine Reiterin abzuschütteln, nicht entgehen lässt. Das Mädchen landet im Mist, das Schwein saust im Schweinsgalopp durch die Stalltür hinaus auf die Brücke und von dort in den Kanal. Liselottes Geschrei alarmiert die Mutter, die sofort die Gefahr erkennt. Ein Schwein ist 1943 eine Kostbarkeit, außerdem würde man sich heftigen Ärger mit der Partei einhandeln, die ihren Anteil am Speck per Verfügung zwangseintreibt. Die Mutter hetzt also am Kanal entlang dem Schwein hinterher. Wasserstand und Strömung sorgen dafür, dass das vor Freude oder Angst quiekende Schwein den Gewerbekanal hinuntertreibt, unter der ersten Brücke durch, unter der zweiten, schon steuert es auf den Gumpen an der Lohmühle zu, wo es unter die Schaufeln des Mühlrades zu geraten droht. Beherzt springt Anna ins kalte Wasser, bekommt die Sau zu fassen, schafft es aber nicht, sie über die Kanalmauer in Sicherheit zu bringen. Da kommt zufällig der Kaplan des Weges. Der Mann Gottes steht nicht abseits, wenn Hilfe geboten ist, springt in seiner Soutane ins bauchtiefe Wasser und hilft, das in der Hälfte der Mast mittelschwer gewordene Tier an Land zu hieven. Der Wagner von nebenan sichert mit einem Seil das freiheitsliebende Tier gegen weitere Fluchtversuche. Anna bringt es zurück in den Stall, wo es bis zu seiner endgültigen Verwurstung den Traum der Freiheit weiterträumen kann. Liselotte wird durch eine Ohrfeige belehrt, dass Schweine keine Zirkuspferde sind.

# 22. DIE FRANZOSEN

Zu Beginn des Jahres 1945 fallen die ersten Bomben auf Hausach. Das eigentliche Ziel, den Bahnhof, verfehlen sie knapp. Den Treffer bekommt das in der Nachbarschaft stehende Haus ab. Im bis auf die Grundmauern zerbombten Gebäude findet man im Keller eine Mutter, die ihren Säugling umklammert hält, beide tot. Ihre größeren Kinder waren »verstellt« worden, man hat sie, wie viele andere Kinder im Ort, zu den Bauern in die Täler gebracht, wo die Gefahr aus der Luft geringer ist.

Das Nebenhaus wird ebenfalls beschädigt, eine Wand fällt heraus und das gesamte Obergeschoss stürzt ein. Sein Bewohner, ein alter Mann, wird zusammen mit dem Bett, in dem er lag, hinauskatapultiert. Als sich die Staubwolke legt, gibt sie den Blick frei auf ein grotesk verbogenes Bettgestellt, in dem ein blutiges staubbedecktes Bündel liegt. Seine Verletzungen wird er nicht überleben.

Den Bomben folgen die Truppen. Im April 1945 rücken die Franzosen mit einer Kompanie marokkanischer Hilfstruppen in Hausach ein. In einer Zangenbewegung links und rechts der Kinzig bewegen sich die Truppen auf das Städtchen zu. Der vorausfahrende Schützenpanzer feuert aus seinem Rohr in Richtung Schlossberg, ein kleiner Gruß an alle etwaigen Volkssturmleute mit Widerstandsgedanken. Die Stadt schickt eine Abordnung mit einer weißen Fahne voraus, bestehend aus dem Kaiser Otto, der als Rot-Kreuz-Helfer die friedfertigen Absichten des Städtchens repräsentiert, dem Ortsgendarmen als Vertreter der örtlichen Autorität und einem des Deutschen kundigen freigelassenen französischen Zwangsarbeiter, eine Geste des guten Willens, außerdem kann man ja nicht damit rechnen, dass der Feind die deutsche Sprache spricht.

Der französische Zwangsarbeiter erklärt den beiden deutschen Parlamentären auch gleich, wie sich der französische Hauptmann den Einmarsch in die Stadt vorstellt. Dem Kaiser Otto, seine leuchtende Rot-Kreuz-Binde hat eine gewisse Signalwirkung, befiehlt er, auf der Haube des vorausfahrenden Panzers unterhalb des Geschützrohres Platz zu nehmen und seine weiße Fahne sichtbar in die Höhe zu halten. Beim ersten Schuss, den ein Deutscher abgibt, trifft ihn ein zweiter, französischer, von hinten, wird ihm gesagt. Dem Kaiser Otto ist gar nicht wohl. Er weiß, es gibt immer noch Hitzköpfe, die vom Endsieg oder Untergang faseln. Zur Gruppe der fünf Volkssturmmänner und einiger versprengter Soldaten gehört auch Liselottes Onkel Gustav, der Mann der Tante, die Anna wegen falschen Wiegens verpfiffen hat. Der Kaiser Otto hat gesehen, wie sie, die Panzerfäuste geschultert, die Köpfe zusammensteckten und in schneidigem Ton die Möglichkeit diskutierten, die Kinzigbrücke zu sprengen. Auf jeden Fall aber wollten sie den ersten Franzosen, der ihnen vor den Karabiner läuft, erschießen. Er kann nur hoffen, dass der Pfarrer mit seinem Versuch, sie davon abzubringen, Erfolg hatte. So marschiert die Truppe also in das Städtchen ein.

Liselotte erlebt den Einmarsch der Franzosen im Ladengeschäft mit dem Vater und ihrer Schwester Gertrud. Die Mutter hat sich mit den beiden kleineren Kindern Brunhilde und Otto in den Schlossbergbunker geflüchtet, der jedoch keinen Platz für alle bietet. Hinter der Fensterscheibe im Laden, mit bester Sicht auf das Geschehen, sitzt der Vater auf der Sitzbank, umklammert rechts und links seine beiden größeren

Mädchen, die von Heulkrämpfen geschüttelt werden. Die ganze tausendjährige Herrlichkeit, im Eimer, das unbesiegbare Herrenvolk, ein kläglicher Haufen, der Krieg, verloren. Wo bleibt der Führer? Er hat doch in wenigen Tagen Geburtstag, und jetzt das. Und wo kommen bloß diese Franzosen her, die wir doch schon im Blitzkrieg besiegt haben? Dem Beck wird das Geflenne seiner beiden älteren Töchter zu viel.

Durch ihren Tränenschleier hindurch sehen sie, wie der Panzer mit dem Herrn Kaiser und seiner weißen Fahne vorn drauf auf der leergefegten Hauptstraße vorbeirollt. Hinter ihm eine ganze Kompanie Marokkaner auf Mauleseln. Und da besiegt dann doch die Neugier für einen Augenblick Liselottes Untergangsstimmung. Einen Maulesel hat sie noch nie gesehen, diese kleinen Tiere mit ihren Trippelschritten erinnern sie eher an Zirkuspferde. Auch die Reiter würden in einen Zirkus passen, so exotisch kommen sie ihr vor. In abgewetzte lange Mäntel gehüllt, unter ihrem schmutzig-weißen Turban braungebrannte verwegene Gesichter mit schwarze Blitze verschießenden Augen, im Mund einen Krummsäbel, den Karabiner quer über den Sattel gelegt, sind sie genau die Gestalten, mit denen Liselotte in ihren Lesestunden die Welt aus 1001 Nacht bevölkert hat. Und nun reiten diese abenteuerlichen Wüstenbewohner leibhaftig durch den Schwarzwald. Fantastisch. Das fügt der Düsternis doch gleich ein paar Farbtupfer hinzu. Dahinter traben die französischen Offiziere auf richtigen Pferden, den Abschluss bildet wieder ein Panzer. Hinter nasenbreit geöffneten Gardinen beobachten die Bürger die Übergabe der Stadt an den Erzfeind.

Am Rathaus empfängt sie der Dorfpolizist Herr Bart und der Vize-Bürgermeister. Der hauptamtliche, ein Parteigenosse, hat sich aus dem Staub gemacht. Die Übergabe der Stadt erfolgt friedlich, kein Schuss fällt. Die Soldaten der Widerstandsgruppe haben es vorgezogen, nach Hornberg abzumarschieren, wo sich Gerüchten zufolge versprengte Soldaten sammeln, um dann gemeinsam die Flucht anzutreten. Die fünf Helden vom Volkssturm hat dann doch der Mut verlassen, als sie den Panzer gesehen haben. Sie versteckten sich im nahen Wald, wo eine französische Patrouille, die die Flanken absichert, auf sie stößt, sie kampflos entwaffnet und festnimmt. Später werden sie auf einen Lastwagen gesetzt und abtransportiert. Zwei Jahre lang hört man nichts von ihnen. Die Familien wissen nicht, was mit ihnen geschehen ist, ob sie in Kriegsgefangenschaft geraten sind oder standrechtlich erschossen wurden. Da sie nur als vermisst gelten, aber nicht als gefallen, wird den hinterbliebenen Ehefrauen keine Witwenrente ausbezahlt.

Dann kommen vier der ehemaligen fünf Volkssturmmänner zurück. Onkel Gustav fehlt. Die vier erzählen, sie seien nach Frankreich gebracht worden, wo sie das von den Deutschen verminte Gelände säubern mussten. Gustav habe das Pech gehabt, zu dem Räumdienst zu gehören, der mit dem LKW über eine deutsche Panzermine gefahren ist. Der Fahrer und alle Männer auf der Pritsche seien dabei ums Leben gekommen. Das traurige Ende hat für die nun verwitwete Tante auch eine gute Seite. Sie bekommt jetzt Witwenrente.

Noch hat das Deutsche Reich nicht kapituliert, es herrscht Kriegsrecht und die Besatzungstruppen greifen energisch durch. Der französische Zwangsarbeiter wird kurzfristig zum Bürgermeister ernannt. Er benennt die Familien, die die ihnen zugewiesenen Kriegsgefangenen menschlich behandelt haben, und diejenigen, die an ihnen die vom Regime gewünschte Brutalität vollstreckt haben. Mit Genugtuung sieht Liselotte, wie ihr alter Lehrer Kressbach mit einem Besen die Straße fegen muss. Eine milde Strafe für die erlittenen Schläge auf den Kopf, denkt sie.

Die Ernährungslage ist katastrophal, das Schlachtvieh, Hühner und Schweine im Wesentlichen, das die von den Nazis verhängte Abgabepflicht überlebt hat, wird nun von den Besatzungstruppen requiriert. Die Marokkaner, die als französische Hilfstruppen selber kurzgehalten werden, greifen besonders gerne zu, um ihre magere Kost aufzubessern. Der eine oder andere kann zwar seine heimlich im Keller gemästete Sau vor der Beschlagnahmung retten, spätestens aber bei der Schlachtung sind Bestechungsleistungen in Naturalien fällig, in Wurst oder Speck, wenn man verhindern will, dass Nachbarn oder der Dorfpolizist Meldung machen. Das Regime der Essensmarken ist also weiterhin in Kraft. Kompromittierten Familien wird nun mit gleicher Münze heimgezahlt, sie bekommen die Hungerrationen zugeteilt, mit denen die Nazis die Bevölkerung im besetzten Frankreich an den Rand des Hungertodes getrieben hat.

Der Beck und seine Familie werden geschont. Wenn er in seiner weißen Bäckermontur unter der Tür seines Ladens steht, ein würdiger älterer Herr mit einem mächtigen Schnurrbart, dann zeigen auch die zum Marodieren aufgelegten marokkanischen Soldaten Respekt, ein Respekt, der vielleicht seinem uralten, lebensnotwendigen Handwerk gilt. Niemand fasst seine Frau und seine Töchter an.

Auch Onkel Gust erfährt die Fürsprache der Zwangsarbeiter. Ihm war 1943, nach dem Austritt Italiens aus dem Stahlpakt und der Gründung der Republik von Salò, die Beaufsichtigung der »italienischen Militärinternierten«, der sogenannten »Badoglio-Italiener«, übertragen worden, in Hausach eine Gruppe von vielleicht 20 Männern, die im dortigen Walzwerk schuften mussten. Es waren im rechtlichen Sinne keine Kriegsgefangenen, Zuwendungen durch das internationale Rote Kreuz entfielen somit. Hitler hatte ihnen diesen Status zugewiesen, um sie als Arbeitskräfte in der Rüstungsindustrie einsetzen zu können. Mit dem Druckmittel des Nahrungsentzuges machten ihre Aufseher sie gefügig. Gust traf eine Abmachung mit den Italienern. »Wenn ihr zu mir anständig seid und nicht abhaut, bin ich zu euch anständig und drück zwei Augen zu.« Keiner erhob Anklage gegen ihn bei ihren Befreiern.

Auch französische Zwangsarbeiter legen in vielen Fällen ein gutes Wort für die Familien ein. Der Vize-Bürgermeister bittet um Schonung der Zivilbevölkerung. Doch nicht alle kommen ungeschoren davon. Es kommt zu Plünderungen und zu Vergewaltigungen.

Besonders hart trifft es Gisela. Sie wohnt bei einer Tante und deren Tochter, die etwa im gleichen Alter ist. Männer befinden sich nicht im Haus, der Sohn ist gefallen, der Vater noch im Krieg. Alle drei Frauen werden in einer Nacht von mehreren Marokkanern vergewaltigt. Am Morgen sind sie so zugerichtet, dass alle drei ins Krankenhaus eingeliefert werden. Gisela bleibt eine Woche in stationärer Behandlung. Es wird gemunkelt, sie habe genäht werden müssen. Liselotte merkt sich den Satz, versteht ihn aber nicht. Ihr selbst bleibt dieser Schrecken erspart, ihre knabenhafte Gestalt und die Ausstrahlung des Vaters schützen sie.

Am ersten Sonntag nach dem Einmarsch der französischen Truppen besucht der Beck den Gottesdienst. Sichtlich bewegt kehrt er nach Hause zurück und berichtet seiner Frau, in der Kirche seien auch die französischen Offiziere gewesen und hätten mit den Deutschen gebetet. Es habe eine versöhnliche, fast friedliche Stimmung geherrscht. Wahrscheinlich seien beide Seiten froh gewesen, dass die Einnahme der Stadt ohne Schusswechsel und Tote abgelaufen sei. Diese Geste der Sieger habe ihn schwer beeindruckt. Sein Staunen über den Verzicht auf Rache wäre sicher noch größer gewesen, hätte er von dem Massaker der Waffen-SS in Oradour gewusst, das die französische Nation mit einem tiefen wundbrandigen Abscheu erfüllt hat.

Liselotte und Gertrud gelingt es weniger schnell, in den fremden Soldaten den Menschen zu erkennen, immer wieder treibt es ihnen die Tränen in die Augen. Schließlich wird es dem Vater zu viel: »Jetzt heert ämol uff zu plärre, au Soldate esse Brot«, weist er sie zurecht. Und auch eine kleine Spitze kann er sich nicht verkneifen: »Jetzt hetts dem Führer de Geburtstag verhagelt, dies Johr wird er kei Freud dran habbe.«

Eine Woche nach dem Einmarsch betritt der Übersetzer der französischen Streitkräfte die Backstube und fragt den Beck, ob er in der Lage sei, mehrere Bleche Apfelkuchen für die französischen Offiziere zu backen. »Freilich«, antwortet der Beck, »aber ich habe kein Mehl.« Daraufhin wird ihm ein Sack Mehl in die Backstube geschickt, Weißmehl von einer Qualität, wie er es seit Jahren nicht mehr gesehen hat. Das Bäckerherz pocht beim Gedanken, dass sich da vielleicht auch was abzweigen ließe. Das Mehl kommt aber mit Begleitschutz. Zwei Marokkaner lümmeln sich auf die Stühle, Gewehr bei Fuß, scharfe Blicke auf die Waage gerichtet, auf der die Menge für die Kuchen abgemessen wird. Die Mutter schickt derweil die Kinder los zu den Nachbarsfrauen mit dem Auftrag, so viele Äpfel einzusammeln, wie sie entbehren können. Ende April sind die Reserven im Keller nahezu aufgebraucht. Wer Zeit hat, ist außerdem eingeladen, beim Apfelschälen zu helfen. Es kommt genug zusammen, sodass der Beck zwölf Bleche mit Äpfeln belegen kann. Als er sie in den Ofen schieben will, kommt Bewegung in die zwei marokkanischen Soldaten. Sie zählen sie ab, geben dem Beck einen Klaps auf die Schulter und verschwinden für die Zeit, die der mit Äpfeln belegte Teig braucht, sich in einen leckeren Kuchen zu verwandeln. Stunden später torkeln sie krakeelend in die Backstube zurück. Die Zeit haben sie genutzt, sich besinnungslos zu betrinken. Als sie die fertigen Kuchen sehen, verwandelt sich ihre gute Laune in puren Übermut, mit beiden Händen grapschen sie in die Bleche hinein, reißen Stücke heraus, stopfen sich eines in den Mund und werfen dafür drei andere an die Wand. Einwände, flehentlich vorgetragen vom Beck und seiner Frau, lassen sie nicht gelten, methodisch arbeiten sie sich von Blech zu Blech voran. Immer mehr Stücke landen an der Küchenwand, bleiben dort kleben, fassungslos bestaunt von der Bäckerfamilie, die inzwischen, Hände in den Haaren, nach Luft japst vor hilfloser Empörung. Schließlich findet der Beck den Ausgang aus seiner Schreckstarre. Liselotte soll sofort die Offiziere verständigen, sie wisse ja, wo die wohnen, was auch stimmt, denn Liselotte hat bereits neugierig die beiden Töchter eines Offiziers bemerkt.

Es dauert auch nicht lange, bis der Offizier erscheint, die Panik in Liselottes Blick braucht keinen Dolmetscher. Er nimmt die zwei Trunkenbolde mit, zurück bleibt der unbrauchbar gewordene Kuchen.

Die Mutter trommelt die Nachbarsfrauen zusammen, deren Äpfel dieses unrühmliche Ende gefunden haben, und gemeinsam kratzen sie die Reste der Kuchen von der Wand. An Geschmack haben sie nichts eingebüßt. Nach langen Jahren der Entbehrung können sich die Bäckerfamilie und die ganze Nachbarschaft den Bauch mit köstlichem Apfelkuchen vollschlagen.

Abgesehen von solchen kulinarischen Feiertagen wird die Versorgungslage immer dramatischer. Das Städtchen bringt nicht genug hervor, um die Bevölkerung, die große Zahl an Kriegsflüchtlingen und die Besatzungstruppen sattzubekommen. Das wenige Mehl, das für das tägliche Brot zur Verfügung steht, wird mit allerlei Zusatzstoffen gestreckt: mit

Kleie, Maismehl, gemahlenen Kartoffeln, Kastanienmehl. Zu Ölgewinnung werden Bucheckerle gesammelt. Kinderbrigaden durchstreifen die Wälder auf der Suche nach Verwertbarem. Um von außerhalb Lebensmittel heranzuschaffen, wird der Beck als erster Händler mit einem Laissez-passer, einem Passierschein, ausgestattet.

Im Auto mit Holzgasgenerator geht es bei schönstem Spätsommerwetter nach Bühl. Liselotte fährt mit, sie führt die Liste mit den Einkäufen. Oben auf der Liste stehen die Bühler Zwetschgen. Aber auch unterwegs hat der Beck seine Lieferanten, bei denen er das eine oder andere an der Besatzungsmacht vorbei einstecken kann. Liselotte obliegt die Überwachung der Einkäufe, ständig muss sie abzählen, ob noch alles da ist, gerade an den Kontrollstellen drohen immer wieder Diebstähle. Die Fahrt durch den spätsommerlichen Schwarzwald entschädigt sie jedoch dafür. Der Holzvergaser zieht die Reise gewaltig in die Länge, alle fünf Kilometer hält der Fahrer, um seinen Vergaser zu reinigen. Liselotte hält die Nase in den Fahrtwind, nichts fehlt, ihr Debüt als Aufseherin ist gelungen, der Vater zufrieden, die Bäume grüßen freundlich vom Waldrand, am Abend scheint ihr, sie sei drei Zentimeter gewachsen.

Mit 16 wird sie der Vater für groß genug befinden, ihr die Einkaufsgänge zu den Märkten allein anzuvertrauen. Mit ihrem Laissez-passer, dem Einkaufszettel und Geld springt sie auf die Lastwägen, die sie in die umliegenden Schwarzwaldstädtchen bringen, lernt auf diese Weise ihre nähere Heimat kennen, feilscht mit den Händlern, bringt körbeweise Obst nach Hause und registriert mit Genugtuung, wie ihr Selbstvertrauen wächst.

Im Städtchen arrangiert man sich mit der Besatzungsmacht. Die requiriert nicht nur jedes Schwein und jede Kuh, die sie zu Gesicht bekommt, sie beschlagnahmt auch die

Wohnungen kompromittierter Bürger, um ihre Offiziere einzuquartieren. Schon bald holen die Offiziere ihre Ehefrauen und Kinder nach. Die Bäckerei muss zwar keine Franzosen beherbergen, aber die marokkanischen Soldaten nutzen ihre Scheune, um die Maulesel unterzustellen. Die Scheune befindet sich über der Brücke in der anschließenden Gasse. Da die Familie ein Kornfeld für den Eigenbedarf besitzt, hat sie die Scheune angemietet, um dort das Stroh für ihre Tiere zu lagern. Der Heuschober liegt im zweiten Stock, an der Seite führt eine Treppe hinauf. Das Erdgeschoss musste von Gerätschaften freigeräumt werden, damit die Marokkaner dort ihre Tiere versorgen können. Das Stroh nutzen auch sie.

Bisher war es die Aufgabe der Mädchen, jeden Freitag auf den Schopf im zweiten Stock zu steigen, das Stroh runterzuwerfen, mit einer Schubkarre in den Stall zu fahren und es unter die Kuh und das Schwein zu schaufeln. Seit der Anwesenheit der Marokkaner ist ihnen das streng untersagt, die Mutter traut den wilden Kerlen nicht.

Das Misstrauen ist durchaus gegenseitig. Einer der Marokkaner stellt sich jeden Abend Punkt halb sieben in der Arbeitsküche ein. Dann erscheint Anna mit zwei Eimern Milch, eine Spende der Kuh, die sie im Stall hält und am Abend melkt. Anna ist vorbereitet. Auf dem Tisch stehen bereits zwei Becher. Vor seinen Augen wischt sie nun die Becher mit einem Tuch aus und füllt sie mit der frisch gemolkenen Milch. Nun trinkt Anna, die Milch verabscheut, ihren Becher aus, sie kneift die Augen zusammen, als könne sie so verhindern, dass ihr der verhasste Milchgeruch in die Nase steigt. Dann trinkt auch der Marokkaner. Einen schwachen Versuch, ihm mit den Händen zu erklären, dass sie Milch nicht mag, ja geradezu eklig findet, hat sie schnell wieder abgebrochen.

Nachdem der Wüstensohn eine Woche lang oder auch länger keine Vergiftungserscheinungen gezeigt hat, wird er zutraulicher, schöpft sich auch mal selbst aus dem Eimer, lacht der Hausfrau zu, die ihn immer freundlich mit seinem Lieblingsgetränk versorgt.

Auch Liselotte hat die Scheu vor den Marokkanern, die sie zu Beduinen verklärt, verloren. Überhaupt sind mit der Anwesenheit der Franzosen einige interessante Mädchen in den Ort gekommen. Eines heißt Miriam, ist die Tochter eines französischen Offiziers und stammt aus Marseille. Liselotte hat ein paar Brocken Französisch memoriert aus der Bekanntschaft mit der jungen Elsässerin, die ihren toten Vater gewaschen hat. Vieler Worte bedarf es aber nicht, um sich gegenseitig Sympathie zu bekunden. Was sich im Flug oder in der Hitze der Konversation an Redewendungen aufschnappen lässt, das wandert in Liselottes Gedächtnis und wartet dort brav, bis sich eine Bedeutung dazu gesellt.

Miriam nimmt Liselotte auch in ihre Unterkunft mit, wo sie oft auf den Vater treffen. Es herrscht ein Kommen und Gehen, andere Offiziere gesellen sich dazu, man grüßt, man scherzt, klopft sich auf die Schulter, die Männer, so sieht es aus, haben viel zu lachen. Eine sympathische Gesellschaft von Freunden. Da Miriam bei ihrem Vater steht, glaubt sich auch Liselotte berechtigt, als Augen- und Ohrenzeugin zugelassen zu sein. Was geredet wird, versteht sie nicht, aber sie meint, die Situation wiederzuerkennen. Auch wenn ihr Onkel Gust die Backstube betritt, kommt es zu solchen, mit Schulterklopfen begleiteten Wortwechseln im Geist herzlich gemeinter Ruppigkeit.

Zurück von einer solchen Geselligkeit im Offiziershaushalt trifft Liselotte auf den milchtrinkenden Marokkaner. Im Stolz auf ihr frisch erworbenes Wissen der französischen Sprache stürzt sie auf den Mann zu, gibt ihm einen Klaps auf die Schulter und begrüßt ihn mit herzlich gemeinten Worten auf Französisch, quasi akzentfrei.

Dem Marokkaner fällt die Kinnlade runter, dann klappt sie wieder zu, mit einem Griff packt er Liselotte am Kragen, schleift sie zur Arbeitsküche hinaus auf die Brücke und von dort die Gasse hoch. Anna rennt ihm hinterher, die Hände zum Himmel gereckt, als wolle sie Gottes Beistand gegen den Teufel erflehen. »Hilfe, er holt mer s'Kind.« Alle zusammen rennen sie einem Offizier in die Arme, der just in diesem Augenblick von oben in die Gasse biegt. Der Mann breitet die Arme aus. »Tranquille«, ruft er, »was ist hier los?« Es ist ein des Deutschen kundiger Offizier, der mit der Verbindung zur Zivilbevölkerung beauftragt ist und sowieso gerade dem Beck einen Besuch abstatten wollte. Der Marokkaner, dem immer noch die Empörung im Gesicht steht, schildert seine Darstellung des Vorfalls und der Offizier bricht in dröhnendes Gelächter aus. Nun möchte er von Liselotte wissen, wie sie dazu komme, diesen Satz zu sagen. Nun, meint sie, sie habe doch nur wiederholt, was sie im Haus der Offiziere gehört habe. Da alle gelacht hätten, habe sie angenommen, es würde etwas Freundliches bedeuten. Nein, klärt sie der Offizier auf. »Bonsoir, salaud, comment ça va« heiße »Guten Abend, du Drecksack, wie geht's?« und sei leider im Kreis französischer Offiziere oft zu hören. Man müsse aber schon den komischen Humor französischer Offiziere haben, um aus diesen Worten keine Beleidigung heraus zu hören.

Es dauert nicht lange und der französische Verbindungsoffizier, Adjudant Sutrie, stellt sich beim Beck vor. Die Militärverwaltung sucht zuverlässige, nicht kompromittierte Bürger, mit denen sie die von Nazis gesäuberten Amtsstellen besetzen kann. Der Beck lehnt ab. Seine Arbeit und die im Rahmen seines christlichen Glaubens übernommenen Freiwilligendienste, sein Beitrag im durch den Krieg ausgedünnten

Kirchenchor würden einen weiteren Einsatz für die Gemeinschaft nicht zulassen. In seinem Gefolge befinden sich weitere Offiziere, Elsässer zumeist, die Deutsch sprechen und gern in der Backstube auf ein Schwätzchen vorbeischauen. Und in seiner Begleitung sind oft seine beiden Töchter anzutreffen, Nicole und Agnès. Liselotte hat sie schon, noch auf Steinwurfdistanz, umschlichen und Witterung aufgenommen. Nun freunden sie sich an. Im Unterschied zu Miriam, der Marseiller Großstadtgöre, bei der Liselotte die Gossensprache der Soldaten aufschnappt, sind Nicole und Agnès gut erzogene und brave Mädchen. Alle drei aber füttern sie Liselottes Hunger nach französischen Vokabeln und Redewendungen, deren Klang sie entzückt, die sie nachspricht, die sie schneller phonetisch memoriert als ihr Verstand mit der Aufschlüsselung ihrer Bedeutung hinterherkommt. Im Gegenzug bietet sie den Mädchen Kenntnisse der deutschen Sprache an, noch ohne große Ahnung davon, dass die mit dem Schwarzwälder Dialekt schon 100 Kilometer weiter nördlich kaum noch verstanden würden. Erst viel später, da ist Liselotte schon 50 Jahre alt, findet sie endlich die Zeit, einen Sprachkurs zu besuchen. Die damals ohne Kenntnis ihrer Bedeutung angelernten Sätze bringt sie leicht aus ihrem Gedächtnis hervor. Die Lehrerin des VHS-Kurses, eine Muttersprachlerin, ist pikiert: »Madam«, sagt sie, »wo aben sie das geört? Sie sollten es vergessen.«

Anfang Mai ordnet die Kommandantur an, dass der Gewerbebach abgeschlagen wird. Es ist das zweite Mal in kurzer Zeit. Zuletzt war sein Wasser in der Karwoche, wie es seit alters her Brauch ist, abgelassen worden, damit die Haslacher Fischer leichtes Spiel beim Fischfang haben. Die Fische waren bestimmt für die Teller der gläubigen Christen, denen Fleisch zu essen in der Passionszeit verboten ist. Nun also soll das Wasser ein zweites Mal abgelassen werden. Gesucht werden jedoch nicht die Fische, die eventuell überlebt haben, sondern Waffen. Mit dem sich abzeichnenden Einmarsch der Franzosen haben sich die Parteigenossen und Angehörigen der SS, der SA und sonstiger Verbände all der Dinge entledigt, an denen sie zu erkennen gewesen wären. Viele haben ihre Hitler-Porträts, ihre Fahnen und Uniformen, aber auch ihre Waffen vergraben, verbrannt oder eben in den nahen Gewerbekanal geworfen. Am Sägewerk unten staute sich alles, was von der Strömung fortgetragen wurde, der Säger musste seine Stellfallen öffnen, damit der ganze Nazi-Plunder in die Kinzig geschwemmt wurde. Manches aber, da aus Metall und nicht schwimmfähig, liegt noch auf dem Grund des Kanals. Nun krempeln sich französische Soldaten die Hosen hoch, waten den Kanal hinunter und sammeln deutsches Schießgerät ein. Willige Helfer haben sie in den vielen Kindern, die jedes Fundstück unter Gejohle bei den Soldaten abgeben. Nur der kleine Bruder Otto will die Damenpistole behalten, die er gefunden hat und als seinen Besitzstand nach Hause trägt, wo sie ihm die Mutter abnimmt. »Die bruchsch jetzt nimmi, de Krieg isch vorbi.« Bis sich die Erkenntnis auch in Berlin durchsetzt, vergehen noch drei Tage, dann kapituliert auch das Deutsche Reich.

Nicht nur auf Liselotte machen die jungen Französinnen Eindruck. Auch die jungen Männer erliegen ihrem Charme. Besonders auf einen jungen Mann, allgemein nur der schöne Ernst genannt, der mit seinen siebzehn Jahren schon so viel Mut zur Eitelkeit aufbringt, dass er mit Hut durch das Städtchen stolziert, ist die Wirkung enorm. Bisher war er bekannt dafür, dass er die Mädchen zum Schmachten brachte, wenn er sie mit seinem Charme umgarnte, immer spielerisch, immer kokett, seinem Namen zum Trotz, aber die Mädchen nicht allzu ernst nehmend. Liselotte hat er bisher links liegen gelassen: zu flach, zu unweiblich. Nun hat es ihm Agnès angetan.

Der Liebeszauber wirkt auf die Entfernung. Sich Agnès zu nähern, ist nicht so leicht wie bei den lokalen Schönheiten. Das Gefälle zwischen dem Lümmel vom Land, Angehöriger einer besiegten Nation, die sich die Verachtung der Welt zugezogen hat, und der französischen Offizierstochter ist viel zu groß. Der schöne Ernst leidet das Schicksal Romeos, die Liebe kann sich jedoch an sozialen Schranken nicht geschlagen geben. Wieder ist Liselotte als Kupplerin gefragt. Sie ist oft im Dorf mit Agnès zu sehen. Der schöne Ernst zeigt also plötzlich ein Interesse an Liselotte, das ihr eine ungewohnte Überlegenheit in die Hände spielt. Sein Drängen bei Liselotte auf ein arrangiertes Treffen führt tatsächlich zu intensiveren Kontakten zwischen den beiden Mädchen. Aber nur mit dem Ergebnis, dass das diabolische Freundinnenpaar sich über seine Liebesqualen amüsiert. Auch die verschmähten Ortsschönheiten werden als Zuschauerinnen mit immer neuen Fehlschlägen des liebeskranken Herzensbrechers unterhalten und von ihrem Groll befreit. An der Schwelle zur Pubertät ist die Liebe für Liselotte immer noch der Stoff, aus dem Komödien gemacht sind.

Der Hormonhaushalt ihres Freundesbundes mit den Buben, die nun Kerle geworden sind, ist nach wie vor der alte. Man besteht zusammen Abenteuer. Mit Arthur schleicht sie eines Nachmittags zur Scheune in der Gasse, in der die marokkanischen Soldaten ihre Maulesel untergestellt haben, um Stroh für ihre Stalltiere zu holen.

Das Verbot, in die Domäne der Marokkaner einzudringen, besteht immer noch, ist aber schon abgeschliffen durch das zum Alltag gewordene Besatzungsregime. Vorsichtig öffnen sie die Scheunentür einen Spalt, keine Marokkaner zu sehen, also rein, die seitliche Treppe hoch auf die Tenne, wo das Stroh lagert, das sie nun in großen Ballen hinunterwirft, wo Arthur es aufschichtet, fertig zum Abtransport. Plötzlich schreit Arthur: »Lislott, sie komme, schnell, spring, spring«, und macht sich aus dem Staub. Und Liselotte springt. Mit wehendem Rock springt sie von der Tenne auf den Strohhaufen und von dort direkt in die Hände eines der zwei Marokkaner, die eben die Scheune betreten haben. Der hat sie fest im Griff, schaut sich neugierig seine Beute an. Liselotte schaut wenig verängstigt zurück und übernimmt die Kommunikation mit einem Spruch, den sie gelegentlich von Miriam gehört hat, wenn sie in eine knifflige Situation geraten ist. »Va chez les Grecs faire papa Outeé.« Der Spruch ist ein Sesamöffne-dich. Der Mund des Marokkaners geht auf, die Augen weiten sich und auch die Hand, mit der er sie fest umklammert hält, erschlafft. Das Überraschungsmoment nutzend rettet sich Liselotte aus der Scheune in Sicherheit. Der Vorfall bleibt folgenlos. Auch hier ist es die Französischlehrerin, die 35 Jahre später die Übersetzung beisteuert. »Madame«, sagt sie errötend, »das sind serr schmützige Worte. Isch kann nicht wörtlich wiederolen. Sie aben gesagt, sinngemäß, ›verschwinde und mach, was Omosexuelle machen‹«.

# 23. DIE JUNGE FRAU

Im Herbst 1945 nimmt die Schule wieder ihren Betrieb auf. Liselottes Mittelschule in Wolfach ist jedoch durch den Krieg so schwer beschädigt, dass sie als Unterrichtsort nicht infrage kommt. Die Hausacher Schüler fahren in die knapp vierzig Kilometer entfernte Kreisstadt Offenburg. Morgens geht ein Zug, zurück erst wieder am späten Nachmittag. Offenburg ist jedoch auch Garnisonsstadt der französischen Besatzungsmacht. Soldaten bestimmen das Stadtbild, darunter die zahlreichen marokkanischen Hilfstruppen. Die Angst der Familien, die Mädchen könnten in die Hände lüsterner Angehöriger des Erbfeindes geraten, sitzt tief. Einige Familien tun sich zusammen und mieten bei der Mutter des Hausacher Tuchhändlers, ein Nachbar der Bäckerei, ein Zimmer, wo sich die Mädchen vor und nach der Schule aufhalten können. Die Bezahlung erfolgt in Naturalien. Liselottes Anteil an der Gemeinschaftsmiete ist ab und zu ein Laib Brot. Verhext nur, dass die alte Zimmerwirtin im dritten Stock des Hauses wohnt und die Mädchen auf dem Weg zu ihr an der Wohnung im zweiten Stock vorbeigehen müssen. Dort lauert vor ihrer Wohnungstür eine ältere Frau auf die Überbringer der Naturalmiete, in Zeiten der Not eine begehrte Beute. Mit einem bösen Grinsen versperrt sie Liselotte den Weg nach oben, ein hexenhafter Finger krümmt sich und kommandiert Liselotte, näherzukommen, die Blicke eine offene Drohung, wenige giftig hervorgestoßene Worte und Liselottes Angsthypnose ist fertig, das Brot für die alte Dame verschwindet in der Kittelschürze der Hexe. Liselotte ist so eingeschüchtert, dass sie nicht zu widersprechen wagt. Auch zu Hause sagt sie nichts, aus Angst, aus Scham, sie weiß es nicht.

Erst als die Zimmerwirtin über ihren Sohn anfragen lässt, wo denn die versprochene Brotlieferung bleibt, muss Liselotte rausrücken mit der Sprache. Schluchzend gesteht sie den Mundraub und ihre Angst vor der Diebin. Nun kommt die alte Dame, wenn die Mädchen eintreffen, bis zur Haustür herunter und begleitet sie nach oben. Der Hexenspuk ist vorbei.

Mit seiner Dauer verliert auch das Besatzungsregime seinen Schrecken. Wenn sich eine Mitfahrgelegenheit bietet, springen die Mädchen auf einen der Lastwagen, mit denen die französischen Soldaten das Kinzigtal hoch und runter fahren. Vor allem die Marokkaner haben es Liselotte und ihren Freundinnen angetan. Es sind lustige Gesellen, mit denen sich auf der Pritsche allerlei Spaß treiben lässt.

Mit der neuen Schule erweitert sich auch Liselottes Interessenkreis. Sie entdeckt die Musik. Beim Vater muss sie nicht lange betteln, dass er ihr eine Gitarre kauft. Er ist dem Gesang und dem Musizieren sehr aufgeschlossen. Die Nachmittage nach der Schule nutzt sie nun, sich bei der Musiklehrerin die ersten Griffe zeigen zu lassen. Sie zeigt neben ihrem Ehrgeiz durchaus Talent.

In Steinach steigt der Schüler Georg in den Zug. Er ist ein paar Jahre älter und besucht eine höhere Klasse in Offenburg. Georg oder »de Schorsch«, wie er allgemein genannt wird, ist der Schwarm der Mädchen. De Schorsch weiß das und verteilt seine Gunst großzügig. Auch Liselotte kommt eines Tages in den Genuss von Schorschs Charme, forsch gibt de Schorsch der Kleinen mit der Gitarre einen Kuss auf die Backe. Liselotte ist mächtig stolz. Bisher wurde sie von den Jungs überhaupt nicht wahrgenommen, zu flach, kaum eine Andeutung von Weiblichkeit. Doch mit einem Kuss vom Schorsch lässt es sich fein renommieren, ein Kuss gibt sogar der Natur einen Hormonstoß.

Am nächsten Tag tritt eine Mitschülerin zu ihr ins Abteil und sagt: »Bruchsch der nix eibilde, de Schorsch isch im Abteil do vorn und gibt grad nem andere Maidli ä Kuss, sogar uff de Mund.« Unerhört. Mit einem Satz ist Liselotte auf dem Weg ins nächste Abteil, die Gitarre fest im Griff, entdeckt auch gleich den Schorsch im angeregten Gespräch mit anderen Mädchen, erspart sich langes Reden und schlägt ihm die Gitarre auf den Kopf. Großes Gejohle, Ehre gerettet, aber Gitarre kaputt. Durch den fraulich ausgebauchten Klangkörper zieht sich ein schöner langer Riss. Beim Vater um Ersatz zu betteln, das weiß sie, ist sinnlos. So ist ihre Musikerkarriere, kaum hat sie begonnen, auch schon wieder zu Ende.

Im Städtchen zwingt die Wohnungsnot unterdessen alle zusammenzurücken. Zu den Soldaten sind französische Holzarbeiter gestoßen, die untergebracht werden müssen. Sie sägen den halben Schlossberg ab, das Holz geht als Reparationsleistung nach Frankreich. Aus den Ostgebieten treffen immer mehr Vertriebene ein. Der Nachbar vom Roten Kreuz beklagt sich beim Beck, dass sie nicht wüssten, wo sie die große Zahl an Ostflüchtlingen unterbringen sollen. Von der Bevölkerung gern gesehen sind sie sowieso nicht. »Fremde Brotfresser wolle mer nit!« sind die ersten Unmutsäußerungen der Besiegten über ihr vermeintlich ungerechtes Schicksal. Die Militärverwaltung versucht Abhilfe zu schaffen, indem sie die noch aus der Zeit des Bombenkrieges hier Untergeschlüpften nach Hause schickt. Das Zuhause vieler liegt jedoch inzwischen in der russischen Besatzungszone. Die Ausweisung führt zu dramatischen Szenen. Manch eine Familie wird von Bewaffneten zum Bahnhof eskortiert. Liselotte verliert ihre Freundin Gisela, sie muss zurück nach Düsseldorf. Aber sie verliert sie nur aus den Augen, nicht aus dem

Sinn, der Kontakt bleibt bestehen. Die beiden Frauen werden sich viele Jahre später wiedersehen, als die Kinder aus dem Haus sind und sie auf ein Leben zurückblicken, das aus Wünschen und Enttäuschungen gemischt ist und unerwartete Wendungen genommen hat, nun aber, mit dem Trägheitsmoment des Gewordenen, auf festem Gleisbett weiterläuft.

Auch die Versorgungslage ist dramatisch. Wer keinen eigenen Acker oder Garten hat, versucht auf den Feldern der Ortsansässigen zu holen, was essbar ist. Die Bauern leiden keine Not. Die Not der anderen stachelt jedoch ihren Geschäftssinn an. Die Preise in der wertlos gewordenen Reichsmark steigen rasant. Nur der Pfarrer muss sich um seinen Wanst nicht sorgen. Die Bauersfrauen mästen ihn in gläubiger Hoffnung auf ein gutes Wort von ihm im Jenseits.

Die Situation stellt aber auch große Herausforderungen an das christliche Gewissen. Der Krieg hat viele Kinder zu Waisen gemacht, nun sind Familien gesucht, die bereit sind, sie aufzunehmen. Die kinderlose, ledige Wirtin der Gaststätte im Tal, eine fromme, herzensgute Bauersfrau, nimmt das erste »Negerle« auf. Nach zwölf Jahren propagandistischem Trommelfeuer der arischen Herrenrasse eine mutige Tat.

Am 22. November 1946 findet nach langer Auszeit wieder der Cäcilienball statt. Die heilige Cäcilie ist die Schutzpatronin der Kirchenmusik, eine Heilige, die dem Beck besonders am Herzen liegt, stellt doch das Singen im Kirchenchor die heitere Seite seines Glaubens dar. An ihrem Feiertag findet der Beck, der ansonsten eher ungern Heim und Backofen verlässt, den Weg in die Festhalle, in der ganz weltlich musiziert und getanzt wird. Seine Tanzpartnerin bringt er mit, es ist nicht seine Frau. Anna kann Gras mähen, ein Schwein schlachten, Holz hacken, tanzen aber ist nicht ihre Sache. Seine Tochter Liselotte ist dabei. Die Sechzehnjährige ist zum ersten, zarten Bewusstsein ihrer Weiblichkeit erwacht, still noch und ohne große Kenntnisse der Implikationen. Die Mutter hatte ihr, als sich die erste Menstruation einstellte, ein Paar Damenbinden hingelegt mit den Worten: »Des kriegsch jetzt alle vier Wochen, blieb mer weg von de Bube.« Mehr an Aufklärung hielt sie nicht für nötig. Der hormonelle Umbruch weckt ganz neue Empfindlichkeiten. Wie werde ich gesehen, welchen Eindruck mache ich auf andere, nimmt man meine Besonderheit wahr? Die anderen Jugendlichen werden plötzlich zum Spiegel, zum Publikum. Und vor diesem Publikum tanzt sie nun an der Hand des Vaters. Einen Walzer.

Der alte Herr legt sich mächtig ins Zeug, das ganze Rund des Tanzbodens nutzend dreht er seine Kreise, die Tochter an den Augen der Gemeinde vorbeiführend, seht her, scheint seine zufriedene Miene zu sagen, das schöne Maidli kommt aus meinem Stall. Es fehlt nicht viel und er würde die Melodie pfeifen, jeden dritten Takt wirft er den Fuß nach hinten in die Höhe, so beschwingt, so keck, so neckisch. Liselotte möchte vor Scham in den Boden versinken. Diese clownesk nach oben schwappende Wade hämmert ihr bei jedem Hüpfer den Nagel der Peinlichkeit tiefer ins Selbstwertgefühl. Sie sucht in den Gesichtern der Umstehenden nach Bestätigung und rechnet es nur dem guten Benehmen der Festgäste zu, dass sich eindeutige Beweise darin nicht finden lassen. Wie ist sie erleichtert, als um zehn Uhr der Zeitpunkt erreicht ist, an dem der Bäcker ins Bett muss, damit er zum Schichtbeginn um 4 Uhr morgens halbwegs ausgeschlafen ist. Er zeigt sein Herz für die Jugend, als er seine Tochter nicht zum Mitkommen zwingt. »Kummsch halt innre halbe Stund«, sagt er gönnerisch.

Der Beck und seine Tochter

Nicht lange nachdem die Aufsicht verschwunden ist, stellt sich ein jugendlicher Tänzer ein. Nun ist es ein ganz anderes Drehen und Kreisen, Führen und Geführtwerden, mit erhöhtem Puls, erhitzten Gliedern, erröteten Wangen, im Takt mit der Zeit die Zeit annullierend. Die halbe Stunde

Freiheit ist lange verstrichen, als sie sich an das Gebot erinnert, nach Hause zu gehen. Der junge Tänzer ist ein Kavalier, er begleitet sie. Die Nacht ist klar, der Mond leuchtet kupplerisch, warum den kürzesten Weg wählen, die verschwiegenen Gassen führen auch ans Ziel. Abschied zu nehmen empfiehlt sich jedoch, bevor sie in die Zielgerade einbiegen, den Kuss zum Abschied, meint der junge Mann, den habe er sich wohl verdient. Noch eine Ecke vor dem Bäckerhaus sucht sich eine Zunge ihren Weg in den jungfräulichen Mund der Bäckerstochter.

Unter der Tür steht die Mutter. »Wo kommt ä aständigs Maidli um die Zeit her?«, sagt sie und unterstreicht mit einer Ohrfeige, der letzten, die Liselotte bekommt, dass sie von einer Antwort nicht viel erwartet. Die Lektion sitzt. Liselottes Interesse am anderen Geschlecht ist fürs Erste erloschen. Nein, so ein nasskalter glitschiger Kuss für den Preis einer Ohrfeige, das lohnt sich nicht.

Die Freundschaft mit Agnès hält alle Belastungsproben aus. Liselottes Mutter begegnet ihr mit dem Misstrauen der Provinzler. »Du gesch mer nit zu denen Franzosemaidle, die sin ganz andersch als mir, do blibsch du weg.« Liselotte bleibt natürlich nicht weg, bei aller im Schwarzwaldboden verwurzelten Fremdenfeindlichkeit geht Anna doch nie so weit, den Willen ihrer Töchter zu brechen. Auch Agnès hat in ihrer Mutter eine Feindin ihrer Freundschaft mit Liselotte. »Nimm nie ein Bonbon von den Deutschen«, zitiert sie ihre Mutter, »die sind vergiftet«. Liselotte und Agnès aber lutschen das Bonbon ihrer Freundschaft mit Genuss, eine süße Vorform der später zum politischen Programm erhobenen deutsch-französischen Freundschaft. Je besser sie sich kennen lernen, desto absurder erscheint ihnen der Mythos vom Erbfeind. Sie lachen über die gleichen Dummheiten, sie freuen sich über denselben Blödsinn. Als Agnès ihre deutsche Freundin Liselotte 1946 zum Offiziersball nach Straßburg mitnimmt, ist das ganze Feuer der früheren Feindseligkeit erloschen, alle Vorurteile über die entarteten Franzosen zerfallen ihr zu Asche.

Eine neue Welt eröffnet sich ihr. Zum ersten Mal sieht sie geschminkte Damen in eleganten, langen Gewändern. Sie riecht die Welt der Courtoisie, staunt über die Galanterie der Offiziere auch ihr, dem deutschen Mädchen vom Land, gegenüber, schmeckt den Goût französischer Lebensart, ist verlegen, wenn Dienstmädchen mit Schürzchen und Bändchen nach ihren Wünschen fragen oder ihr vom Buffet auflegen. Diese Welt der Raffinesse, der feinen Lebensart, der gediegenen Lebenslust, der Höflichkeit und der Freundlichkeit wollte die Wehrmacht zerstören? Unfassbar. Das ihre ganze Kindheit und Jugend über gehörte und aufgesaugte Gegröhle von deutscher Überlegenheit schäumt ihr nun aus den Poren als das Gift, das es ist und das an der Sonne dieser Gastfreundschaft aushärtet und sich abstreifen lässt wie Schuppen. Was gäbe es alles zu lernen von diesem Erbfeind auf dem Weg vom Landei zu einem zivilen Menschen! Und wie elegant lässt sich parlieren in der »Schlangensprache« (Ernst Moritz Arndt), die sie im Umgang mit Agnès und all den anderen zu lieben gelernt hat, noch bevor sie sie zu sprechen gelernt hat.

All das zu erfahren, verdankt sie ihrer neuen französischen Freundin. Der Schmerz ist deshalb riesig, als Agnès eines Tages nicht mehr da ist, spurlos verschwunden, ohne Nachricht, mitsamt ihrer Familie. Liselotte ist nicht allein mit diesem Verlustschmerz. Auch Ernst leidet. Er sucht Auskunft über ihren Verbleib bei Liselotte, doch die kann ihm nicht weiterhelfen. Er vertraut sich seiner Mutter an, die Kontakte nach Straßburg unterhält. Die Familie hat Geld, der Vater betreibt ein Sägewerk, die Töchter kleiden sich in

Straßburg mit französischer Mode ein. Über diese Drähte nach Frankreich hinein erfährt Ernst, dass Agnès‹ Vater nach Speyer versetzt wurde.

Ernst fährt nach Speyer, er muss mit Agnès sprechen, er muss, ein Kasernentor kann ihn nicht aufhalten. Noch auf dem Exerzierplatz läuft er Agnès‹ Vater in die Arme. Was ihm einfalle, seine Tochter zu belästigen. Er solle sie sich aus dem Kopf schlagen, sie sei einem spanischen Offizier versprochen. Und jetzt rate er ihm zu verschwinden, sonst lasse er ihn festnehmen.

Ernst ist verzweifelt. Hausach ist verbrannte Erde für ihn. Wo jeder Stein ihn an Agnès erinnert, kann er nicht mehr glücklich werden. Zurück im Elternhaus klaut er das Sparkassenbüchlein und schließt sich einem Freund an. Zusammen fahren sie nach Hamburg, wo sie hoffen, sich nach Kanada einschiffen zu können. Der Freund ist volljährig, hat eine Einladung nach Kanada, hat Geld, die Einschiffung gelingt. Ernst ist siebzehn und hat nichts, er bleibt zurück, auf einem aufgerollten Tau im Hamburger Hafen sitzend, sieht er dem Schiff hinterher, wie es die Elbe hinunterfährt. Im Seemannsheim gewinnt er allmählich Abstand von seinen Selbstmordabsichten. Er bleibt in Hamburg, macht eine Ausbildung zum kaufmännischen Angestellten und legt eine wirtschaftswunderliche Karriere hin, die ihn bis ins obere Management von Kodak führt. Er muss mehr als 40 Jahre warten, bis er Agnès wiedersieht. Seine Frau ist inzwischen verstorben, auch Agnès ist Witwe eines spanischen Offiziers. Ein zufälliges Treffen führt sie zusammen. Agnès sucht die Stationen ihrer Jugend ab, kommt auch nach Hausach und fragt auf dem Bürgermeisteramt, ob die alten Freunde noch da wohnen würden, zum Beispiel Ernst, und bekommt die Auskunft, selbiger habe vor einer halben Stunde das Bürgermeisteramt verlassen, wo er eine Erbschaftsangelegenheit erledigt habe. Vielleicht sei er noch im Wirtshaus anzutreffen, bevor er sich auf den Rückweg nach Hamburg mache. Und tatsächlich, im Wirtshaus sitzt Ernst über einem Schnitzel, als plötzlich seine Jugendliebe vor ihm steht. Sie erkennen sich sofort. Der Glutkern eines vor vierzig Jahren erstickten Feuers ist noch da, unter den Sedimentschichten eines anderen Lebens glimmend. Der Wind dieser zufälligen Begegnung entfacht ihn aufs Neue. Der Zufall muss jedoch ein zweites Mal mithelfen. Ihre Verabredung in dem kleinen Ort in Frankreich, in dem Agnès lebt, scheitert ums Haar daran, dass der Zettel mit Anschrift und Nummer von Agnès in der Jacke steckt, die Ernst zu Hause gelassen hat. Verzweifelt steht er mit seinem Auto an einer Kreuzung in der französischen Provinz, unschlüssig, welche Richtung er einschlagen soll, als Agnès vorbeifährt und das deutsche Nummernschild bemerkt. Mitten auf der Kreuzung fallen sie sich um den Hals. Nach einem langen Kuss realisieren sie endlich, dass inzwischen mehrere Autos sich zu einem Stau versammelt haben. »Da habe ich gemerkt, dass ich in Frankreich bin. Keiner hat gehupt, alle haben sie gewartet, bis wir fertig sind«, wird er später kommentieren. Sie erleben zwölf Jahre einer erfüllten Liebe, bis der Tod von Ernst sie trennt, eine Geschichte, so kitschig, wie sie nur das Leben schreiben kann. Aufbewahrt für die Nachwelt aber ist sie in Liselotte, die als Zeugin und Freundin daran teilnehmen durfte.

1947 legt Liselotte an der Realschule Offenburg die Mittlere Reife ab. Ihre Schulausbildung ist damit zu Ende. Das halbe Jahr, das zur vollen Ableistung des Schuljahres noch fehlt, wird ihr erlassen. Da sie in den Jahren 1940 bis 44 nur sporadisch und von 44 bis 46 überhaupt keinen Unterricht hatte, tun sich einige Lücke im Curriculum auf. Die Schule sieht darin aber keinen Grund, ihr nicht eine weitere Ausbildung als Lehrerin zu empfehlen. Eine entsprechende schriftliche Mitteilung hat sie zu Hause dem Vater zur Unterschrift vorzulegen.

Nach dem Zusammenbruch der völkischen Herrlichkeit sind die hinterbliebenen Schulbehörden in der Besatzungszone bestrebt, an die christlichen Erziehungsziele vor dem Nationalsozialismus anzuknüpfen. Die Kriegskameradschaft der deutschen Frau ist passé, die Mädchen sollen wieder als gottesfürchtige, fromme, züchtige, keusche Wesen die Schule verlassen, mit Fertigkeiten versehen, die sie zu allen ehelichen Aufgaben in Heim und Küche qualifizieren. Man wiederbelebt also Ausbildungsstätten, die sich traditionell diesen Idealen verschrieben haben. Liselotte soll eine Karriere als Handarbeitslehrerin einschlagen, ihre Schule, so schlägt man ihr vor, wäre der Stift Sankt Ursula in Freiburg.

Handarbeit und andere hausfrauliche Tätigkeiten wie Kochen, Nähen usw. hat Liselotte bisher erfolgreich gemieden. Aus den wenigen Lehrstunden im Nähen ist ihr nur der Spruch in Erinnerung geblieben, mit dem die Lehrerin sie regelmäßig tadelte: Langes Fädchen, faules Mädchen. Auch jetzt ist ihre Begeisterung eher mäßig. Ein Ortswechsel jedoch reizt sie mächtig. Freiburg, eine Stadt, das klingt verlockend. Dazu kommt, dass auch der gute Draht zum Vater gerade nicht heiß läuft. Seit dem letzten Streit richtet der Beck kein Wort mehr an sie, er schaut sie nicht einmal mehr an. Sie hat, um einer Freundin, die eine Friseurausbildung macht, einen Gefallen zu tun, für die Hervorbringung einer Dauerwelle ihren Kopf zur Verfügung gestellt. Eine Stunde und mehr hantierte das Friseurlehrmädchen mit einem heißen Brenneisen nah an der Kopfhaut herum, um die blonden Strähnen in eine gekräuselte Form zu biegen. Das Ergebnis lässt sich sehen und gefällt. Nur dem Beck nicht. Der Tochter mit ihrem Krauskopf, mit der »Negerfrisur«, wie er in der Sprache der ihm verhassten Nazis hetzt, entzieht er die Achtung. Liselotte lässt sich diese Auslöschung ihrer Individualität nicht gefallen. Zum ersten Mal findet sie heftige Widerworte. Der Beck ist verblüfft, die Stimmung aber bleibt im Keller.

Die Freundinnen sind weg, die Buben nicht mehr die Beschützer, die sie einmal waren, die Kindheit zu Ende, das Elternhaus verleidet, was sollte sie noch halten? Das neue Ziel ist die große Stadt.

Der erste Gang führt sie zum Stift Sankt Ursula in der Eisenbahnstraße in Freiburg, dem Stammhaus der Ursulinen, einem Orden, der sich schon immer der Ausbildung junger Mädchen gewidmet hat. Dort erfährt sie, dass sie mit ihren gerade 17 Jahren zu jung ist, um sofort am Hauptsemester teilzunehmen. Vorgesehen sind für Fälle wie sie der Besuch des Vorsemesters, aufgeteilt in einen halbjährlichen Schulbesuch in der Stiftsschule und ein halbjährliches Praktikum in einer Klinik. Zur Organisation des Praktikums in einer Klinik schickt man sie in die Uniklinik, sie möge sich dort vorstellen und sich einen Praktikumsplatz zuweisen lassen.

Eines Morgens geht Liselotte durch das große Tor der Uniklinik in der Hugstetterstraße, von dort in die Chirurgie und folgt dann dem Schild »Anmeldung«. Sie trägt eine frisch gebügelte weiße Bluse, ihren besten Rock und ist getragen von der allgemeinen Aufbruchsstimmung, die durch Trümmerteile hindurch schon die Zukunft erblickt. Der Klinik fehlt das Dach, der Blick fällt auf den freien blauen Himmel darüber. Das für sie zuständige Büro, so sagt es ihr eine Schwester im Vorbeihasten, befinde sich ganz am Ende des Flurs. Das Ziel fest im Auge sieht sie den Eimer mit Wischwasser nicht, den eine junge Frau demonstrativ, zur Warnung an alle Passanten, im Korridor abgestellt hat. Sie hat eben den Korridor nass aufgewischt. Nun läuft acht- und arglos dieses junge Ding vom Land über den nass glänzenden Flurboden und lässt darauf ihre Fußspuren zurück. Der empörte Aufschrei, den ihr die Putzfrau hinterherwirft, trifft sie zuerst, dann folgt der nasse Putzlappen. Vollgesogen mit dreckigem Putzwasser landet er auf ihrer Schulter, von wo ihr die Brühe über Rücken und Brust läuft und ihrer Bluse eine bräunlich eingefärbte Transparenz verleiht. Ihr frischer Lebensmut, mit dem sie die Stadt erobern wollte, fällt in dicken Tropfen von ihr ab. Das also ist die Großstadt, denkt sie sich. Niemals wäre irgendein Bewohner ihrer Heimatstadt zu einer solchen dreisten Tat fähig, denkt sie und spürt augenblicklich, wie in das Loch, das ihr verlorener Mut zurückgelassen hat, das Heimweh hineinschießt. Beschämt und entmutigt klopft sie an der Bürotür. Vielleicht auch deshalb ist sie nicht enttäuscht, als ihr im Büro beschieden wird, dass es am Klinikum Freiburg keinen Praktikumsplatz gebe, man sei zu sehr mit dem Wiederaufbau beschäftigt. Sie solle sich doch am Landeskrankenhaus in ihrer Heimatstadt bewerben. Die hätten eher Ausbildungskapazitäten. Der dortige Chef Dr. Katz, so sagt er auf ihre Anfrage, könne lernwillige junge Menschen immer gebrauchen.

Zunächst jedoch muss Liselotte das halbe Jahr an der Schule der Ursulinen abdienen. Wie immer spielt der Beck seine guten Verbindungen aus. Eine alte Schulfreundin wohnt in Merzhausen und hat Raumkapazitäten. Angesichts der Versorgungslage wird man sich schnell handelseinig. Liselotte bezieht ein Zimmer in ihrer Wohnung gegen zwei Körbe voll mit Obst, Brot und Gemüse pro Monat. Liselotte ist nicht die einzige Mieterin der Frau Schremp. Ebenfalls wohnen in der Wohnung Frau Schremps Tochter mit ihrem Mann und der demente Herr Schremp, der aber bald darauf stirbt. Frau Schremp muss das Schlafzimmer mit ihrer Tochter und deren Mann teilen, denn in ihrem eigenen schläft und wohnt ein französisches Ehepaar, Monsieur et Madame Tachon. Das Ehepaar kommt aus der Bretagne. Vor allem Madame Tachon zeigt die robuste Figur einer ländlichen Bretonin, deren Reich die Küche ist. Die Küche der Frau Schremp ist für die deutsche Wirtsfamilie Sperrgebiet bis morgens elf Uhr. In dieser Zeit kocht Madame Tachon. Mit der Dauer des Zusammenlebens kommt man sich näher. Liselotte nutzt auch hier die Gelegenheit zum Parlieren und wird immer wieder mal an ihren Tisch zu pot-au-feu gebeten. Dass die französische Militärverwaltung Monsieur Tachon bei Frau Schremp einquartiert hat, hat seinen Grund in seinem Auftrag. Gegenüber liegt eine Gaststätte. Er ist als Militärpolizist für die Einhaltung halbwegs ziviler Umgangsformen der Soldaten verantwortlich, die allabendlich diese Gaststätte frequentieren. Die französische Besatzungsmacht betreibt dort ein Bordell.

Des Feldpolizisten Tachons Arbeitseinsätze im Bordell öffnen ein kleines Fenster, durch das Liselotte einen neugierigen Blick in die menschlichen Abgründe werfen kann. Wie anders ist doch dieses Leben zur bigotten Welt der Ursulinen, irgendwie ein erfrischender Kontrast. Zu nah sollten die Abgründe jedoch nicht kommen. Eines späten Abends steht Monsieur Tachon in Liselottes Tür. Eine nur angedeutete Drohung, dass sie um Hilfe schreien könnte, lässt ihn auf dem Absatz kehrt machen. Die robuste Madame Tachon wirkt wohl im Hintergrund als unwissender Schutzengel.

Einen anderen Besucher kann sie jedoch nicht abwimmeln. Eines Morgens wacht sie auf und entdeckt neben sich im Bett den roten Schopf eines jungen Kerls, noch in bleischweren pubertären Träumen versunken. Sie nimmt es mit Humor, als Frau Schremp ihr erklärt, ihr Neffe sei spät in der Nacht eingetroffen und sie habe nicht gewusst, wohin mit ihm. Da habe sie ihn einfach zu ihr ins Bett gelegt, Liselotte habe so tief geschlafen, dass sie sie nicht habe wecken wollen. Sie hätte auch gern so einen gesunden Schlaf.

Liselottes Schultag beginnt morgens mit dem Knicks vor Mater Konrada. Die Ordensschwester erwartet die Schülerinnen am Eingang zum Klassenzimmer, eine wuchtige Erscheinung im schwarzen Habit mit weißer Haube und strenger Miene, die fleischigen Hände auf der respektablen Bauchwölbung abgelegt, wie zur Drohung, sie bei erstbester Gelegenheit züchtigend in Aktion zu setzen. Ihr Ton lässt keine Zweifel aufkommen, dass sie Gehorsam erwartet. Auf der Anrede Mater besteht sie. Liselotte merkt auch schnell, dass es auf feine Unterschiede in der Ordenshierarchie ankommt. Der Unterricht soll die Mädchen auf ein Leben als Ausbilderinnen von Dienstmädchen vorbereiten. Das muss von der Pike auf gelernt werden, ihnen werden vor allem die Dienstmädchentugenden der Demut, der Bescheidenheit, der Unterwürfigkeit beigebracht. Der weitere Lehrstoff besteht hauptsächlich in der Vermittlung von Anstandsregeln. Sie lernen, wie man die Herrschaft anredet, welche Umgangsformen in bürgerlichen Haushalten herrschen, dass man den Blick züchtig senkt, dass man wartet, bis die Herrschaft ihre Wünsche äußert, wie man einen Tisch dekoriert, welche Speisenfolgen üblich sind, alles im Wechsel mit Gebetsexerzitien, damit sie nicht vergessen, in wessen Namen ihnen die von zu Hause mitgebrachte provinzielle Natur ausgetrieben wird. Liselotte ist schnell enttäuscht. Diese Sorte Bildung hat sie nicht erwartet.

Nachmittags findet die Ausbildung ihre praktische Fortsetzung in der Stiftsküche. Dort lernen sie die Grundlagen des Kochens, des Hauswirtschaftens, des Umgangs mit Lebensmitteln, vor allem aber das Putzen. Die Ordensschwestern in der Küche stehen auf einer tieferen Stufe in der Ordenshierarchie. Niemand käme auf die Idee, sich mit Mater anreden zu lassen, ein einfaches »Schwester« tut es auch. Das Verhältnis zwischen den Ursulinen im Klassenzimmer und denen in der Küche erinnert Liselotte an das Gefälle zwischen Stallmagd und Bäuerin in ihrer ländlichen Heimat. Das Ideal der Gleichheit, das in der Ordensgemeinschaft vermeintlich herrscht, hier ist es eher zur Karikatur herabgesetzt. Zu den Hilfsarbeiten der Schülerinnen gehört es, bei der Bedienung der Gäste zu helfen, die hin und wieder den Verpflegungsservice des Ordens in Anspruch nehmen. Ein häufiger Gast ist der Prälat Föhr von Sankt Johann. Wenn Hochwürden seinen dicken Bauch durch die Tür zum Refektorium schiebt, gerät die Brigade der Küchennonnen in bieneneifrige Aufregung. Die Küche muss nun zeigen, was sie kann, genug Appetit für ein breit gefächertes Sortiment an Speisen bringt der hohe Gast jedenfalls mit. Viele Helferinnen umflattern ihn, tragen Delikatessen aus der Küche auf, jeweils mit Knicks präsentiert, als wäre es eine Gymnastikübung, lauern ängstlich auf Geräusche des Behagens und laufen vor Freude rot an, wenn es dem anspruchsvollen Gast schmeckt. Nicht immer schmeckt es ihm jedoch.

Bei einem der Besuche des Prälaten steht Liselotte in respektvoller Entfernung in Einsatzbereitschaft. Wenn an Hochwürden Anzeichen der Sättigung sicht- oder hörbar sind, muss sie das benutzte Geschirr abtragen. Der Prälat kommt ihr jedoch zuvor. »Was für ein Fraß«, brüllt er, einen Kegel feiner zermahlener Essensreste in die Luft prustend, und fegt mit einem kräftigen Armwischer Teller, Glas, Besteck samt ihres in Ungnade gefallenen Inhaltes vom Tisch, sodass sie krachend zerschellen und die Reste auf dem Fußboden ein interessantes Muster zeichnen. Donnerwetter, denkt Liselotte, nachdem sie sich vom Schock erholt hat. Das tägliche Brot, das uns der Herr im Himmel gibt, so zu missachten, das hätte sie keinem gottlosen Rabauken vom Land zugetraut, und nun gar ein Prälat? Ihre bis dahin wie selbstverständlich gültige Überzeugung, Priester seien so etwas wie Verhaltensvorbilder für die Sünder aus den niederen Ständen, landet ebenfalls im Dreck und wird sich davon nicht mehr erholen.

Die Ursulinen sind ein dem Weltlichen gegenüber aufgeschlossener Orden. Wer ihre Ausbildung durchlaufen hat, sollte auch auf dem Tanzparkett eine gute Figur machen. Mater Konrada führt die Mädchen deshalb einmal in der Woche in die Tanzschule Büttner, wo sie Gesellschaftstänze üben. »Husch, husch, meine Mädchen, die Buben warten schon«, scheucht sie die Schülerinnen durch das große Tor des Friedrichsbaus. Im Tanzsaal wacht Mater Konrada darüber, dass die Buben nicht aus ihrer Rolle als Sparringspartner fallen. Am Ende des Semesters ist von der Tanzschule ein großer Abschlussball geplant, das Geübte soll im festlichen Rahmen gezeigt werden und einen ganzen Abend lang dauern. Unter den Mädchen herrscht bereits seit Wochen eine gänseschnattrige Aufregung rund um die Kleiderfrage. Liselottes Garderobe ist für diesen Anlass völlig ungeeignet. Mit einigen Opfern und Versprechungen gelingt es ihr, ihrer Schwester Gertrud, die als Aupair-Mädchen bei einer begüterten Familie in Freiburg arbeitet, ein schönes blaues Taftkleid abzuschwatzen. Das Kleid hatte, als Geschenk für die Tochter des Hauses, die lange Reise aus Amerika zurückgelegt, erwies sich aber als zu groß und war dann gnadenhalber in Gertruds Besitz übergegangen. Was Liselotte zum festlichen Outfit noch fehlt, sind die Schuhe. Bei ihren Wochenendbesuchen im Elternhaus bearbeitet sie die Mutter so lange, bis diese mit der Tauschware Brot ein großes Stück Leder erwirbt, ein geradezu samtig feines, edelgraues Leder. Der Schuhmacher, der dieses Leder sicher zu einem eleganten Tanzschuh verarbeiten kann, findet sich in der Verwandtschaft. Im Nachbarort Haslach hat der orthopädische Schuhmacher einen weit über den Kreis hinausreichenden Ruf als geschickter Handwerker. Zu diesem Verwandten bringt Liselotte ihr Stück Leder. Der Mann ist bekannt für sein mürrisches Verhalten, ein Besuch in seiner Werkstatt entschädigt jedoch für das Ungemach der Bittstellerei. Unter all den Ahlen, Scheren, Lederstücken, Schuhen bezaubern Liselotte vor allem die hölzernen Modelle für alle Sorten verkrüppelter Füße, vom Klumpfuß, über den Spreizfuß, Senkfuß, Hohlfuß, Knickfuß, Spitzfuß bis zum verstümmelten Fuß der Kriegsversehrten. Die Kunst des Schusters bügelt die Kapriolen der Natur wieder aus und befähigt die Lahmen zu laufen. »Kummsch in vier Woche wieder, dann kannsch die Schuh abhole«, fertigt er Liselotte ab.

Vier Wochen später, es ist das Wochenende vor dem Abschlussball, klopft Liselotte an die Werkstatt des Schusters. Der drückt ihr wortlos in Paar Schuhe in die Hand. Liselotte ist fassungslos. Was sie da in der Hand hält, sind zwei klobige Treter aus grobem schwarzem Leder, wie gemacht für die Bedürfnisse eines Waldarbeiters, aber völlig ungeeignet für den Tanzboden. Liselotte ist den Tränen nahe.

»Und mein Leder?«, fragt sie.

»Des hann i brucht für en andere Kunde, einer, wo zahlt. Und jetzt hau ab.«

Am Abend des nächsten Tages, ein Samstag, trifft Liselotte pünktlich in der Tanzschule ein, das blaue Kleid mit Gürtel um die enge Taille geschlungen, um die Brust herum flattert der Taft leicht. Aber Nylonstrümpfe immerhin, bis zu den Knöcheln kleiden sie zwei schlanke Beine, dann verschwinden sie in zwei unförmigen schwarzen Tretern. Schnell steuert sie auf den Tisch am Rand der Tanzfläche zu und nimmt Platz, bevor irgendeiner der anderen Tanzschüler sie in Begrüßungszeremonien verwickeln kann. Die schwarzklobig beschuhten Füße streckt sie lang unter den Tisch, niemand soll einen Blick auf ihre Schuhe werfen können.

Aber auch die anderen Tanzschüler und -schülerinnen, das ist ihr nicht entgangen, mussten offensichtlich Abstriche an ihrem Ehrgeiz machen, eine elegante Figur abzugeben. Sie scheinen sich aber nichts daraus zu machen. Vielleicht ist man in der Stadt legerer, denkt sie, vielleicht sieht man mir gar nicht an, dass ich vom Land komme.

Nun wird der Ball eröffnet, die Musik setzt ein, ein Walzer. Die Paare bilden sich. Ein junger Mann tritt an Liselotte heran, sehr steif, sehr förmlich. »Darf ich bitten?« Sie hat schon während der Übungsstunden gelegentlich mit ihm getanzt, Karlheinz heißt er, will Architekt werden, sagt er. Ihr ist nicht entgangen, dass er auf jede Gelegenheit lauert, sich als Tänzer anzubieten. Ganz nett, dachte Liselotte, ein bisschen linkisch vielleicht, Funken schlägt er jedenfalls nicht. Jetzt also steht er vor ihr und wiederholt. »Darf ich bitten?« Liselotte ist sehr verlegen, murmelt etwas, was Karlheinz nicht versteht. »Darf ich zum Tanz bitten?« Liselotte errötet, blickt verlegen um sich. Ihre Füße scheinen ihr am Boden festgeschraubt, als würde sie der Aufforderung gar nicht nachkommen können, selbst wenn sie wollte. Darf sie das sagen? Entschuldigung, meine Füße sind festgeschraubt. Nun blickt Karlheinz sich verlegen um. Weist sie ihn ab, weil sie auf einen anderen Tänzer wartet? Liselotte sieht, wie dieser Gedanke in Karlheinzens Kopf Gestalt annimmt. Auch nicht schön. Ja, haucht sie schließlich. Unbeholfen staksen beide auf die Tanzfläche.

Doch schon mit den ersten Takten sind die Kämpfe mit der Eitelkeit vergessen. Für Liselotte beginnt dafür der Kampf der Extremitäten. Immer wieder kommen sich ihre Füße ins Gehege, begleitet von einem peinlichen »Entschuldigung« und einem scheuen Lächeln. Beim folgenden Foxtrott tritt der Tanzversuch in die Nahkampfphase, Karlheinz tritt ihr immer wieder mal auf die Füße, sie stecken ja in so großen

Tretern, dass sich eine Karambolage kaum vermeiden lässt. Aber auch Liselotte lässt sich nicht lumpen und tritt zurück, unabsichtlich, das Feingefühl der Füße in so großen Schuhen ist gestört. Bloß nicht stolpern, lieber die Füße etwas breitbeiniger und fester aufsetzen. Wo sie die ausladenden Sohlen absetzt, hat oft Karlheinz schon seinen Fuß platziert. Dann, die Missgeschicke lassen sich einfach nicht abstellen, tritt sie ihm auch mal mit Absicht auf den Fuß, probeweise, begleitet von einem leichten Kichern. Karlheinz versteht und lässt sich auf das Spiel ein. Mal tritt der eine, mal der andere. Sie sind die unelegantesten Tänzer auf dem Parkett und sie machen sich einen Riesenspaß daraus. Wie die Kinder drehen sie sich im Kreis, treten sich auf die Füße dabei und lachen ein befreites Lachen. Sie verkneifen es sich, den anderen Tänzern die Zunge herauszustrecken. Zwei glühende Wangen aneinandergedrückt, drehen sie sich zu den letzten Klängen der Musik.

Als Karlheinz sich anbietet, sie nach Hause zu begleiten, nimmt Liselotte das Angebot gerne an.

Sie schiebt ihren Arm unter seinen und schmiegt sich im Gehen an ihn. Das Gurren und Kichern hält an, bis sie vor Liselottes Haus stehen. Der Abend endet zwangsläufig vor der Haustür.

Da drängt es Karlheinz, eine noch offen geblieben Frage zu stellen: »Warum hast du mich eigentlich dreimal bitten lassen? Hättest du lieber mit einem anderen getanzt?«

Liselotte lacht über ihre im Nachhinein albern erscheinende Hemmung: »Ach woher denn, ich habe mich doch nur für meine Schuhe geschämt.«

»Deine Schuhe?« Karlheinz ist erstaunt. »Ich hatte doch gar keine Blicke für deine Schuhe, ich habe dir doch nur ins Gesicht geschaut. Hätte ich natürlich gewusst, wie du damit zutreten kannst ...«

»Vorsicht«, warnt ihn Liselotte, »ich habe immer noch festes Schuhwerk an …«

Ohne Kuss will Karlheinz den einsamen Heimweg nicht antreten. Liselotte hat Verständnis. Ungeküsst ginge sie auch nicht gern zu Bett. Aus einem werden zwei und aus zwei werden fünf. Ermutigt durch Liselottes Entgegenkommen arbeitet sich Karlheinzens Hand unter ihrem Mantel in Richtung Busen. Da spürt er ihre Hand auf seiner Hand, spürt wie ihre Hand seine Hand sanft, aber bestimmt nach unten drückt und zieht schuldbewusst seine Hand zurück.

»Entschuldigung …«, stammelt er, »ich wollte nicht zu forsch …«

»Gute Nacht«, sagt Liselotte und schließt ihm mit einem letzten Kuss die Lippen. Dann dreht sie den Schlüssel im Schloss, öffnet die Tür und wird von der Dunkelheit verschluckt. Im Hausflur aber bleibt sie stehen und flucht leise vor sich hin: »Himmelarschundzwirn … was muss er jetzt bloß denken? Dass ich eine prüde dumme Gans bin! Aber wie wäre ich denn dagestanden, wenn er entdeckt hätte, dass mein BH mit Watte ausgestopft ist? Ein tolles Bild von Frau hätte ich abgegeben, erst Füße wie ein Holzfäller und nun oben flach wie ein Brett. Herrgottsakrament.«

In der halben Stunde vor dem Einschlafen resümiert sie den Abend. Ganz possierlich eigentlich, dieser Karlheinz. Immerhin hat er keine kurzen Hosen getragen, denkt sie. In einige Übungsstunden kam er nämlich schon in kurzen Hosen. Unvorteilhaft, dachte sie dann, bei so dünnen Beinen. Wie hat er es eigentlich geschafft, während seiner Lehrjahre auf dem Bau nicht ein bisschen Muskeln anzusetzen? Na ja, er will ja Architekt werden, für einen Bürostuhl wird es reichen. Aber als Vater meiner Kinder? Da würden schöne Kinder rauskommen, wenn wir die beiden Eltern wären, ich mit meinen dünnen Beinen und er mit diesen kraftlosen Schenkeln und Waden. Manchmal überfallen sie so abwegige absurde Gedanken, sie muss dann selber darüber lachen. Schließlich ist sie noch lange nicht bereit, sich auf einen Mann einzulassen, sie will einen Beruf erlernen, auf eigenen Beinen stehen, nicht auf zwei Hausfrauenbeinen. Aber rein theoretisch, ein Gedankenspiel ist ja wohl erlaubt, müsste es einer sein, der ihre physischen Mängel kompensiert, und nicht einer, der sie wiederholt.

Der junge Architekt

## 24. DIE KRANKENSCHWESTER

Im Frühjahr 1948 tritt Liselotte ihr Praktikum am Kreiskrankenhaus in Hausach an. Nach der oft schmerzhaften Erfahrung der Fremde tut es ihr gut, sich unter Bekannten zu bewegen, im Vertrauten nicht ständig mit der Frage konfrontiert zu sein, wer sie ist. Auch das Personal an ihrem neuen Arbeitsplatz kennt sie aus vergangenen Tagen. Der Beck beliefert die Klinik mit Brot, im Wechsel mit den anderen Bäckern des Städtchens. Die Kleine vom Beck wird freundlich aufgenommen.

Zum Programm des halbjährigen Praktikums gehört es, in allen Bereichen des Klinikbetriebes Erfahrungen zu sammeln: in Küche, Station und OP. Schwester Spinella, eine einfache, aber liebevolle ältere Nonne, hat die Küche unter sich. Das 25-Betten-Haus versorgt sich selbst. Es verfügt deshalb über einen Kräutergarten und einen Hühnerhof. Die Hühnersuppe à la Spinella besitzt verbürgte heilsame Kräfte, die Grobarbeiten erledigt Liselotte auf Geheiß der Schwester Spinella: »Jetzt gehsch in Garte und holsch'mer ä paar Hühner, aber lass sie draußen ausblute, bring mer se jo nicht rei in'd Kuchi.« In Spinellas Schule schließen sich die wenigen Wissenslücken der Backkunst, die der Vater gelassen hat, Blätterteig zum Beispiel. Liselotte wird eine Spezialistin in der Herstellung von Blätterteig mit allerlei Füllungen.

Patientenkontakt bekommt Liselotte auf der Frauenstation. Zur Männerstation ist nur eine einzige Schwester zugelassen. Was sie zu diesem anstößigen Amt qualifiziert, erfährt Liselotte nicht. Das Lehrmädchen jedenfalls lässt man an die männlichen Patienten nicht heran. Zum Dienst auf der Station gehört der wöchentliche Waschtag. In der Waschküche kommandiert Schwester Alferia. In riesigen Kesseln wird die Bettwäsche der Kranken gekocht, gestampft, dann ausgewrungen und zum Trocknen aufgehängt. Wenn die Unterwäsche der Nonnen gewaschen wird, sind alle Nicht-Ordinierten, speziell die Lehrmädchen, ausgeschlossen. Unkeusche Blicke auf die profane Unterseite der Bräute Christi sind nicht erwünscht. Die so gestiftete Neugier findet natürlich Wege, die »Liebestöter« der Nonnen in Augenschein zu nehmen. Vom Nimbus der Heiligkeit einer Nonne in härener Unterhose bleibt nicht viel, hinter vorgehaltenem Händchen kichert Liselotte sich ihre Ehrfurcht weg. Als sie eines frühen Morgens, noch vor Schichtbeginn, ihren Vater bei der Auslieferung der Gipfel begleitet, kann sie unter dem halbgeöffneten Rollladen des Zimmers, in dem die Schwestern nächtigen, gleich neben dem Eingang, die Nonnen bei ihrer Morgentoilette erspähen. Die Szene verlangt ein Maximum an Selbstbeherrschung, die Versuchung, laut loszulachen, ist groß. Die Bräute Christi, in ihrem schwarzen Habit fremde Wesen der Unnahbarkeit und Würde, hier stehen sie mit zerzaustem stoppeligem Haar in langen Nachthemden oder auch ohne, auch sie mit einem Leib versehen, der alle Zeichen irdischer Hinfälligkeit zeigt. Was für ein schreiender Gegensatz zu dem Bild, das Liselotte bisher von den Nonnen hatte und das ihrer Ehrfurcht zugrunde lag, ein Bild von raupenhaften Wesen kurz vor ihrer Metamorphose zu Engeln, gewonnen an den sonntäglichen Aufmärschen, wenn sie in Zweierreihen, die Hände unter ihrem Habit versteckt, die Augen schon halb verzückt gen Himmel gerichtet, jedenfalls von der profanen Welt keine Notiz nehmend, der Kirche zustrebten, wobei nicht einmal erkennbar war, wie sie sich fortbewegten, denn kaum eine Schuhspitze schaute unter den Kutten hervor, wandelnde Negationen des sündigen Fleisches, lebendige Abstraktionen alles Irdischen. Und nun diese Bäuche, die schlaffen Brüste, das welke Armfleisch, das schüttere, wie von Mäusen abgefressene Kopfhaar. Fortan liegt Liselotte ein Lächeln auf den Lippen, das Lächeln eines Menschen, der hinter der Verkleidung des Riesen den Zwerg erkennt und dessen Irrglaube, man merke es nicht, süß findet.

Auf der Frauenstation liegt eine junge Polin. Sie hat sich bei einem Einsatz der Hilfsorganisation, für die sie arbeitet, das Bein gebrochen. Liselotte hat beim Bund deutscher Mädchen gelernt, dass alles Volk östlich von Berlin dreckig, verlaust, minderwertig sei. Sehr lebhaft steht ihr noch das Bild vor Augen, das einen Kopf im Profil zeigt, mit Hakennase und einer Rotte Ratten dahinter, darunter die Zeile: »Wenn Judenblut vom Messer spritzt, die Seele in den Himmel flitzt«. Nun steht sie zum ersten Mal einer Vertreterin des inkriminierten Volkes gegenüber. Die polnische Patientin sieht, wie sich Liselotte mit ihrer von den Ursulinen in Auftrag gegebenen Hausarbeit abmüht. Sie muss einen Frisierumhang nähen, das unentbehrliche Kleidungsstück für die Morgentoilette der Hausdame. Sie lässt sich von Liselotte das Arbeitsstück aushändigen, löst Liselottes Stiche auf und näht den Volant mit feinen unsichtbaren Stichen zu Ende. Liselotte kommt ins Grübeln. Wer so nähen kann und so hilfsbereit ist, kann kein Untermensch sein. Gibt es ihn überhaupt, den Untermenschen? Um den Herrenmenschen immerhin ist es still geworden. Ihr dämmert immer mehr, dass ihr jugendlicher Kopf mit abgefeimten Lügen vollgestopft ist.

Die letzte Station ihres Praktikums ist der Operationssaal. Kurz hinter dem Eingang zum Saal ist auf dem Boden ein Strich gezogen. An diesem Strich endet Liselottes Weg in den OP, dahinter beginnt der sterile Bereich, sie ist die unsterile Springerin. Im OP operiert Dr. Katz, ein stadtbekannter und auch bei den Bauern beliebter Arzt, denn er hat keine Scheu, seine ärztliche Kunst auch auf kalbende Kühe zu erstrecken. Dr. Katz oder die OP-Schwester vom Dienst geben ihre Aufträge an die Springerin Liselotte weiter, fehlendes Besteck holen zum Beispiel. Bei Amputationen nimmt sie die abgetrennten Körperteile in Empfang und bringt sie in den Heizungskeller. Die routinemäßigen Mandelentfernungen, wenn Dr. Katz reihum den Patienten mit seiner Zange in den Rachen fährt, die Mandeln abknipst und ihr in die bereitgehaltene Blechschale wirft, begleitet sie mit Gleichmut. Als in der Schale ein abgetrennter Busen liegt, muss sie jedoch leicht schlucken.

Der OP-Saal oder besser, was darin geschieht, weckt ein lebhaftes Interesse in Liselotte. Gerne würde sie aus größerer Nähe zuschauen, wenn Dr. Katz mit seinem Skalpell die Patienten aufschneidet und Tumore oder entzündete Teile herausholt. Überraschungen gibt es immer wieder. Die Patienten werden mit Lachgas narkotisiert und nicht immer reicht die Dosis über den gesamten Zeitraum des Eingriffs. Großes Staunen löst der Fall einer jungen Frau aus, die mit furchtbaren Unterleibsschmerzen auf Dr. Katz‹ OP-Tisch landet. Ein Röntgengerät hat die Klinik nicht, die Erfahrung muss aushelfen. In der Erwartung, irgendwo einen Tumor zu finden, bringt der Arzt unterhalb des Bauchnabels einen Schnitt an und klappt die Bauchdecke zurück. Vorsichtig greift er in den offenen Unterleib und zieht dann schnell die Hände zurück. »Da ist ja ein Embryo«, entfährt es ihm. Liselotte stellt sich auf die Zehenspitzen. Ein Embryo, hat man das schon gesehen. Unter den blutigen Händen des Arztes meint sie, den kleinen Klumpen Mensch zu erkennen. Dr. Katz näht die Frau wieder zu. Zum Komplizen der jungen Frau bei ihrem Versuch, ein ungewolltes Kind abzutreiben, will er nicht werden. Monate später wird sie von einem gesunden Mädchen entbunden. Das Mädchen wächst heran, Liselotte begegnet ihr im Städtchen, erfreut, sie bei guter Gesundheit zu sehen. »Dich habe ich schon gekannt, da warst du noch gar nicht geboren«, denkt sie dann.

In die Zeit ihres Praktikums fällt die Währungsreform. Gerüchte über eine baldige Abschaffung der wertlos gewordenen Reichsmark laufen schon um. Auch in der Backstube wird das Thema behandelt. Ein zufällig anwesender fremder Gast, ein Herr Stahl, sagt, sein Sohn arbeite bei einer Bank, er empfehle dringend, notwendige Anschaffungen bald zu tätigen. Die Worte sind Wasser auf die Mühle der Mutter. Sie will eine neue Kuh kaufen. Die alte gibt kaum noch Milch. Anna will eine Kalbin haben, also eine Kuh, die bereits gekalbt hat. Den Beck zu einer solchen Ausgabe zu bewegen, ist nicht einfach, muss aber sein. Die Mutter verfügt nur über das Milchgeld. Dass sie dieses Milchgeld, das sie selbst erwirtschaftet, auch behalten und eigensinnig darüber verfügen darf, ist schon ungewöhnlich. Zum Erwerb einer Kuh reicht es nicht. Sie löchert ihren Mann so lange, bis er schließlich in den Kauf einwilligt, zum Erstaunen von Liselotte. Sie kennt ihren Vater nur als äußerst sparsamen, ja geradezu geizigen Menschen. Anna ist glücklich mit ihrer neuen Kuh. »Ich hab noch nie ä Kuh g'habt, die so viel Milch gebbe hätt, die war ihr Geld wert«, freut sie sich.

Kurz vor der Währungsreform schneit die Deckerbäuerin in die Backstube. Ihr Anliegen verlangt ihr einige Abstriche von ihrem Stolz ab. Sie bittet den Beck um einen Kredit oder um eine Bürgschaft, eine Bittstellerin im Haus ihrer ehemaligen Magd. Gust, der zufällig zugegen ist, erinnert sich noch gut daran, dass der Deckerhof nicht gerade für Großzügigkeit bekannt war, jedenfalls nicht gegenüber den Knechten, Nazigrößen aber gern ein und aus gingen. Nun schlägt die Stunde der Rache: »Selli, wo bei dir d'Würscht g'fressen hän, die mir nit g'kriegt habbe, selli solle dir s'Geld gebbe.«

Im Juni 1948 kommt über Nacht die Währungsreform. Das Kopfgeld beträgt 40 DM pro Person, im nächsten Monat noch einmal 20 DM. Reichsmarkguthaben auf der Bank werden zum faktischen Tauschverhältnis 1:10 umgewechselt. Der Vater ist außer sich. Er drückt seiner Tochter das Sparkassenbüchlein in die Hand, schickt sie auf die Bank mit den Worten, »kannschs'ne uff de Bode werfen, sie solle's b'halte, s'isch nix meh wert.« Liselotte schaut in das Büchlein und liest, ungläubig, 92.000 RM. Über all die Jahre hat der Vater die Familie kurzgehalten, Anschaffungen kamen so gut wie nie vor, jetzt kommt heraus, Geld war da. Der Vater hat es gehortet, der klassische Schatzbildner, der das *Evangelium der Entsagung* (Marx) predigt, weil ihm jeder Kauf als Verletzung der dem Geld und dem Sparen innewohnenden Maßlosigkeit erscheint. Liselotte treten Tränen des Zorns in die Augen.

Für einen Augenblick scheint es, als habe die Klassengesellschaft eine kurze Auszeit genommen. »Jetzt simmer alle gleich arm und gleich rich«, sagt der Vater, er hat zu seinem gläubigen Gleichmut zurückgefunden. Dann verflüchtigt sich der Schein.

Mit der Währungsreform vollzieht sich ein marktwirtschaftliches Wunder. Wo bis gestern alle Läden leer waren, es nirgends etwas zu kaufen gab, füllen sich die Vitrinen wie von Zauberhand. Liselotte investiert ihre 40 DM in den Kauf eines Paares roter Schuhe, für sie der Inbegriff des Luxus und der Leichtlebigkeit. Gebraucht hätte sie so viele andere nützliche Dinge, aber sie achtet neuerdings darauf, dass ihre zart entfaltete Weiblichkeit zur Geltung kommt. Mit einem Busen, der den Namen verdient, kann sie noch nicht renommieren, aber sie hat Achselhaare. Sie geht nun doppelt so gern ins

Schwimmbad, wo sie stolz die Zeichen ihrer Geschlechtsreife zur Schau trägt.

Der Erfolg lässt sich nicht lange auf sich warten. Ein junger Mann stellt sich ein, 19 Jahre alt, Günther mit Namen, kein Hausacher. Was ihn im Schlepptau seiner Mutter nach Hausach verschlagen hat, ist nicht klar. Er ist eigentlich angehender Student der Rechtswissenschaft in Heidelberg. Es ist eine scheue, völlig unerfahrene Verliebtheit: Händchen halten, ein flüchtiger Kuss, mehr nicht. Als Günther sein Studium antritt, lässt er eine Liselotte mit Liebeskummer zurück. Man schreibt sich, später wird man sich einmal wiedersehen in Freiburg. Irgendwann bricht der Briefkontakt ab. Liselotte hat die Mutter im Verdacht, diese Liebe hintertrieben zu haben. Diese erste Liebe trägt sie lange in sich, wie einen kleinen Vogel, der sich beim ersten Flugversuch die Flügel gebrochen hat. Aber er war es, der ihr den Traum vom Fliegen geschenkt hat, ein Traum, der nie ausgeträumt war. Ihren zweiten Sohn wird sie Günther nennen. Ob sie dabei an die erste Liebe gedacht hat? Sie weiß es nicht, nicht mehr.

Bei den Gesprächen der Bauersfrauen in der Backstube, die sie als Kind andächtig belauscht hat, ohne sie zu verstehen, ist sie nun zugelassen. Man könne ein Buch damit füllen, sagt sie. Ihre heile Kinderwelt zerfällt dabei in Trümmer. Was darunter sichtbar wird, ist ernüchternd. Der Krieg, die Abwesenheit der Männer, die hilfsbedürftigen traumatisierten Wracks, die sie bei ihrer Rückkehr aus der Kriegsgefangenschaft sind, all das hat den Frauen zu einer bis dahin unbekannten Selbstständigkeit verholfen, zwangsweise. Viele Frauen sind aus ihrer subalternen Rolle herausgewachsen. Die Männer, die in ihre angestammte Herrscherrolle zurückdrängen, bekommen es zu spüren. Empfehlungen der Demut und Fügsamkeit, wie sie früher unter den Bauersfrauen in ihrer Sonntagstracht in der Backstube üblich waren, werden seltener. Liselotte erinnert sich, dass eine Frau sich über die ständigen Zudringlichkeiten ihres Mannes beklagt hat. »Der darf des und de liebe Gott will des, dann machsch halt d'Auge zu«, bekam sie zur Antwort.

Nach dem Ende des Praktikums steht die Rückkehr zu den Ursulinen in Freiburg an. Das Zeugnis, das ihr die Klinik in Hausach ausstellt, könnte besser nicht sein. Sie habe eine gute Auffassungsgabe, liest sie über sich selbst und ist erstaunt. Komplimente über ihre Fähigkeiten hat sie bisher kaum vernommen. Ihr geliebter Onkel Gust hält die Rückkehr zu den Nonnen und die Ausbildung zur Lehrerin für eine Vergeudung von Talent und Lebenslust. »Die wo de Krage verkehrt rum aziehe, von denen bliebsch weg, und die andere, die wo nach Weihrauch rieche, die bruchsch au nit.« Den Ausschlag gibt schließlich das Urteil des Dr. Katz: »Was willst du denn so eine vertrocknete Lehrerin werden, komm zu mir und werde Krankenschwester, dann hast du einen rechten Beruf.«

Liselotte kehrt nach Freiburg zurück und meldet sich für den ersten Krankenpflegekurs der Uniklinik Freiburg nach dem Krieg an. Die erste Station ihrer praktischen Ausbildung ist die Station M1b, Männer. Im 19-Betten-Saal liegen zumeist junge Männer mit Knochenbrüchen im Gipsbett. Die Kur verlangt wochenlanges Liegen, mit Ausnahme des eingegipsten Gliedes sind die Patienten an allen anderen Gliedern gesund. Die Luft im Saal ist testosteronhaltig. Morgens wird gebettet. Liselotte assistiert der Schwester Maria Sigismund, eine derbe gottergebene Erscheinung, die Liselottes Auffassung nach besser in einen Kuhstall gepasst hätte. Sie ist erfüllt von Gottes Liebe und ihrer Stickarbeit, die Nacktheit der Patienten nimmt sie gar nicht wahr. Liselotte jedoch weiß kaum, wo sie hinschauen soll. Aus dem letzten Bett am Saalende ruft ein Patient. »Na, Schwester Sigismund, wieder ä Wochenend rum? Wie ist es denn so am Wochenende, nur mit dem lieben Gott verheiratet, der so weit weg ist?« Liselotte hält die Luft an, Schwester Maria Sigismund mag zwar nicht die hellste Kerze in der Kapelle sein, aber so dreist eine quasi heilige Frau attackieren, das ist doch unerhört. Schwester Sigismund aber lässt sich nicht aus der Ruhe bringen. »Im Gegensatz zu anderen Frauen weiß ich immer, wo mein Mann ist.« Liselotte entschuldigt sich für den Kuhstall, Schwester Maria Sigismund passt vorzüglich in die Station M1b Männer.

Die Schwesternschülerin

Die zweite Ausbildungsstelle der Klinik ist die gynäkologische Station in Sankt Urban. Was sie dort zu sehen bekommt, erschüttert ihr moralisches Weltbild. Der Großteil der Patientinnen sind sogenannte Hausschwangere, in der Regel junge Mädchen, sechzehnjährige darunter, die ungewollte Kinder austragen. Die Klinik bietet ihnen drei Monate vor und drei Monate nach der Geburt neben der klinischen Betreuung kostenlose Kost und Logis. Dafür müssen sie im Klinikbetrieb mitarbeiten, beim Putzen helfen, Geschirr spülen, im Garten mitarbeiten. Die meisten haben nach Ablauf der drei Monate keinen Ort, der sie und ihr Kind aufnehmen könnte, ihre Familien haben sie verstoßen. Sie geben deshalb das Kind zur Adoption frei. Der Ton auf der Station ist rau. Das Pflegepersonal besteht aus Rot-Kreuz-Schwestern, die ihr Handwerk im Krieg gelernt oder erweitert haben. Der stramme Befehlston ehemaliger BDM-Mädels ist ihnen geblieben. Liselotte hört, wie eine Schwester mit einer Patientin, die vor der Entlassung steht, hart ins Gericht geht. »Du wusstest doch schon lange, dass du ein Kind kriegst, und was hast du gemacht? Nichts, kein Höschen gestrickt, kein Hemdchen genäht. Und jetzt? Soll ich das Kindchen vielleicht in Zeitungspapier einwickeln?«

Die Lehrmädchen stehen unter dem Kommando einer Adligen aus Pommern, einer Kettenraucherin. Am Mittagstisch herrscht die Regel, dass gegessen wird, wenn die Oberin isst, und dass mit dem Essen aufgehört wird, wenn die Oberin aufhört. Da ihr am Essen das Wichtigste die Zigarette danach ist, fallen die Mahlzeiten für die Mädchen sehr spärlich aus. Bei einem nächtlichen Brandalarm sieht sie die Oberin in einem Baby-Doll-Kleid aus ihrer Kammer stürmen. Das verschiebt ihr Bild der strengen Dame aus Pommern ins Lächerliche.

Liselotte ist als Dienstmädchen zwei Rot-Kreuz-Schwestern zugeteilt, die ihre Dienstzeit mit Stricken verbringen.

Wenn ihnen die Wolle ausgeht, schicken sie Liselotte in die Stadt, neue besorgen. Liselotte nimmt die Gelegenheit gerne wahr und erkundet Freiburg.

Die Klinik hat bei Antritt der Ausbildung ein Zimmer zur Miete vermittelt. Für 20 DM bewohnt sie eine Mansarde im Dachgeschoss der Familie Willibald in der Burgunderstraße. Die Dame des Hauses streicht die Monatsmiete ein und übergibt ihr jedes Mal eine Tafel Schokolade. Im Haus wohnen ihr asthmatischer Mann und ihr Sohn, ein schon etwas reiferer dicklicher Mann. Frau Willibald bringt Sohn und Untermieterin gern auf ein Glas Tee zusammen. Ihre Freundlichkeit durchschaut Liselotte bald als Strategie, den unbeholfenen Mann, der sich mit Frauen offensichtlich schwertut, zu verkuppeln. Als sie Liselotte dabei erwischt, wie sie ihren Schwarm Günther bei seinem einzigen Besuch in Freiburg in ihr Zimmer mitnimmt, wo außer Händchenhalten nichts passiert, sinken ihre Aktien als zukünftige Schwiegertochter in den Keller und die Kuppelversuche brechen ab. Liselotte nimmt es dankbar hin.

Ihr Tanzpartner meldet sich immer wieder, der Kontakt verstetigt sich, geht aber über eine Freundschaft nicht hinaus. Liselotte schätzt seine Zuverlässigkeit, beide lieben sie die Natur, gehen wandern, auch in der Gruppe mit seinen Freunden. Liselotte merkt schon, dass sein Interesse tiefer geht, aber er bedrängt sie nicht. In ihrem Weltbild ist kein Platz für einen weitergehenden, aber unverbindlichen Flirt. Sie achtet darauf, dass ihr Zusammensein den Rahmen des Kameradschaftlichen nicht verlässt. Eine ruhige stille Freundschaft wird sie es später nennen. In seiner Gegenwart immerhin fühlt sie sich wohl, man versteht sich, genießt die kleinen Freuden, die nichts kosten, schüttelt gemeinsam den Staub ihrer NS-Jugend ab, ohne sich mit Grübeln den Start in die aufstrebende Bundesrepublik allzu schwer zu machen.

Ihre Lehrzeit, die am Anfang ihres Strebens steht, sich durch Tüchtigkeit einen Platz in der Gesellschaft zu erobern, nimmt sie dafür zu sehr in Anspruch. Seit 1948 besucht Karlheinz das Technikum in Konstanz mit dem Berufsziel Architekt. Die Stunden, die sie gemeinsam verbringen können, sind knapp bemessen.

Liselotte und Karlheinz bei einer Wanderpause (1951)

Die letzte Station ihrer Kliniklehre führt sie in die Psychiatrie. Hier trifft sie auf warmherziges Pflegepersonal, das die Patienten auch mal in den Arm nimmt, wenn sie von ihren Wahnvorstellungen überwältigt werden. Auch Liselotte findet schnell einen Draht zu den Patienten. Sie führt es darauf zurück, dass sie mit Pauline schon früh Erfahrungen im Umgang mit psychisch Kranken sammeln konnte. Die Psychiatrie der 50er Jahre kennt noch keine Medikamente. Behandelt werden die Patienten mit Schocktherapien. Zu Liselottes Aufgaben gehört es, die zum Elektroschock bestimmten Patienten ins Behandlungszimmer zu bringen, was in harmlosen Fällen Überredungskunst verlangt, in schwierigeren auch leichten Zwang, sie auf dem Bett zu fixieren, ihnen einen Gummischlauch zwischen die Zähne zu stecken und die Elektroden anzulegen. Noch schlimmer ist für die Patienten der künstlich herbeigeführte Insulinschock.

Aus ihren Gesprächen mit den Patienten gewinnt sie schnell die Erkenntnis, dass viele Frauen in der Psychiatrie landen, weil sie die Ehe mit gewalttätigen Männern nicht mehr aushalten und keine Alternative sehen. Einfühlungsvermögen in die Wahnwelt der Kranken ist ein Qualifikationsmerkmal der Psychiatrieschwester. Liselotte bringt es mit, wird deshalb auch bei Kolleginnen schnell beliebt. Sie weiß aber auch zuzupacken, wenn ein Patient ausrastet. Eine Hysterikerin, die aus der geschlossenen Abteilung auszubüchsen versucht, kann sie gerade noch an einem Bein packen, als sie den Anstaltszaun fast schon überwunden hat. Die Patientin pinkelt aus der Höhe auf ihre Verfolgerin herab, doch Liselotte lässt sich nicht abschütteln, bis Hilfe kommt.

Das Gemäuer der Klinik ist alt, die Wände bröckeln, Mäuse haben leichtes Spiel. Man wehrt sich der Mäuseplage mit Katzen. Liselotte hat eine Lieblingskatze. Innerhalb der Klinik sind sie verboten, aber Liselotte hat sie während einer

Nachtwache hereingelassen und sucht sie nun, um sie wieder im Garten auszusetzen. Nirgends jedoch ist die Katze zu finden. Schließlich entdeckt sie sie im Bett einer Patientin. Sie hat sich Baldrian auf den Bauch gegossen und schnurrt nun gemeinsam mit der Katze, die ihr den Unterleib leckt, vor Vergnügen. Zur Nachtwache gehört es auch, alle Vorkommnisse ins Protokollbuch zu schreiben. Bei der Morgenvisite ist die Heiterkeit unter den Ärzten groß, als sie auf die junge Autorin des anrüchigen Berichtes treffen. Liselotte errötet, als wäre sie selbst mit der Katze im Bett gewesen. Fortan hat sie ihren Spitznamen weg.

# 25. KARLHEINZ

Eingewickelt in sterile Tücher, mit Mundschutz und notdürftig auf Kissen gebettet, sitzt Liselotte unter dem OP-Tisch. Der operierende Dr. Richard hat ihr empfohlen, vorher nochmal die Toilette aufzusuchen, es könnte länger dauern. In den Händen hält sie ein Märchenbuch. Über ihr schwebt das Gesichtchen des kleinen Hansi, aus dem sie zwei wache, erschreckte Augen anschauen. Es liegt im ovalen Loch des OP-Tisches, Haare sind nicht zu sehen, auch der ganze Rest des kleinen Hansi ist für Liselotte unsichtbar. Gerade liest sie ihm aus dem Märchen »Der Teufel mit den drei goldenen Haaren« vor. Hansi kennt das Märchen schon, hat es sich aber nochmal gewünscht. Er hat ein leichtes Beruhigungsmittel bekommen, ist jedoch präsent genug, um der Geschichte zu folgen und gelegentliche Anweisungen der Ärzte auszuführen, die Liselotte, ihre Erzählung unterbrechend, an ihn weitergibt. Hansi wird in Bauchlage und bei Bewusstsein am Hinterkopf operiert. Die Ärzte müssen wissen, in welchem Bereich sie mit ihren Instrumenten gerade zu Gange sind. Sie sind deshalb auf Hansis Mitarbeit angewiesen.

Der einzige Sohn eines verwitweten Sägewerksbesitzers aus der Schweiz ist im väterlichen Betrieb auf einen hohen Stapel Baumstämme geklettert und von dort hinabgestürzt. Die Schädelverletzung verursacht epileptische Anfälle. Hansi ist schon seit einiger Zeit auf der Station. Wenn es ihm gut geht, flitzt er durch die Korridore, schäkert mit den Schwestern und albert sich in die Herzen des Personals. In letzter Zeit aber häuften und verschlimmerten sich die Anfälle.

Dr. Richard, der leitende Arzt, hat sich deshalb zu einer Operation am offenen Schädel entschlossen.

»Rechte Hand bewegen!« Liselotte gibt das Kommando des Arztes an Hansi weiter. »Jetzt versuch mal, deine rechte Hand zu bewegen.« Hansi bewegt die rechte Hand, folgsam, wenngleich ihm die Unterbrechung der Märchenerzählung nicht recht ist. »Jetzt die Finger der rechten Hand, einzeln.« Liselotte spricht in das über ihr schwebende Gesichtchen hinein. »Jetzt die linke Hand.«

In die folgende Pause hinein sagt Hansi: »Weiterlesen!« Und Liselotte liest weiter.

»Voll Zorn sprach der König: ›So leicht soll es dir nicht werden, wer meine Tochter haben will, der muss mir aus der Hölle drei goldene Haare von dem Haupt des Teufels holen; bringst du mir, was ich verlange, so sollst du meine Tochter behalten.‹ Damit hoffte der König, ihn auf immer los zu werden. Das Glückskind aber antwortete: ›Die goldenen Haare will ich wohl holen, ich fürchte mich vor dem Teufel nicht.‹«

Auch Hansi zeigt großen Mut. Immer wieder muss er die Anweisungen der weißen Teufel ausführen, die sich in seinem Hinterkopf zu schaffen machen. Nur an der Stelle, als der Märchenteufel nach Hause kommt und sagt »Ich rieche, rieche Menschenfleisch«, zeigt das EKG größere Ausschläge.

Im Laufe dieses Tages wird Liselotte dem kleinen Patienten Hansi noch viele andere Märchen vorlesen. Erst nach sechs Stunden wird die angehende OP-Schwester Liselotte aus ihrer Lage befreit. Ein Assistenzarzt muss sie unter dem OP-Tisch hervorziehen. Sie ist so steif, dass sie es alleine nicht schafft, unter dem Tisch hervorzukriechen. Auch Hansi ist am Ende seines Interesses an Märchen. Der Arzt setzt ihm das kreisrunde Stück der Schädelplatte wieder in die alte Stelle ein und vernäht die Kopfhaut darüber. Die Hoffnung auf den Erfolg des Eingriffs wird sich nicht erfüllen, Hansi bleibt sein Leben lang Epileptiker.

Lippenstift. Plötzlich ist der Gedanke an Lippenstift da. Und an Seidenstrümpfe, Ringe, Armketten, Glockenröcke. Das Ideal ihrer Mädchenjahre, eine deutsche Frau schminkt sich nicht, raucht nicht, ist blond und schenkt dem Führer Kinder, ist ihr endgültig zum lächerlichen Hirngespinst eines Irren verfallen, eine Zwangsjacke, die gesunden Menschen angelegt wurde. Die neue Zeit, der sie sich zugehörig fühlt, singt Lieder des frivolen Lebens. Auf der Station trällern Liselotte und ihre Kolleginnen Marika Rökk: »Für eine Nacht voller Seligkeit, da gebe ich alles hin«. Ein ganz neuer Freiheitsgeist erhitzt ihr die Wangen. Kein Führer, kein Pfarrer, weder Vater noch Mutter schreiben ihr den Lebenswandel vor. Sie kann tun und lassen, was sie will, ein unbekanntes, erregendes Gefühl.

»Doch die Schlange fand den Weg
Ins gelobte Land
Eva tat den Sündenfall
Und wurde interessant.«

Den Sündenfall scheut Liselotte einstweilen noch. Zur Sünde aufgelegte Verehrer, die in den Startlöchern stehen, gibt es genug. Auf ihrer Station famuliert Ernst Winrich, ein junger Student. Er macht ihr heftig den Hof, überschießend in seinen Komplimenten, ungeduldig drängend, die Ernte seiner Schmeicheleien einzufahren, die in Liselotte durchaus deutlich sichtbare Zeichen hinterlassen. Beim gemeinsamen Küchendienst macht er ihr den x-ten Antrag, den Liselotte zum x-ten Mal charmant ablehnt. Ernst Winrich hält die Kaffeekanne der Station in Händen, als ihn die Absage trifft; krachend zerschellt sie am Küchenboden. Liselottes Widerstand zerbricht auch seine Contenance.

Weit weniger leidenschaftlich gibt sich Karlheinz, der immer wieder am Wochenende aus Konstanz zurückkehrt und Liselotte aufsucht. Karlheinz wirbt mit stiller, aber zäher Beständigkeit um ihre Sympathie, das Wort Liebe traut sich nicht über seine Lippen hinaus. Zur Sünde drängt es auch ihn, allein ihm fehlt der Mut zum Fall, noch. Schüchtern, denkt Liselotte, nicht unzufrieden mit dem Umstand, er ist halt schüchtern, unsicher. Dabei ist Sicherheit die erste Lehre, die er aus dem Zusammenbruch des Dritten Reiches gezogen hat. Die großen Versprechungen tausendjähriger oder sogar ewiger Reiche im Jenseits sind ihm zuwider. Auch der neue Geist der Bundesrepublik scheint ihm so neu nicht. Als Maurerlehrling beim Wiederaufbau der Metzgerei Gruninger, so schimpft er Liselotte gegenüber, habe er die Erfahrung gemacht, dass die alte Klassengesellschaft sich nur neue Kleider angezogen habe, aber im Grunde die gleiche geblieben sei. Eine Unzahl von 25 Kilogramm Säcke Zement habe er am Bahnhof abladen müssen, eine Arbeit, die einem kriegsbedingten Hungerleider wie ihm fast das Rückgrat gebrochen habe. Früher seien es die Nazis gewesen, die kommandiert hätten, heute die Geldbonzen. Schon bei der Verpflegung sei das bemerkbar gewesen. Die guten Würste für die Kinder der Bourgeoisie, die schlechten für die Knechte. In diesem Fegefeuer der Erkenntnis seien ihm alle Illusionen verbrannt.

»Es mag ja komisch klingen«, sagt er im Gespräch mit Liselotte, »aber als ich mit all dem Mist der Vergangenheit abgeschlossen hatte, da habe ich mich zum Tanzkurs gemeldet. Tanzen zu lernen war wie eine Befreiung für mich.«

»Find ich toll, lass uns mal wieder tanzen gehen«, antwortet Liselotte und denkt, aber ausgelernt hast du noch lange nicht. Nein, ausgelernt hat er nicht, aber er arbeitet daran. Um seine Liebelei mit Liselotte voranzubringen, hat sich Karlheinz was ausgedacht.

»Hier und heute, jawohl, hier und heute werde ich das katholische Bollwerk schleifen.« Geradezu verwegen kommt Karlheinz sich bei diesem Gedanken vor, fast stolz darauf, dass ihm ein so ungehöriger Gedanke, der eigentlich und anständigerweise von Schamgefühlen begleitet sein müsste, gekommen ist. Und ein bisschen steigt ihm auch die Röte ins Gesicht, allerdings bleibt undeutlich, ob aus Scham oder antizipierter Lust. Der Student des Bauingenieurwesens hat einen Plan. Am Wochenende würde das Konstanzer Seenachtsfest stattfinden. Liselotte hat bereits beiläufig geäußert, dass sie sich riesig freuen würde, so ein Feuerwerk mal zu sehen. Er hat sie also eingeladen, sie würden den Abend auf einem Ausflugsdampfer auf dem See verbringen, davor oder danach irgendwo eine Kleinigkeit essen. An eine Rückfahrt nach Freiburg sei natürlich nicht zu denken, sie könne aber bei ihm übernachten. Sein Studienkollege Erich sei am Wochenende bei seinen Eltern, seine Bude könne sie haben. Er müsse jedoch Liselotte heimlich an der Zimmerwirtin vorbeischleusen. Die Dame sei ein furchtbarer katholischer Besen. Bei dem mit Absicht gewählten Wort »katholischer Besen« suchte er heimlich nach Zeichen der Missbilligung in ihrer Miene, konnte aber keine entdecken. Offensichtlich hegt Liselotte auch keine Sympathie mit katholischen Anstandsdamen, die hinter dem Türspalt auf der Lauer liegen, um sofort den Dreck der Sünde wegzufegen. Sie blieb sogar erstaunlich wortkarg, verlangte überhaupt keine näheren Angaben zu dieser »Bude«, was Karlheinz sehr recht war. Er hat nämlich nicht die ganze Wahrheit gesagt. Die Bude des Studienkollegen ist auch seine Bude, die Betten stehen im selben Zimmer.

Er musste also dafür sorgen, dass seine Bude sturmfrei ist. Der Studienkollege murrte zwar ein bisschen, dass er das Zimmer ausgerechnet zum Seenachtsfest räumen sollte, zeigte aber Verständnis für die durch seine Abwesenheit ermöglichte Verführung. Eine Hand wäscht die andere, wird er sich gedacht haben.

Karlheinzens Erregungskurve steigt deutlich an, als er sich am späten Nachmittag auf den Weg zum Bahnhof macht, um Liselotte abzuholen. Auf dem Bahnsteig läuft sie ihm entgegen, das Köfferchen lässt sie fallen, bevor sie Karlheinz am Hals hängt und ein bisschen mit den Füßen strampelt. Sie hat sich in ihre besten Kleider geworfen, einen Glockenrock nach der Mode der Zeit, weiße Bluse, zusammengehalten durch ihr einziges Schmuckstück, eine blau-rosé schillernde Brosche, das Geschenk eines Patienten, eines Franzosen. Er lag todtraurig mit gebrochenem Bein auf der Chirurgie, sprach kein Wort Deutsch, litt furchtbar unter Heimweh und war so dankbar, dass ihn die Lehrschwester mit ihrem gebrochenen Französisch zu trösten versuchte. »De ma mère, très précieux«, hat er gesagt. Ob ein echter Stein oder Glas in der Fassung war, hat Liselotte nie herausbekommen.

Zusammen schlendern sie durch die Konstanzer Innenstadt, halten sich an der Hand dabei, kehren in ein Café ein, tauschen über einer Tasse Kaffee ein paar Belanglosigkeiten aus. Dann sagt Karlheinz: »Gib mir mal dein Köfferchen, ich bringe es schon mal ins Zimmer. Bestimmt lauert die Wirtin hinterm Fenster. Besser, du gehst erst ins Zimmer, wenn es dunkel ist und sie im Bett liegt. Sie geht nämlich zeitig zu Bett. Warte hier, ich bin gleich zurück.« Und so ist es, schon 10 Minuten später ist er wieder da. Dann brechen sie auf zum Seeufer, lösen zwei Tickets für die Dampferfahrt, denn vom See aus soll das Feuerwerk besonders beeindruckend sein. Voller Erregung über die Erfahrung all des Neuen steht Liselotte an der Reling, blickt über den See, in dem sich bereits die ersten Lichter spiegeln, sieht im Dunst die blaue Kette der Berge, hört das Plätschern der Gespräche der anderen Gäste, darunter viele Paare wie sie, und es ist ihr, als würde über dem See, wie der abendlich aufsteigende Dunst, das leise Lied des Glücks schweben.

Als die letzten Gäste an Bord sind, werden die Leinen los gemacht und das Schiff stößt sich langsam vom Ufer ab. Mit wachsendem Abstand vom Ufer frischt der Wind auf, das im Hafen so friedlich-glatt ausgebreitete Wasser kräuselt sich, Wellen klatschen gegen die Bordwand. Vor Liselottes Augen beginnt das Ufer zu tanzen, hoch und runter, hoch und runter schwanken die Lichter der Straßenlaternen. Als sie zu kreisen beginnen, krallen sich Liselottes Hände fester in die Reling. Karlheinz sieht mit Sorge, wie die Farbe aus Liselottes Gesicht weicht, ihre Augen blitzen nicht mehr vor Freude wie noch vor wenigen Minuten, nun stiert erst die Sorge, dann die Panik aus ihnen heraus. Als die ersten Raketen in den Himmel schießen, übergibt sich Liselotte. Weit über die Reling gebeugt, Karlheinz umklammert sie von hinten mit beiden Armen, speit Liselotte ihr Inneres in die dunkel schwappende Tiefe unter ihr. Was ihr bis vor Kurzem die Quelle eines zärtlichen Liedes schien, greift nun mit nassen Fangarmen nach ihr, droht sie, die bereits ihren halben Magen vorausgeschickt hat, selbst zu holen. Über dem Wasser entfaltet sich der Feuerzauber des Festes, am nächtlichen Himmel zerstäuben Lichterreigen, platzen bunte Kugeln, die Ahs und Ohs, die aus offenen Mündern das Spektakel kommentieren, bilden ein vielstimmiges Konzert. Am Rand all der Feierlichkeit aber steht ein einsamer Mensch und würgt und würgt und würgt. Kein helfender Karlheinz, kein gutes Zureden, nichts stoppt die furchtbare Gewalt, die ihr den Boden unter den Füßen weggezogen hat und ihr nun den Magen umstülpt. Stück für Stück geht zuerst das Abendessen über Bord, dann Liselottes Freude über diesen Abend, die festliche Stimmung, ihr Stand in der Welt und ihre Selbstgewissheit und zum Schluss fällt auch noch die Brosche dort in den See, wo er am tiefsten ist, zurück bleibt ein Häufchen Not und Elend. Die ganze lange Dampferfahrt wird Liselotte von der Seekrankheit durchgeschüttelt, die kurzen Pausen, in denen Karlheinz sie auf einen Stuhl platzieren kann, sind nur der Auftakt zu neuen Attacken der Übelkeit, Pausen, in denen auch die Seekrankheit neue Kraft schöpft. Als nach einer kleinen Ewigkeit das Feuerwerk zu Ende ist, schwankt eine erschöpfte Liselotte, von Karlheinz gestützt, an Land. Aber auch da wirkt das Echo des Wellenganges in ihr nach. Mit Mühe schaffen sie es in Karlheinzens Bude. Die Tatsache, dass ihr Bett im selben Zimmer steht, ist kein Stirnrunzeln wert, im Gegenteil. Karlheinz in der Nähe zu wissen, wirkt auf Liselotte beruhigend. Karlheinz hilft beim Ausziehen des Mantels, der Schuhe, der Bluse, beim Waschen und Zähneputzen. Er schlägt die Bettdecke auf und über einer bleichen, leidenden, kraftlosen Liselotte wieder zu. »Bitte mach das Licht aus, Karlheinz, mir ist so elend und es blendet«, sagt Liselotte.

Eine Weile liegt Karlheinz wach in seinem Bett und versucht aus dem Muster, das ein schwaches Licht von der Straße an die Decke zeichnet, die Botschaft dieses Abends herauszulesen. Liselottes regelmäßige Atemzüge sagen ihm, dass sie schläft. Sollte er jetzt enttäuscht sein? Nein, sagt der zukünftige Bauingenieur in ihm. Wenn der eine Plan nicht trägt, dann mach einen zweiten. Diese Frau ist allemal einen zweiten wert. Wie hat er gelitten, als er sie so leiden sah. Das darf nicht wieder vorkommen. Dieser Frau ein Haus zu bauen, mit einem stabilen Fundament darunter, alles Schwankende und Schwindel Machende zu bändigen, ihr festen Boden unter den Füßen zu bieten, eine Heimat, denn die muss ihr doch fehlen, nicht diese Ungewissheit auf einem schlingernden Schiff, Sicherheit, vor allem Sicherheit, das ist es, das muss schön sein. Das ist der Plan für die Zukunft. Mit diesem Gedanken schläft er ein.

Am nächsten Morgen, ein Frühstück kann er nicht bieten, machen sie sich gemeinsam auf den Weg zum Bahnhof. Liselotte ist immer noch gezeichnet, mehr vom Schock über die missratene Nacht und die Elendsfigur, die sie abgegeben hat, als von der Übelkeit selbst. Im Hausflur laufen sie der Zimmerwirtin über den Weg.

»Ein Notfall«, kommt Karlheinz ihrem Gezeter zuvor. »Der jungen Dame war so übel, dass sie nicht reisen konnte. Ein Akt christlicher Nächstenliebe, das verstehen Sie doch sicher.«

»Christliche Nächstenliebe, so so«, antwortet die Zimmerwirtin verkniffen, »ist mit bisher nicht aufgefallen, dass Sie ein praktizierender Christ sind, Herr Student. Woher bloß dieser plötzliche Sinneswandel? Zur Frömmigkeit aber gehören auch Beichte und Buße. Das würde Ihnen gut anstehen. Und Sie, junge Frau, möchte ich hier nicht mehr sehen.«

Als sie außer Sichtweite des Hauses sind, können sie schon wieder lachen. Das Frühstück, das sie vor der Abfahrt des Zuges in einem Café einnehmen, schmeckt auch Liselotte wieder.

Karlheinz muss noch ein weiteres Jahr warten, bis sein geduldiges Bohren Erfolg hat. Ein Jahr, in dem viele Briefe zwischen Konstanz und Freiburg hin und her gehen, die zur Grundsteinlegung einer soliden Partnerschaft beitragen. Schließlich, es ist Sommer und das Bett, das ihnen sowohl in Karlheinzens Elternhaus als auch in Liselottes Klause verboten ist, nun richtet es ihnen die Natur. Liselotte wird schwanger, so lange vorbereitet und nun doch völlig überraschend. Damit sind alle Pläne für die Zukunft, die Liselotte bereits geschmiedet hat, hinfällig. Sie ist in der Zusatzausbildung zur OP-Schwester. Ihr Ausbildungsarzt Dr. Kramer, selbst sehr gläubig und in der christlichen Missionsarbeit engagiert, hat sie dazu überredet und die Möglichkeit in Aussicht gestellt, in einer Missionsklinik in Afrika zu arbeiten. Das wäre ganz nach Liselottes Geschmack gewesen, die Entfernung vom Elternhaus hat ihr Selbstwertgefühl gestärkt, was wäre von einer weiteren Entfernung nicht alles zu erwarten, die Abenteuerlust jedenfalls bringt sie mit. Nun steht der schwere Gang ins Elternhaus an, die Beichte ihres Sündenfalls. So würde es der Vater sehen, das ist ihr klar. Ihr selbst steht das Bild der Hausschwangeren vor Augen. Und der gefürchtete Katastrophenfall tritt ein. Liselotte wird bei ihrem Besuch zu Hause wie eine Aussätzige behandelt. Sie schreibt dem Vater einen wütenden Brief, bekommt keine Antwort. Karlheinz unternimmt Anfang Oktober die Reise nach Hausach, vielleicht kann er einen Sinneswandel bewirken. Er wird empfangen, auch der Vater redet mit ihm, eine Aussöhnung erreicht er nicht. Immerhin, so berichtet er, »so schlimm war es auch nicht«. Die Schwester Gertrud sei ihm, da sei er schon auf der Straße gewesen, um die Rückreise anzutreten, nachgelaufen und habe ihm vom Vater eine Brezel als Wegzehrung mitgegeben. Liselotte nimmt es als vorsichtige Geste der Versöhnung. Mehr Versöhnung aber gibt es nicht. Karlheinz sieht die Schwangerschaft gelassen. »Das ist doch in Ordnung«, sagt er, »wenn die Kinder früher kommen, sind sie früher groß und wir sind früher fertig.« Was er nicht sagt, aber vielleicht schon gedacht hat: Bei einem soll es nicht bleiben, das halbe Dutzend sollte schon voll werden.

Dann stirbt der Vater. Und mit dem Vater stirbt jede Hoffnung auf Versöhnung. In der allgemeinen Aufregung und Trauer um den Mittelpunkt der Bäckerfamilie wird das Eis der Ächtung, das vielleicht gerade zu tauen begann, bei Minusgraden konserviert.

Karlheinz und Liselotte, inzwischen beide mit einem Berufszeugnis in der Tasche und auf dem aufblühenden Arbeitsmarkt der jungen Bundesrepublik in feste Anstellungen vermittelt, sehen sich gerüstet für die Bildung einer Familie. Sie bestellen das Aufgebot. Die standesamtliche Eheschließung soll im kleinen Schwarzwaldort Sankt Märgen stattfinden, die kirchliche Trauung in der kleinen Kapelle auf dem Lindenberg. Termin ist der 22. November 1951. Davor sind noch einige Dinge zu erledigen.

Ein Besuch auf dem Gesundheitsamt ist Pflicht. Dort werden sie getrennt gefragt, ob sie Geschlechtskrankheiten haben. Als sie sich gegenseitig von der Befragung berichten, müssen sie lachen, so absurd scheint ihnen die Frage. Absurd war sie jedoch nur als Frage an die Frau. In Liselottes Dorf wurden die Bauernmädchen noch vom Pfarrer aufgeklärt. Die Bauernburschen bekamen vom Vater, wenn sie sechzehn oder siebzehn waren, Geld in die Hand gedrückt mit der Empfehlung: »Gesch halt ins Bordell in Konstanz.« Die Burschen traten den Gang zu ihrer Entjungferung in der Gruppe an. Liselottes Spielkamerad Arthur erzählte, wie sie zu dritt ins Bordell hineinwollten, sei gerade ein Bekannter aus dem Ort herausgekommen.

Immer wieder beschleichen Liselotte Ängste, was die kommende Zeit betrifft. Auch auf der Arbeit schießen ihr die Tränen ins Gesicht. Ihre Kolleginnen nehmen sie in den Arm, sprechen ihr Mut zu. Schwester Marta, die selbst ein uneheliches Kind großzieht, sagt, du schaffst das auch. Schon kleine praktische Probleme kommen Liselotte riesig vor. »Was soll ich denn anziehen?«, fragt sie Marta. »Weiß geht doch nicht, ich bin doch keine Jungfrau mehr.«

»Dann halt schwarz«, antwortet Marta, »ich kann nähen, ich nähe dir ein schwarzes Brautkleid.«

Aus schwarzem Taft entsteht mit Martas Hilfe ein Kleid. Säume und Bordüren näht Liselotte selbst. Der Schleier entfällt, ein Blumenkranz im Haar jedoch, so viel Fröhlichkeit darf sein. Als das Kleid fertig ist, sagt Marta: »Du, ich muss dir noch was sagen. Bei uns heißt es, wer sein Brautkleid selber nähen muss, der muss in seiner Ehe viel weinen.« Blödsinn, denkt Liselotte. Das Leben in der Gemeinschaft mit den Schwiegereltern wird sie eines Besseren belehren.

Am 22. November, einem Samstag, fahren sie mit dem Taxi nach Sankt Märgen. Die standesamtliche Trauung ist auf 10 Uhr angesetzt. Mit dabei ist als einzige Person die Schwester Gertrud, sie ist die Trauzeugin. Die Schwiegereltern sind nicht dabei. Liselotte wundert sich, auch wenn ihr bereits manches an diesen Schwiegereltern komisch vorkommt.

Das Dreisamtal hoch bis Kirchzarten geht die Fahrt gut, dann biegt das Taxi ab ins Wagensteigtal. Die Straße wird enger und kurviger, Liselotte wird übler und übler. Als sie in Sankt Märgen ankommen, ist alle Farbe aus ihrem rosigen Brautgesicht gewichen. Immerhin hat sie sich nicht im Taxi übergeben. Nachdem sie den Blumenkranz um ihren Kopf gerichtet hat, gehen sie ins Bürgermeisteramt. Dort laufen sie dem Gemeindediener über den Weg. »Was wollen denn Sie hier am Samstagvormittag«, will er wissen.

»Heiraten!«, entfährt es Karlheinz mit einem Anflug von Panik, und Liselotte haucht schwach: »Ja, heiraten.«

»Ach so, das muss der Bürgermeister vergessen haben. Entschuldigung, ich muss ihn erst wecken.«

Bis der Bürgermeister geweckt und mit einem kräftigen Frühstück in Amtslaune versetzt ist, vergeht einige Zeit. Seine Pflicht versieht er jedoch gründlich. »Wo ist denn der zweite Trauzeuge? Haben Sie nur einen mitgebracht?« Großer Schreck. Dass zwei Zeugen gebraucht werden, war den Brautleuten nicht bekannt. Woher bloß einen nehmen? Sie fragen den Taxifahrer, der ziert sich nicht lange und unterschreibt.

Danach geht die Fahrt weiter auf den Lindenberg in Sankt Peter, in die dortige Marienkapelle, eine Wallfahrtskirche. Gläubige in Not wallfahren seit Jahrhunderten in diese Kapelle, die ein Bauer an der Stelle errichten ließ, an der ein Hirtenjunge eine Marienerscheinung hatte. Liselotte scheint dies der richtige Ort zu sein, um Marias Segen über die Ehe und ihre Leibesfrucht zu erbitten. Karlheinz steht dem religiösen Hintergrund indifferent gegenüber, die Kirche und ihre Lage findet er hübsch. Sie haben Glück. Als sie eintreffen, will der Pfarrer gerade seinen Heimweg in die Wochenendruhe antreten. Er traut sie kurz und schmerzlos. Wo das Publikum fehlt, hat es keinen Sinn, den Gottesdienst in die Länge zu ziehen.

Dann geht es zurück durch alle Kurven des Wagensteigtales in die Stadt zum Fotografen. Als Liselotte Tage später das Foto in Händen hält, schaut ihr »das Leiden Christi« entgegen. Es ist ihr zwar gelungen zu lächeln, aber ihr Blick geht ins Unbestimmte und der anhaltende Schwindel verleiht ihr etwas Transzendentes, eine Transfiguration der Reiseübelkeit ins Madonnenhafte. Schließlich können sich Mann und Frau an den Mittagstisch setzen und den tags zuvor von Liselotte zubereiteten Rehbraten genießen. Große Fröhlichkeit jedoch kommt nicht auf. Den Schwiegereltern fehlt jedes Talent dazu und Liselotte hat ihren Appetit im Wagensteigtal gelassen. Karlheinz redet beim Essen nicht gern und Gertrud macht sich zeitig auf den Heimweg nach Hausach. Im Stillen hatte Liselotte gehofft, Gertrud würde ihr so etwas wie eine Mitgift überreichen, vielleicht auch nur eine symbolische Variante davon. Aber Gertrud bringt nichts von zu Hause mit, kaum ein freundliches Wort.

Das Brautpaar

Liselotte ist enttäuscht und weiß doch, der Tod des Vaters hat alles durcheinandergebracht. Eine Tochter, für die nun in weiter Entfernung ein anderer verantwortlich ist, ist die geringste der Sorgen.

Liselotte ist klar, ihre Jugend ist hiermit zu Ende, ihre Geschichte, die in Hausach im Kinzigtal begonnen hat, ist an einen Wendepunkt gekommen. An diesem Wendepunkt beginnt ein neues Leben und sie beginnt es mit leeren Taschen. Aber sie hat ihre Erfahrungen, eine glückliche Kindheit, den wilden Wahn des Dritten Reiches und die Mauser der ersten Nachkriegsjahre. Sie ist wieder ein unbeschriebenes Blatt mit einer ungewissen Zukunft, aber sie führt nun selbst die Feder. Sie ist nicht verzagt. Sie ist eine Ehe eingegangen ohne große Illusionen, aber mit der Gewissheit, einen zuverlässigen Menschen an ihrer Seite zu haben. Sie ahnt, was sie später in Worte fassen kann. Ihre Liebe brauchte einen langen Anlauf, »seine Liebe war größer als mein Widerstand«, wird sie später sagen. Aber sie hat alle Voraussetzungen zu wachsen. Und sie hat recht damit. »Als auch ich erwachsener wurde, meine sexuelle Begierde erwacht war, aber nicht ausgelebt wurde, da habe ich angefangen, ihn zu lieben.« Am Ende steht die Erkenntnis: »Wir zwei haben uns lieben gelernt im Laufe der Jahre«.

# 26. LISELOTTES BRIEF

Kurz vor Weihnachten 2021 saß ich mit meiner Frau Luzi im Zug auf der Rückfahrt von Freiburg nach Berlin. Bei Mannheim überreichte sie mir einen Brief von meiner Mutter. Er lieferte die fehlenden Puzzlesteine zum Gesamtbild.

*Es war einmal: am 27.11.1944 ging ein sechzehnjähriger strammer Hitlerjunge, von der Geigenstunde kommend, nach Hause. Auf Höhe der Kaiser-Josef-Straße, in der Gartenstraße, gab es Fliegeralarm und alle rannten sofort in den Luftschutzbunker am Eingang der Straße, das gelbe Haus mit Torbogen. Freiburg erlebte den größten Luftangriff seiner Geschichte, es fiel eine Bombe auf das Nebengebäude, der Bunker zitterte, alles war voller Staub und Schutt, ein Husten und Schreien, alle glaubten, das Haus stürze zusammen, und auch der junge Mann dachte, das ist das Ende, keiner wird dich finden. Nur eine pflichthalber anwesende Rot-Kreuz-Schwester behielt die Nerven, forderte alle auf, Tücher durchzureichen, machte diese nass, die Verschütteten hielten sich diese vor den Mund und konnten etwas atmen.*

*In der Zwischenzeit hatten doch einige den Notausgang mit einem Pickel aufgeschlagen, ein Schwall frischer Luft kam herein und rettete alle. Auch er sprang ins Freie, rannte um sein Leben, sprang (mit Geige) wie viele andere über Tote, brennende, zerrissene Körper. Obwohl das Theater noch nicht in Flammen stand, war der Sog der Feuersbrunst so stark, dass alle sich an den Händen wei-*

*terzogen. Am anderen Tag meldete sich unser Hitlerjunge freiwillig zum Einsatz, um »diese Schweine, die Bomben werfen,« zu bekämpfen, bis zum Endsieg.*

*Am 27.11.1944 kam der Pfarrer auch zu meinem Vater und sagte: Freiburg brennt, wir Kirchenälteste fahren auf die Heidburg (von wo aus man in der Ferne Freiburg sieht) und beten für die Menschen, die jetzt in Freiburg sterben. Bis Mühlenbach mit dem Pferdewagen, die Steigung mit dem Holzvergaser. Man sah den Feuerschein von Freiburg. Und sie weinten und beteten.*

*Mit seinem einzigen Lederkoffer, seinen einzigen Lederhandschuhen, dem besten Wintermantel ging er auf das Wehramt, wurde der Organisation Todt zugeteilt, war ein paar Monate später in Feldkirch in amerikanischer Kriegsgefangenschaft, der Krieg verloren, der große Zampano verschwunden. Alle eingesammelten Kriegsgefangenen mussten in Feldkirch durch die Hauptstraße marschieren, um zu der Wiese zu gelangen, die ihr Lagerplatz wurde. Sie durften weder Helm noch Mütze tragen, und aus beiden Häuserreihen wurden Blumentöpfe und Nachttöpfe (die nicht leer waren) auf sie geworfen, meistens von Frauen und Kindern. Durch die Wiese lief ein kleiner Bach, die Offiziere waren oben, hatten immer frisches Wasser, die gemeinen Soldaten unten, in der Dreckbrühe. Verpflegt wurde jeden Tag mit kleinen Päckchen aus Amerika, man wusste nie, was drin war, Lebensmittel, Nähzeug, Waschzeug, Zigaretten, es entstand ein reger Tauschhandel. Das Kostbarste waren die Zigaretten, die unser Hitlerjunge nicht rauchte, pures Gold. Die unter Achtzehnjährigen wurden bald zu Bauern nach Bayern gebracht zum Arbeiten, die Amerikaner schauten vorbei und kontrollierten. Er lernte einen etwa gleichaltrigen Freiburger kennen und sie beschlossen zu fliehen. Beiden ging es auf den*

*Höfen schlecht, sie bekamen wenig zu essen und schliefen im Schuppen auf alten Matratzen.*

*Die Flucht gelang, sie liefen meistens durch Wald und Feld bis abends oder nachts, schliefen im Wald, klauten Essen in Käserei-Häuschen, dort klauten sie auch Arbeitshosen und Jacken. Er versuchte immer, seine Zigaretten zu tauschen gegen Lebensmittel. Da sie heimlich von der amerikanischen in die französische Besatzungszone gewechselt waren und keinen französischen Laissez-passer besaßen, mussten sie sehr vorsichtig sein. Aber sie kamen in den Schwarzwald, vertrautes Gelände. Im Löffeltal konnte er nicht mehr vor Erschöpfung, der andere wollte noch in der Nacht nach Freiburg und sie trennten sich. Eine etwa 30-jährige Frau stand im Garten ihres abgelegenen Hauses und sah, wie er sich gerade ins Gras fallen ließ. Sie ging zu ihm und sagte: Komm! Er bekam warmes Wasser, Seife, Handtuch, eine Suppe, ein Stück Brot, ein Bett auf dem Sofa in der Stube, seit gefühlten 100 Jahren ein unvorstellbarer Luxus. Er schlief den Schlaf seines Lebens. In dieser Nacht verlor er seine Unschuld, aber er gewann sein Leben zurück. Dabei bemerkte er gar, dass ihm die Tränen aus den Augen liefen. Das Gefühl, das ihn überschwemmte, war so unfassbar.*

*Die Wut über die Ideologie der Nazis, die Propaganda-Lügen, das ganze geglaubte ideologische Gebäude stürzte über unserem Hitlerjungen zusammen. Die Frau stand auf, es wurde wenig gesprochen, keiner wusste den Namen des anderen. Er bekam eine Tasse Malzkaffee, zwei Stücke Brot. Sie sagte: »Geh und komm nicht wieder!«*

*So weit dieser Teil der Geschichte. An meinem sechzigsten Geburtstag wollte dein Vater mit mir in der Ravenna-Schlucht wandern. Er stutzte, als ich sagte, komm, heute gehen wir das Löffeltal runter. Früher gingen wir immer die Ravenna-Schlucht zurück, was ich jedoch dieses Mal nicht wollte. Da erzählte er mir diese Geschichte. Ich sagte: Komm, lass uns hingehen, wir sind jetzt so alt. Nein, sagte Karl, ich gehe nicht. Ich habe diese Frau nicht geliebt, obwohl ich ihr dankbar bin. Sie hat mich ins Leben zurückgeholt. Sie tat es aus Sehnsucht und Begierde nach ihrem Mann, einem Soldaten. Ich will heute keine 75-jährige alte Frau sehen. Ich will die Melodie dieses Gefühls behalten.*

*Und er sagte noch: Bei dir habe ich diese Melodie wieder gehört und dieses Mal war richtige Liebe dabei. Deshalb war ich so entsetzt, als du schwanger warst und man zu dir sagte, ich hätte dir die Ehre genommen. Ich habe dich doch nur geliebt. Wie kann eine Liebe ohne Hintergedanken die Ehre kaputt machen? Es wäre mir nie in den Sinn gekommen, dass es dich so hart trifft. In der Stadt ist das halt nicht so, und mit der Kirche habe ich sowieso nichts am Hut.*

*Mein Vater, der meine und seine Ehre geschändet sah, betete auch für einen 16-jährigen Hitlerjungen, der bei der Bombardierung Freiburgs fast gestorben wäre. Er konnte nicht wissen, dass er für seinen zukünftigen Schwiegersohn Gottes Segen erflehte.*

*Als ich 60 war, hörte ich die Geschichte vom Löffeltal und wusste nun, warum ich immer durch diese glitschige Ravenna-Schlucht zurück musste statt durchs Löffeltal. Auch ich war sehr bewegt, als mein Mann mir damals sagte: Du warst die Frau, bei der ich wusste, aus Liebe werde ich diese Melodie, die ich nur einmal im Leben gehört habe, wieder hören.*

Mein Großvater und ich, sein Enkel, haben uns also nicht kennengelernt. Sein früher Tod hat es verhindert. Die Welt, in der er gelebt hat, ging nach ihm Stück für Stück den gleichen Weg. Sie war an ihr Ende gelangt und musste der Moderne weichen. Er sei rechtzeitig gestorben, sagte meine Mutter, ihren Ärger über die ersehnte und ausgebliebene Aussöhnung hinunterschluckend, so sei ihm vieles erspart geblieben.

Ich aber habe seinen Genius, ohne es zu wissen, noch gespürt. Wenn ich, ein kleiner Bub, nach Hausach mitgenommen wurde, hat das bei mir Herzklopfen und große Freude ausgelöst. Diese alte, dem Untergang geweihte Welt, war eine verwunschene Welt für mich. Das Bäckerhaus mit seinen steilen Treppen und schiefen Wänden, der Backstube mit dem Duft nach warmem Brot, die Ställe, der Kanal, die Kammern mit ihren Kisten und Kästen voller Geheimnisse, die schwielige Herzlichkeit der Oma und der anderen Bewohner, für ein abenteuerlustiges Kind ein Paradies. Das Haus war von einem freundlichen Geist belebt. Die Erinnerung an den Beck war, namenlos, wie ein feiner Geruch in das Haus eingedrungen, hatte Wände und Gegenstände imprägniert.

Wenn ich dann im Verwandten- und Bekanntenkreis zur Besichtigung herumgereicht wurde, immerhin war ich das erste seiner zahlreichen Enkelkinder, hieß es mehr als einmal: »Da schau her, der junge Kittlerbeck. Dem Alten wie aus dem Gesicht geschnitten.« Und aus der Wärme, die solche Sprüche abstrahlten, war auch für ein Kind erkennbar, dass mit mir etwas überlebt hat, auf das ich allen Grund habe, stolz zu sein.

Ich bin sicher, auch der Großvater hätte seine Kränkung vergessen und sich über diese Kommentare gefreut.

Der Autor auf dem Hausacher Schloßberg (1956)

# 27. EPILOG

Ach ja, da war doch noch was. Meine verliebte Mutter und der Schachspieler. Von Höhenflügen hatte sie geredet, als wir uns zum Schachspielen verabredet hatten. Ihrem Brief lag auch ein Gedicht bei, das sie auf der Höhe dieses Gefühlsabenteuers wie im Flug aufs Papier geworfen hatte: Gedanken eines 91-jährigen Mädchens mit einer unbändigen Lebensfreude.

## DAS SCHACHSPIEL

Er war kein Prinz,
Er war kein Frosch.
Ich warf ihn auch nicht an die Wand.
War unvermittelt eingetreten,
Er war mir völlig unbekannt,

Schaut amüsiert zum Schachspiel hin,
Das ich mit einem Manne spielte,
Der schief in seinem Rollstuhl hing.
Madame, es wär mir eine Ehre,
Wenn ich ihr nächster Spieler wäre.

Und wünsche mir, sie sind zum Probespiel bereit.
Er nannte seinen Namen nicht,
Weil der ja gar nicht wichtig ist,
Meint nur, ist mal zu Ende unser Spiel,
Dann will ich dir den Namen geben.

Der dir allein gebührt.
Und der gehört dann mir für alle Zeit.
Bist du bereit?
Ich sagte: Ja, und war dabei.
Er war zwar frech, verführerisch.
Und doch, verdammt, er reizte mich.

Ich muss das erste Spiel gewinnen,
Doch er gewann und ich verlor

Und kam mir ziemlich dämlich vor.
Nahm mir fast alles, Stück für Stück,
Nur meine Dame nicht, die blieb zurück.

Er machte mir zu Anfang klar,
Dass er doch wohl der bessere war.
Madame, das Spiel mit dir ist ein Genuss,
Wird mir erhellen manche trüben Stunden.
Des Siegers Lohn bestimme ich,
Denn schließlich war es ich, der dich gefunden.

Ich lag oft viele Stunden wach
Und spielte selbst im Schlaf noch Schach
Und stieg dann wieder in den Ring
Und hoffte, dass es weiter ging.
Zuerst war es ein kleines Licht,

Wie eines Sternes Schnuppe, die vom Himmel fällt,
Und dir im Schach die Welt erhellt.
Der Kerl will deinen König nicht,
Der will die Dame, das heißt, dich.
Zuerst muss ich die seine kriegen,
Dann werde ich auch ihn besiegen.

Denn ist sie weg, dann ist der König schwach.
Auch er ist nur ein Mann und braucht ein starkes Weib
An seiner Seit.
Und so verfolgte ich die Dame,
Hab ihrer Neugier eine Falle aufgestellt,
Damit sie in den Graben fällt.

Der König schickt die Läufer los.
Wo bleibt mein Schnuppenweibchen bloß?

Sie sollte mir doch Kunde bringen,
Was ich grad mach und wo ich bin.
Dem ersten kam mein Bauer in die Quere,
Er trat ganz schnell den Rückzug an.

Den zweiten hat die Dame selbst gestellt,
Er lief davon, verließ das Feld.
Der König schnell erkannte die Misere,
Das ging zu weit und gegen seine Ehre.
Er zog ganz schnell die beiden Türme ran,
Damit man seine Burg bewacht.

Dieweil er zog jetzt in die Schlacht.
Dann setzte er sein Pferd in Trab.
Doch er vergaß, sich umzudrehen,
Hat meinen Bauern nicht gesehen,
Den ich von hinten angestellt,
Damit er gleich vom Pferde fällt.

Da war der König richtig platt!
Das war: Schach matt.
Das nächste Spiel verlief ganz still und schnell und glatt,
Und endete mit Patt.
Das Gleichgewicht war wieder hergestellt
Und weiter drehte sich die Welt.

Ich fühlte es und weiß genau,
Da bin auch ich noch zu sehr Frau.
Er spielt sein Schach wie eine lang entbehrte Melodie.
Wer sie gefühlt, vergisst sie nie.
Es ist das ewig gleiche Lied
Und ist doch nie dasselbe.

Die erste Liebe, die man fühlt,
Sie ist in ihm erklungen.
Er sucht im Schach nach diesem Klang,
Er hat ihn einst gesungen.
Geblieben ist sein wacher Geist,
Den er geschickt zu nutzen weiß.

Sein Wortspiel ist gekonnt und klug,
Verwirrend schön und gut.
Ich stehe für die einst geliebte.
Ich bin so frei und bleib dabei, genieße seine Gunst,
Denn dieser Reiz gefällt auch mir.

Das ist schon große Kunst,
Der Kopf spielt Schach,
Verbal spielt er mit mir,
Ohne jegliche Berührung
Das ewig schöne Spiel
Der weiblichen Verführung.

Noch weiß ich seinen Namen nicht
Und er auch nicht den meinen.
Das Spiel ist nicht zu Ende gespielt,
Der Ausgang ist noch offen.
Ich spiele mit und will auf meine Lösung hoffen.
Dann wird es nicht mehr wichtig sein,
Wer gewann und wer verlor.
Die Liebe ist kein Spiel auf Zeit,
Ist einfach nur das schönste Spiel
zu zweit.